Rue de la Blanche Borne 15
6280 Gerpinnes (Loverval) — Belgique
www.kenneseditions.com

Dépôt légal : octobre 2019 — D/2019/13.105/114

ISBN : 978-2-8758-0807-3
NUART : 76-7410-0

Conception de la couverture : Eve Forret
Autorisation de reproduction de la photo de couverture : Ateliers Jean Nouvel - MDW Architecture
Photos de Charleroi : Éric Van Veerdegem

Imprimé en Europe

VENGEANCES ET MAT

Kennes

À Eve et Michel

LIVRE I

BEN CHOQUET & THOMAS DANSOR

PARTIE I

SEULE LA MORT PEUT NOUS ARRÊTER

Juillet 2018

1 - NUIT SOMBRE

Le sang coule de sa gorge comme un torrent du Nil frappé du châtiment de Dieu.

Comme chaque samedi soir, Sabrina et ses amis brisent la monotonie éreintante du quotidien. Le temps d'une sortie, cette bande de fêtards s'affranchit de la routine dans une institution reconnue de Charleroi. Chez Duche*, un des bastions de la Ville Haute où fins mets et soirée joyeuse pétillent dans une harmonie festive, le miroir mural étincelle de convives souriants. Suspendu à un rail, le tableau des suggestions, accompagné du garçon de salle, coulisse entre les tables.

Sabrina penche la tête et laisse balancer les boucles serrées de ses cheveux dorés. Le reflet des bougies sur ses yeux céruléens rehausse sa beauté naturelle. Du haut de ses vingt-huit ans, elle savoure chaque seconde de ce délicieux moment entre amis. Elle voit que Raphaël la fixe, prisonnier de ses charmes. Lorsqu'il la regarde de cette manière, elle a l'impression d'être une aquarelle de maître. Mais aussitôt, Maxime glisse une main cavalière dans le dos de Raphaël et l'embrasse dans le cou. Une fois son territoire marqué, celui-ci se lève pour aller chercher les coupes du champagne mis au frais par son ami Duche.

---

* Restaurant situé à Charleroi.

Les visages métamorphosés par l'euphorie saluent le divin breuvage et les six amis lèvent leur verre dans un ballet de bulles dorées. Au milieu des discussions enivrées, Sabrina maintient l'intensité de son regard sur Raphaël. Il sera la proie de son cannibalisme sexuel.

Tout à coup, le regard charmé de Raphaël, d'habitude si doux, s'assombrit dans l'indifférence générale. Son visage change de plus en plus, ses traits fins et anguleux deviennent durs. Sa mâchoire se crispe. Ses yeux noircissent et deviennent deux puits sans fond. Il est méconnaissable, effroyable, sinistre.

Pétrifiée, Sabrina ouvre la bouche, mais n'a pas le temps d'émettre le moindre son. Raphaël saisit un couteau sur la table et lui incise la carotide. Son geste est rapide, précis, fatal. Avec un calme déconcertant, il lui dessine un demi-sourire écarlate. L'hémoglobine de Sabrina en apesanteur, Raphaël, tel un artiste, signe sa réalisation. La pointe de son pinceau d'acier s'enfonce dans la trachée de la jeune femme pour conclure son chef-d'œuvre. Le sang coule de sa gorge comme un torrent du Nil frappé du châtiment de Dieu. Les tables avoisinantes, pétrifiées par l'horreur de la scène, ne sont qu'une multiplication figée du *Cri* d'Edvard Munch.

*

When we made love you used to cry.[*]

Claire ne m'a jamais habitué aux larmes de plaisir. L'envisager m'était d'ailleurs inconcevable puisque d'ordinaire, seules ses mains câlines témoignaient de l'émotion ressentie après nos ébats amoureux. Tous deux bercés par la mélodieuse guitare de Mark Knopfler, le silence qui nous entoure est d'or.

* Traduction : Tu pleurais quand nous faisions l'amour. « Romeo & Juliet » (Interprète : Dire Straits. Auteur/Compositeur : Mark Knopfler).

D'or n'est pas le terme approprié en cette nuit d'orage. La longue chevelure soyeuse de Claire dégage plutôt un reflet cuivré étincelant accentué par la lumière orangée des lampadaires voisins. La pièce, son corps, son être dansent et se cambrent devant mes yeux alanguis. Des éclairs déchirent le ciel à quelques centaines de mètres. À l'intérieur, c'est le corps qui exulte. Le plaisir à son apogée, les flashs révèlent des larmes au coin des yeux de Claire, spectacle aussi beau que surprenant...

Ce tendre moment passé, je m'allume une cigarette et lui en propose une. Elle glisse l'objet du vice hors du paquet et m'accable d'une vanne culpabilisante :

— T'es qu'un vicieux, Aaron ! Un chirurgien cardiaque qui incite à fumer, c'est comme un pompier pyromane !

La cigarette rougeoie, Claire s'allonge sur la méridienne et vient caler la soie de ses cheveux dans le creux de mon épaule, son corps nu assouvi du plaisir encore ressenti.

Claire et moi passons peu de temps ensemble. Mariés à nos boulots respectifs, nous vivons comme deux amants infidèles empreints de rires et d'une tendresse passionnelle tantôt douce tantôt sauvage. Mais au cours des derniers mois, silence et tristesse se sont incrustés dans nos vagabondages amoureux. Si le côté charnel de notre couple reste intact, il interpelle par le mutisme qui l'entoure.

Après avoir jeté nos cylindres cancérigènes, Claire commence à me titiller l'oreille du bout de la langue. Jamais contre un deuxième round, mon être vibre sous les perspectives sucrées salées quand la sonnerie de son GSM coupe notre élan.

Elle se lève et saisit son téléphone de la même manière qu'elle empoignerait un malfrat.

Nue, appuyée à la fenêtre, sa cambrure la transforme en œuvre d'art illuminée par le déluge estival.

Sa voix ferme brise le silence :

— Je suis pas de garde, débrouillez-vous !

Elle fulmine.

— N'importe quoi ! C'est Hans qui se coltine le week-end, pas moi !

Silence et éclairs se mélangent à nouveau pour dévoiler son visage. Elle adopte une mine différente, concentrée. Son regard argenté vire au noir, il n'y aura pas de deuxième round.

Claire enfile les vêtements éparpillés sur le sol suivis de ses bottes et m'envoie un baiser du revers de sa main en guise d'adieu. Je lui attrape le bras et la regarde, amusé.

— Claire, je ne suis pas jaloux, mais il y a quand même des limites.

J'esquisse un sourire narquois et lui suggère d'enfiler autre chose que mon caleçon et ma chemise pour sortir.

Avec l'afflux d'adrénaline provoqué par l'appel téléphonique, elle démarre au quart de tour et me traite d'idiot avant d'admirer sa tenue dans le miroir du hall et d'éclater de rire.

*

Je file me changer dans la salle de bain et enfile shorty, débardeur, jeans et bottes en cuir. Équipée de mon holster, je me dirige vers Aaron. D'un geste doux, je dépose le bout des doigts sur son front, le caresse jusqu'au menton et termine par un baiser en guise de bonne nuit.

Renaud insistait pour que je me rende sur place car ma connaissance des lieux serait un atout. Le divisionnaire raccrocha sur un :

« Ne m'emmerde pas, Claire, et appelle-moi quand t'as plus d'infos ! »

Ma Ducati XDiavel couleur orange cuivrée démarre au quart de tour. Je m'engage sur le boulevard Tirou. L'accélération de mon cruiser rend continu le feuillage des arbres de la place Saint-Fiacre. Je glisse sous la pluie et slalome entre les embûches circulatoires qu'impose la redynamisation urbaine. À Charleroi, la suie noire des usines a été remplacée par la poussière des chantiers, symboles du renouveau carolo.

Un regard fauve aperçoit les spectateurs insouciants aux abords du Comédie Centrale. Un éclair déchire la nuit sombre et vient figer, sur leur visage rieur, les traits acerbes du Joker*. Mes yeux reviennent vers leur objectif, il n'y a pas une seconde à perdre.

Cinq minutes à peine après mon départ, j'arrive et me gare. La ville grouille de monde. Les supporters du Sporting de Charleroi, champion de Belgique de la défunte saison, sont de sortie à l'occasion d'un match amical. La pluie battante n'empêche en rien les fidèles zébrés de s'attrouper sur l'avenue de Waterloo.

Les gyrophares ont pris le dessus sur les néons verts de l'enseigne du restaurant Chez Duche. Pas de doute, l'orage et les sirènes hurlantes ont fait retomber ce quartier dans l'inquiétude d'autrefois.

Les bienfaits du Plan Vauban** semblent balayés par ce samedi soir acéré.

Je salue Hans, ami et collègue du Service Enquêtes et Recherches, occupé avec les urgentistes, et me dirige vers le magistrat de garde pour faire le point. L'intérieur, d'habitude enjoué, pourrait insuffler de l'inspiration à Stanley Kubrick. Des éclaboussures pourpres tranchent le nappage. Les murs rouges sont maculés d'hémoglobine, comme si un peintre expressionniste venait d'illustrer une ode au sang. Je m'imagine le corps de la victime marqué par un sourire dédoublé de part et d'autre de la gorge, sa tête emportée en arrière par son poids.

À l'écart de cette scène colorée se trouve Duche, le patron, dont le teint livide contraste avec ce nouveau décor

* Personnage de fiction de DC Comics.
** Opération de rénovation et de revitalisation du quartier éponyme de la Ville Haute de Charleroi.

ensanglanté. Je pose une main sur son épaule et m'accroupis pour attirer son regard.

— Bonsoir, Duche…

— Ah, salut, Claire.

— Rude soirée, on dirait… Tu veux un remontant ?

— Je… je peux ?

— T'inquiète, ils ne te gronderont pas.

Nous nous dirigeons vers le bar, ce sera un calvados. Le verre se vide d'un trait. Son regard se plante dans le mien. L'explication de l'effroyable scène commence. Mon écoute attentive s'attarde autant sur l'ami que sur les détails du récit. La brutalité des propos me secoue. Par réflexe, mes doigts tirent sur la fermeture éclair de ma veste.

Le témoignage sordide s'achève alors que mon désir de nicotine grandit. Mes mains fouillent mes poches pour m'allumer une cigarette du paquet resté sur la table du salon. Après quelques jurons grommelés, j'aborde une ambulancière pour lui en soutirer une. La fumée chaude emplit ma cage thoracique. Je cale ma respiration tout comme mon regard sur la scène de crime. Dans ma tête, la reconstitution du bain de sang commence.

— Langue de bœuf revisitée… Saignante, si tu veux mon avis !

Hans a un humour de merde et vient de couper mon immersion. Bon inspecteur, son verbe est aussi lourd que ses cent trente kilos. Sébastien doit son surnom aux saucisses de Francfort qu'il mange à toutes les sauces et à tous les repas.

— La soirée était bonne ?

Il m'envoie ça au visage comme s'il avait pu sentir ma frustration d'avoir abandonné Aaron.

— Ta gueule, Hans. Dis-moi ce que ton groin t'a révélé…

— Rien, ils sont tous en état de choc et ne comprennent pas ce qu'il s'est passé.

— Et l'apprenti boucher, vous en avez fait quoi ?

— Il est dans le combi avec deux collègues, mais il ne dit rien, il est d'une sérénité glaciale…

En silence, le décor danse dans mon esprit pigmenté par ces personnages imaginaires et pourtant bien réels… Les convives, la tablée, le suspect et la victime. L'immersion devient totale dans ce lieu qui me semblait autrefois familier.

Soudain, une vision me frappe l'esprit !

Je me dirige vers la cuisine où sont suspendus les écrans de surveillance. Je débranche le disque dur pour le visionner plus tard.

À l'extérieur, le monument aux Martyrs, teinté du bleu des gyrophares, n'aura jamais aussi bien porté son nom. Après un court détour « made in cancer » par le night shop voisin, me voilà revenue vers Hans avec une boîte de saucisses de Francfort. Je lui lance et lui demande de voir avec le magistrat pour un prélèvement sanguin du meurtrier afin d'effectuer une analyse toxicologique.

Je salue les forces encore présentes. D'un geste vif, mon casque recouvre un visage transi par la gravité des événements. Le pot d'échappement hurle et ma bécane s'envole vers la Tour Bleue du commissariat, rendue anthracite par l'obscurité nocturne.

*

Toujours sous une pluie battante et devant notre nouveau commissariat primé au MIPIM* à Cannes, Aaron vient illuminer mon esprit le temps d'un texto :

« Il n'y a pas que moi qui pleure… Le ciel aussi. Good Nite. Luv u. »

Ma tablette en main, je me rends dans le fumoir, ce bureau pour flics insomniaques accros à la nicotine. Je branche le disque dur embarqué chez Duche pour mettre des images sur cette scène lugubre. Hormis me glacer le sang devant tant de

* Marché International des Professionnels de l'Immobilier.

calme et de sérénité, rien et tout à la fois m'apparaît. Rien de prémédité et tout de la folie.

Les dépositions corroborent les récits filmés, écrits et racontés.

Bien que l'enquête sera vite classée, le mobile reste, quant à lui, inconnu. Mes recherches se poursuivent dans le fichier central de la police fédérale avec un résultat proche du néant.

Trois heures du matin sonnantes et trébuchantes, je quitte la tour de police pour rejoindre Aaron sous la couette. L'arrivée est amère. Des draps tièdes de sa récente présence ne persistent qu'un mot accompagné d'un cœur transpercé par une cigarette fumante :

« Qui va à la garde perd sa place ! Je t'aime. »

Bercée par son essence corporelle, je m'endors dans ce lit vide de lui.

2 - JALOUSIE

Sous mes yeux incrédules, j'observe une partie de son crâne retomber sur la route en un crachin morbide.

La nuit fut courte. La scène de crime en guise de songe tua mon sommeil. Allongée sur le lit, mes yeux grands ouverts fixent le plafond. L'insomnie est l'ennemi numéro un des flics. Elle enfume leur esprit analytique. La sonnerie stridente de mon téléphone me sort de mes pensées.

— Claire, c'est Aziz. Ton client vient de se réveiller et hurle comme un possédé en demandant ce qu'il fait ici.

— Réponds-lui qu'il ne fallait pas se prendre pour Jack l'Éventreur...

On raconte que les médecins, infirmiers, flics, pompiers et autres esclaves de la nuit sont revigorés après quatre heures de sommeil. Pour ma part, ce n'est vrai qu'une fois un café avalé et une cigarette allumée.

Mon portable vibre sur la table. Le message de Renaud me fouette le sang :

« La folie n'a eu aucune limite cette nuit. T'as cinq affaires et autant de cadavres qui t'attendent au bureau. »

J'accélère le rythme. À ma sortie du duplex, je tombe nez à nez avec Aaron qui s'approprie une volée de baisers.

— Nuit sanguinolente aussi ?

— Oui, mais avec une fin plus heureuse que la tienne, je présume.

Aaron, le teint blafard dû à une nuit blanche mais la mine apaisée par les miracles de son bistouri, me prend dans ses bras et me serre contre lui. À l'aide d'une formule dont lui seul a le secret, il me susurre à l'oreille :

— Ce n'est pas ta beauté qui te fait rayonner, Claire. C'est ce que tu accomplis qui me rend dingue de toi.

Les yeux brillants, ma main glisse sur son visage, mes lèvres rencontrent les siennes. Notre étreinte fusionnelle, mais éphémère, s'éteint en un battement de cils. Dans la cage d'escalier, mes bottes claquent, résonnent et m'entraînent à chaque nouveau pas un peu plus loin de lui.

*

Garée devant l'esplanade du commissariat, je regarde les arbres du boulevard qui secouent leurs feuilles afin de les libérer de la rosée matinale. Mon briquet embrase une cigarette et illumine mon visage le temps d'une étincelle. À travers les volutes bleutées, se détache, à une trentaine de mètres, une silhouette. Aziz ne remarque pas mes signes à son intention. L'aspirant inspecteur de garde avance d'un pas leste en provenance de l'avenue du Général Michel.

L'homme s'approche dans son dos. Il lève le bras. Tout va trop vite. Une déflagration retentit. Sous mes yeux incrédules, j'observe une partie de son crâne retomber sur la route en un crachin morbide. Aziz s'écroule dans la foulée.

Le temps ralentit comme si chaque seconde était en suspension. Ma cigarette se décroche de mes lèvres, mon arme se lève. Une détonation claque, le tireur est touché au genou. Ma cigarette tombe au sol. Nos regards se croisent, nos flingues aussi. Je n'ai pas d'autre choix. Deux balles en plein thorax transpercent la menace.

Le garde à l'entrée prévient les secours tandis que je me rue vers Aziz, l'arme toujours à la main.

La nuit de déluge laisse place aux rayons de soleil d'une aube dominicale rougeoyante. Je cherche mon reflet dans la mare de sang. Seuls les restes d'un collègue, d'un ami, d'un père de deux enfants, apparaissent.

Stoïque, j'entame les démarches nécessaires. Renaud, averti, arrive fissa. Le commissaire s'inquiète avant toute chose de mon état ainsi que de celui de mes collègues.

Renaud a pas mal bourlingué d'une zone de police à une autre. À quarante ans, il devenait le plus jeune commissaire divisionnaire de Belgique. Depuis, il s'est forgé une solide réputation de meneur d'hommes. Et même si c'est le boss, il sait ce que prendre soin de ses troupes signifie.

*

Le manque de sommeil et la vision d'Aziz défiguré m'embrument les neurones. Le Pays Noir retombe dans ses travers. Je dois garder du recul, la tête froide. Il ne faut pas que je perde pied.

La concentration continue devant l'écran me brûle les yeux. La folie s'empare de ma ville. La mélodie de mes doigts sur le clavier est funeste.

RAPPORT CONSOLIDÉ

— — — — —

Service concerné : SER
Zone de police : Charleroi
Commissaire de Police : Claire C.
Commissaire Divisionnaire de Police : Renaud M.

Ce samedi 14 juillet 2018, six meurtres violents ont été perpétrés dans l'arrondissement de Charleroi.

Enquête N°1
Meurtre au restaurant Chez Duche. Bilan : Une victime assassinée, trois témoins en état de choc. Un des convives aurait subitement été pris de folie meurtrière. Le meurtrier présumé est appréhendé.
Commissaire de Police : Claire C.

Enquête N°2
Meurtre à la FAFER. Bilan : Un ouvrier a propulsé son contremaître dans la coulée continue. Mobile présumé : Colère à la suite d'une remarque déplaisante du chef. Le meurtrier présumé est appréhendé.
Inspecteur Principal de Police : Sébastien R.

Enquête N°3
Meurtre d'une journaliste de Télésambre*. Un conseiller communal de l'opposition interviewé sur le chemin du halage n'apprécie pas la question de la journaliste. Devant la caméra, il lui enfonce son stylo dans la gorge avant de la jeter dans la Sambre. Le meurtrier présumé est appréhendé.
Aspirant Inspecteur de Police : Aziz M.
Remplaçant à désigner.

Enquête N°4
Meurtre d'un homme dans sa voiture au quai de Flandre. Émasculée, la victime a été retrouvée avec un talon aiguille enfoncé dans l'orbite droite. Le meurtrier est activement recherché.
Inspecteur Principal de Police : Sébastien R.

* Télévision locale de Charleroi et sa région.

Enquête N°5
Meurtre, par un joueur, d'un arbitre de football en salle. Le meurtrier présumé a attendu la victime sur le parking pour lui défoncer le crâne avec son cric. Le meurtrier présumé est appréhendé.
Aspirant Inspecteur de Police : Aziz M.
Remplaçant à désigner.

Enquête N°6
Meurtre d'un Aspirant Inspecteur au croisement Avenue Général Michel et Boulevard Mayence. Le meurtrier présumé est abattu.
Commissaire de Police : Jérôme C.

Lien entre les enquêtes 1-5
Les meurtriers agissent de manière brutale et impulsive. Dans chaque cas, la victime et le meurtrier se connaissent dans le cadre social ou professionnel.

Mon rapport à peine envoyé, Renaud débarque dans mon bureau.

— Ça va, Claire ?

— Je viens de t'envoyer mon rapport consolidé.

— J'ai vu, mais ce n'est pas ça que je te demande… Est-ce que ça va ?

— Que veux-tu que je te réponde, Renaud ? Que le ciel est bleu, que l'eau mouille et que l'assassin d'Aziz est déjà entre quatre planches ?

Renaud plisse ses yeux de souris. Derrière son allure de cowboy, je perçois la compassion, la douleur, l'homme. Il balaie ma remarque et poursuit :

— Vu la complexité de l'enquête et le ramdam politique, je me charge des contacts avec la juge. T'as besoin de renfort pour remplacer…

Il marque un temps d'arrêt chargé en émotions. Il reformule pour poursuivre :

— Pour gérer les meurtres de cette nuit.

Il se dirige vers la porte et avant de la refermer, passe sa tête dans l'entrebâillement.

— Claire, ne t'implique pas émotionnellement. Je n'ai pas envie que ça te consume. Pas après…

— Pas après quoi ?

— Pas après ces derniers mois !

*

Mes trois collègues en piste sur les autres meurtres, je me replonge sur le premier cas, au restaurant Chez Duche. Les interrogatoires des témoins, d'abord en état de choc, puis après les avoir fait mariner, n'expliquent en rien cette folie.

Je prends mon calepin, mon crayon et recense les faits :

- Raphaël ne se souvient de rien, il clame son innocence et refuse de croire au meurtre de son amie.
- Raphaël et Sabrina se cherchaient dans un jeu de séduction peu discret.
- Maxime est homosexuel et aurait eu une brève liaison avec Raphaël. Ce dernier serait donc bisexuel.
- Maxime connaît très bien le patron et a organisé le repas au restaurant pour ses amis.
- Maxime a été coffré à 17 ans avec trois grammes d'herbe.

Ma main lutte dans mon cou pour en soulager la tension. La tête penchée sur le côté, mon regard oblique en direction du calepin. Relire, encore et encore, et ne rien déceler. De rage, je jette le crayon par-dessus le bureau. Je me penche sur ma chaise et me laisse aller. Mes cervicales me font souffrir, Aaron me manque et ce putain de mal de crâne n'en finit pas. Une gueule de bois sans alcool, la pire !

La porte du bureau s'ouvre, je garde les yeux clos. Le pas lourd de Hans est reconnaissable à mille lieues. Il pose un gobelet sur le coin de mon bureau.

— C'est du café ?

— Non, c'est du GHB, connasse. Je reviens dans quinze minutes pour te sauter.

L'humour fait mouche et me décroche un sourire. Soudain, mon visage se fige : du GHB, la drogue du viol !

L'information se fixe dans mon esprit et le raisonnement prend son cours. La clé du GHB est de l'administrer à l'insu de la victime. Lorsque la molécule agit, la cible se laisse complètement aller au point de pouvoir subir un viol sans réagir. Au réveil, elle ne se souvient pas des faits ni des sévices endurés… Une drogue pourrait expliquer un comportement irrationnel et une amnésie. Je me lève et file comme une furie dans la salle multimédia. Les yeux aveugles, une seule image habite leur vitrail. Je dois vérifier, je dois en être certaine.

Les images de la scène défilent en avance rapide pour arriver au passage qui m'intéresse. Le restaurant, vu en plongée, est calme. Les convives sont à table, à l'exception de Maxime.

Au bar, il approche du plateau rempli de coupes. Sa main s'arrête au-dessus d'un des verres. Il conduit ensuite le plateau vers la table et sert ses amis.

Mes pupilles restent fixées sur le verre suspect…

— Bingo ! J'te tiens, salopard !

3 - EVE

L'injustice dont nous avions été victimes n'avait pas de faciès, elle lui en trouva mille.

On dit qu'le temps adoucit la peine
Mais qu'il n'efface pas les souvenirs.
En réalité, on n'arrive qu'à survivre
Quand la peine, c'est le souvenir !

On dit qu'il faut tourner la page,
Or certaines ne se tourneront pas
À cause de la violence de l'image
Qui un triste jour vous hanta !

On dit qu'le temps guérit les blessures,
Qu'un jour celles-ci se cicatriseront,
Mais on ne parle pas de leur nature
Qui mal faite vous fait perdre la raison !

On dit que l'on doit pouvoir accepter
Afin de continuer à vivre et avancer.
En réalité, on ne bénéficie d'aucun choix
Sauf d'avancer avec un cœur qui n'bat pas.

On dit qu'il ne faut pas rêver sa vie
Et qu'au contraire, il faut vivre ses rêves.

Mais comment peut-on trouver l'envie
Quand un cauchemar prend la relève ?

Certaines choses, « on » n'te les dit pas.
Car le temps qui passe n'effacera pas
De n'avoir pu t'aimer, ivre de ta joie,
D'avoir été en enfer au lieu du paradis.

Et malgré tout ce qu'« on » t'a dit,
T'y as laissé une part de cœur et de joie.
Et bien que le chemin se trace p'tit à p'tit
Le temps passant reste toujours sournois.

Des larmes s'écrasent dans mon whisky. J'efface le lettrage de mon clavier tandis que Claire profite de quelques heures de sommeil. Écrire soulage les maux de ma conscience.

Après la perte d'Eve, de la mort subite du nourrisson, le retour au quotidien ressemblait à une voie sans issue sur laquelle Claire et moi marchions côte à côte. Ma main serrait toujours la sienne, mais sa paume froide me renvoyait avec tristesse les éclats de glace qui enserraient son cœur. Claire n'acceptait ni la mort, ni la peine et ruminait sa culpabilité d'avoir travaillé cette nuit tragique.

Renfermée sur elle-même, elle n'extériorisait pas son ressenti, excepté dans son boulot. Son visage angélique, ses yeux caraïbes, sa peau pâle teintée de taches de rousseur avaient toujours eu le don de dissimuler la rage enfouie dans ses tripes. Mais à présent, sa tristesse se muait en masque de courroux.

L'injustice dont nous avions été victimes n'avait pas de faciès, elle lui en trouva mille. Malfrats, délinquants et criminels subissaient chaque jour ses représailles.

Hans et Renaud m'avaient contacté, inquiets. Les blâmes ne cessaient de tomber. Hargneuse, elle usait de tous les moyens pour faire passer à table ceux qui gravitaient autour de ses enquêtes. Qu'importe les conséquences, seuls comptaient les résultats.

Renaud fut limpide : encore un dérapage et c'était la suspension. En off, le commissaire me confia qu'il ne voulait pas en arriver là car il savait que cela ne ferait qu'aggraver la situation.

Avec l'aide de son oncle et mentor, William, je réussis à convaincre Claire de se remettre au tai-chi. Cet art martial chinois avait déjà eu le don de canaliser cette colère intérieure dont la source avait pour nom père et mère.

Hans, Renaud et William, ses trois remparts qui la protégeaient chacun à leur manière.

Orpheline, Claire considérait qu'il n'était pas nécessaire d'avoir des parents pour grandir… jusqu'à ce jour de janvier où un petit être bouleversa son sens des valeurs. 3,2 kilogrammes et 49 centimètres vinrent changer la donne et métamorphosèrent mon âme sœur. Son cœur se remplissait enfin de bonheur. Plus de trois décennies de sécheresse familiale anéanties en quelques contractions.

Le jour où « on » lui arracha son nirvana, la bête alors disparue rejaillit du fond de ses entrailles…

4 - DIS-LEUR

Comme un clou dans un cœur qui palpite,
d'un seul regard, j'éteins tous ses espoirs.

Réfugiée dans la chaleur douce des bras d'Aaron, la tonalité de mon portable me réveille.

— On a serré la folle frustrée. Dépêche-toi de finir Aaron à la main.

Être sortie du sommeil par Hans n'est pas ce qu'on appelle un réveil délicat. Mais après cinq ans de collaboration, c'est juste une question d'habitude.

Tel un zombie enrobé dans un peignoir, la cuisine m'accueille comme une morgue avec son carrelage glacé.

Expressos serrés à la main, je reviens dans la chambre et les passe sous le nez d'Aaron. Pas besoin d'échanger beaucoup de syllabes, les yeux et les gestes suffisent pour se comprendre… Le téléphone hurle. L'appel de la légiste tranche le silence.

Après quelques palabres, je l'interromps et branche le haut-parleur.

— Je suis avec Aaron, tu peux résumer, Murielle ?

— OK ! Les prises de sang des meurtriers n'ont rien révélé. J'ai donc procédé à un prélèvement du liquide céphalo-rachidien de l'assassin d'Aziz et les résultats sont pour le moins surprenants.

Murielle cite tout un ensemble de taux qui ne m'évoquent rien. Aaron, de son côté, lui pose quelques questions. Après quelques minutes, je clôture l'échange entre les deux scientifiques :

— OK, merci, Mumu.

— Si t'as besoin, n'hésite pas, Claire.

Aaron s'assoit sur le bord de la baignoire.

Le charabia médical, limpide pour Aaron, m'exaspère. Ce dernier me fixe et prend une longue inspiration, le regard peu rassuré.

— OK, Claire ! Quand un sujet souffre de dépression, on lui administre un antidépresseur. Son effet est de jouer sur la chimie du cerveau. Par exemple, il influe, entre autres, sur la concentration de la sérotonine. Celle-ci, lorsqu'elle est présente en trop faible quantité, est une des causes d'un état mental fragile. Grâce à ce médoc, on réajuste le taux de ce neurotransmetteur et l'on espère ainsi contrecarrer la dépression. D'où son nom de pilule du bonheur, d'ailleurs.

Dubitative, mon écoute reste néanmoins attentive.

— Mais dans le cas qui t'occupe, on est loin du bonheur. Le déséquilibre décrit par Murielle a pour effet d'augmenter l'agressivité et de diminuer la peur. Il joue également sur la mémoire à court terme, un peu comme le GHB.

Lancé sur le sujet, Aaron m'explique que ce sont les taux élevés de dopamine, de noradrénaline et de GABA ainsi que le taux faible de sérotonine qui a influé sur le comportement du meurtrier. Aux quantités prélevées, ces neurotransmetteurs avaient le pouvoir de transformer ses pensées les plus sombres en actes. Et le taux faible d'acétylcholine aurait provoqué des pertes de mémoire inévitables.

— Bref, Claire, il est certain que le sujet n'a pas ingurgité ça de lui-même. Ça reviendrait à prendre soi-même du GHB pour subir un viol.

— Il y a des médicaments du genre qui existent sur le marché ?

— Absolument aucun, ceux qui sont en vente ont l'effet inverse.

— Et dans les substances illicites ?

— Ça peut arriver comme effet secondaire selon la nature de l'individu ou si tu deviens dépendant, mais dans ce cas tu es simplement agité…

— Ça se décèle comment ? Par analyse d'urine, prise de sang ?

— Tu peux avoir des traces dans le sang et l'urine, mais le plus sûr, c'est une ponction lombaire.

Pas le temps d'être choquée, je laisse mon instinct prendre le dessus et mes lèvres rencontrer les siennes. À cet instant, mon peignoir ne tient plus qu'à un cordon, un fil. Le bout de mes doigts caresse son visage et dans le creux de notre nid, le rideau tombe.

*

Avant de rejoindre Hans, un détour par les cellules s'impose pour comprendre les motifs de cette folie. Tout ceci n'a aucun sens.

J'entre dans celle de Raphaël, un formulaire dans le creux de ma main. Sa tête est basse comme si les faits qui lui étaient reprochés décuplaient la pesanteur. Je lui tends un café et commence avec quelques questions de routine qui le mettent en confiance. C'est le moment d'attaquer.

— Raphaël, nous avons des images de toi en train d'assassiner Sabrina de manière brutale et sauvage. En plus, ton comportement après lui avoir tailladé la gorge ne plaide pas en ta faveur.

Je plante mes yeux dans les siens.

— Pourquoi le meurtre de Sabrina et pas celui de Maxime ? Pourquoi Sabrina ? Qu'avais-tu à lui reprocher ?

Il bredouille, confus et embarrassé. Sa main ratisse ses cheveux gras marqués par la garde à vue. Une grande respiration plus tard, sa confession commence, tantôt tremblante, tantôt douce.

— J'aime les hommes… Mais j'aime encore plus Sabrina. Et elle le savait. Je n'étais pour elle qu'un jeu, un challenge, une pédale que ses charmes arrivaient à faire vaciller. Néanmoins, j'avais beau m'en rendre compte, je… je l'aimais !

Ma bouche articule sur un visage de marbre :

— Un meurtre d'une telle violence est inexcusable, injustifiable.

Raphaël fond en larmes. Je lui tends le formulaire. C'est une autorisation pour une ponction de liquide céphalo-rachidien.

— Ceci pourrait nous aider à comprendre.

Dans un lamentable torrent de larmes, le stylo frotte le bas de la page. La paperasse en main, je me lève et quitte la pièce.

*

Les molaires de mon collègue écrasent la chair à saucisse dans un bruit répété de mastication grasse.

— Hans, il est dix heures du mat…

Pour toute réponse, il enfourne une seconde saucisse de Francfort.

Le bocal emplit la pièce de ses effluves fumés. Je reviens vers le moniteur de surveillance pointé sur Maxime, témoin et organisateur du sordide repas chez Duche. Réveillé à son domicile à six heures du matin, il marine dans la salle des interrogatoires depuis lors. Je me lève et lance d'un ton convaincu :

— Je pense qu'il est à point.

Je laisse Hans à son écœurante mâchouille et fonce vers ma proie. À peine la porte de la salle d'interrogatoire franchie, Maxime choisit la solution offensive :

— Vous n'avez pas le droit de me laisser comme ça !

L'émotion dans sa voix témoigne d'une sensibilité à fleur de peau. Je ne cille pas. Je m'assois avec calme.

— Je suis ici depuis des heures, c'est illégal ! Je n'ai même pas reçu un verre d'eau. J'ai droit à un appel téléphonique, je veux mon avocat !

Les mains croisées, mon regard placide le transperce. Maxime ressemble à un bébé en colère. Ses cheveux noirs, courts et ébouriffés par un réveil forcé, épousent une barbe naissante poivre et sel. Il pose ses deux mains à plat sur la table. Derrière ses lunettes rectangulaires, ses yeux charbons rétrécissent à mesure qu'il les dirige vers moi. Près du mètre nonante, son double menton se met à vibrer au rythme de ses vociférations.

— Je vous préviens, ça ne se passera pas comme ça, il y aura des conséquences !

Il laisse sa menace planer. Ses mots cerfs-volants brûlent sous l'orage. J'assombris mon regard. En un éclair, mes océans de haine débordent devant une telle crapule. Ma voix, dénuée de chaleur, détache chacune de mes syllabes. Je le tiens, il est à moi !

— Le jeu d'acteur a assez duré. On te voit sur l'enregistrement. Tu as administré à Raphaël une drogue à son insu.

Le silence s'installe dans la pièce. L'air devient plus chaud, plus lourd. Maxime déglutit avec peine.

— Je ne vois pas de quoi vous voulez parler… Je veux un avocat.

Le ton de sa réponse suffit à me convaincre.

— Droguer quelqu'un implique la préméditation. Tu n'as aucune chance.

Son teint devient blafard.

— Ce que je ne m'explique pas, c'est le mobile. Pourquoi vouloir faire assassiner Sabrina ? Et surtout, comment savais-tu que Raphaël la tuerait ?

Une ombre glisse sur ses pupilles. Interpréter les signes et adapter mon discours est un art dans lequel j'excelle. Je reprends dans les graves et articule avec lenteur :

— À moins qu'elle ne soit qu'un dommage collatéral issu de votre jalousie. C'est vrai que Raphaël est plutôt beau gosse, plutôt bien foutu, alors que vous…

Sa mâchoire se crispe.

— …vous êtes plutôt médiocre !

Il répond par un silence coupable. Je me lève et le laisse face à son désarroi.

— Qu'importe, des aveux ne me sont d'aucune utilité, j'ai déjà tout ce qu'il me faut. L'analyse des prélèvements de Raphaël confirmera la présence de drogue. L'enregistrement vidéo et les résultats suffiront…

La main posée sur la poignée, comme sur la gorge de ma proie, j'applique une dernière pression :

— Mais votre refus de coopérer et votre déni des faits vous vaudront sans doute quelques années supplémentaires.

Satisfaite, je sors en faisant claquer la porte sur une pièce devenue glacée.

— Alors, j'étais comment ?

— Chplendide… Mais tu y vas un peu fort. On n'a rien contre lui… Si son avocat se pointe, tu vas encore te prendre un blâme, voire pire !

Hans se pourlèche les doigts devant son bocal vide.

— Dans quelques heures, il sera prêt pour un deuxième entretien. L'avocat arrivera trop tard.

Mes yeux mitraillettes pointent vers Hans.

— Et toi ? Tu as obtenu des résultats ou tu es resté là à te toucher la saucisse allemande ?

Il sourit devant cet humour familier.

— Les analyses de sang n'ont rien donné de tangible à son sujet. Il fume sporadiquement de l'herbe et doit sûrement s'enfiler du poppers.

Je fronce les sourcils tandis que Hans poursuit :

— J'ai eu Mumu en ligne, la ponction effectuée sur Raphaël a fourni ses premiers résultats.

Il s'essuie les doigts sur son pantalon foncé déjà garni de traces suspectes. D'un geste ample, son bras extirpe de son veston un protocole plié en trois, l'explication de cette folie.

*

Lorsque la porte claque, Maxime sursaute comme s'il avait été giflé par une main invisible. Mes yeux s'enfoncent en lui. Comme un clou dans un cœur qui palpite, d'un seul regard, j'éteins tous ses espoirs. Comme un miroir de givre, je lui renvoie son reflet dans toute sa laideur.

Sa respiration s'accélère. Son mal-être transpire. Mon silence envahit les lieux. L'atmosphère se charge d'accusations muettes et de culpabilité silencieuse.

Je reste debout, pour le dominer. J'ai l'impression d'être un géant. Il rétrécit. Sa petitesse est à la hauteur de son courage, de sa bravoure, de son acte abject. Vient enfin le moment désiré. Il ouvre la bouche. Le premier à parler perd la partie : c'est le jeu.

— Je…

Je claque son dossier sur la table. La violence du geste l'effraie. La bouche ouverte, il m'observe, apeuré. Je m'approche pas après pas. J'imagine lui enfoncer les pages de son chef d'accusation dans la gorge. D'instinct, il se recule sur son dossier. Mon visage devient celui d'un prédateur. Ma bouche vient se poser à quelques centimètres de son oreille. Mes mots acérés le guillotinent :

— J'ai le rapport, la preuve. Je tenais juste à te dire personnellement que tu vas croupir en prison jusqu'à la fin de tes jours. Et je vais t'y préparer une belle réputation.

Il sanglote. Je l'écrase :

— Tout le bloc te ramonera tous les jours. Tu peux compter sur moi. Tu vivras ce qu'il y a de pire… J'y veillerai personnellement.

Il renifle, il bégaie, il pleure :

— Je… je… je fer… je ferai tout ce que vous voulez.

Sa lâcheté barre mon visage d'un rictus amer.

— Peux-tu ramener Sabrina à la vie ? Peux-tu réécrire le cours des choses ?

— Je… je vous en prie.

— Penses-tu pouvoir effacer les actes que Raphaël a commis par ta faute ? C'était ta volonté, mais ce sont ses bras que tu as utilisés, son âme que tu as salie.

— Je ne savais pas… Je coopérerai…

Je crache à son oreille :

— C'est trop tard pour les aveux.

— Je… je peux tout vous raconter… Mon fournisseur ne m'avait pas dit que les effets seraient si violents. Je savais que Raphaël n'aimait pas être le jouet de Sabrina. Autant il l'aimait, de manière incompréhensible, autant il la détestait pour ça…

La colère gangrène ses mots, sa mâchoire se crispe.

— Moi, je voulais juste que Raphaël et moi soyons heureux et débarrassés de cette garce qui mettait à mal notre relation et qui pavoisait de baiser avec un gay !

Acculé par son acte, il se répand en larmes :

— Je… je n'avais aucune idée, c'était juste une petite gélule.

Je lui susurre :

— Ton fournisseur… Je veux son nom.

— Je…

— SON NOM !

Dans un sanglot pathétique et morveux, il expire le pseudonyme du chaînon manquant. L'origine de cette vague de violence, ma nouvelle cible.

— Ibrahim Kader Idir.

5 - ELLE

Après tout, même une bête féroce tapie
dans l'ombre s'adoucit parfois.

Claire n'a jamais été une grande buveuse, elle préfère la qualité à la quantité. Mais ce soir-là, les bouteilles d'Yquem, de Margaux et de Rothschild eurent raison d'elle.

Claire avait repris le travail depuis peu. Comme à l'accoutumée, elle enfouissait ses problèmes sous le tapis usé des habitudes. Jamais elle ne pansait réellement ses plaies. Elle se contentait, du moins elle essayait, de se convaincre qu'il y avait plus grave dans la vie et passait à autre chose. Mais cette fois, l'enfer dominait le paradis. Si son ventre rond la faisait rayonner, le déluge emplissait son iris depuis cette triste nuit de janvier. Et son oubli, c'était dans le boulot qu'elle allait le chercher.

J'emmenai Claire sous les plumes de notre couette. Consolée et bercée, elle finit par rejoindre Morphée dans un orage de larmes et de vin.

*

Assis dans de vieux rocking-chairs, William me servit un whisky. Sa voix rauque ricocha jusqu'à moi :

— Aucun parent ne devrait avoir à enterrer son enfant…

En posant une main maladroite sur mon épaule, William essayait de m'apporter, comme il le pouvait, du réconfort. Lui, le misanthrope reclus dans son chalet perdu au sud de Chimay, sacrifia sa précieuse solitude contre l'éducation de Claire.

Elle devint orpheline à treize ans. Ses parents, ou plutôt ses géniteurs, comme elle aimait le souligner, prirent le mauvais avion. Un de ces petits transporteurs qui effectuait la liaison entre Miami et Saint-Barth. Le zinc se transforma en boule de feu après une tentative d'atterrissage ratée. L'enquête révéla que la compagnie négligeait la formation des pilotes, indispensable pour atterrir en ces lieux paradisiaques. L'île étant coincée entre la mer des Caraïbes et une falaise, il fallait être un as du pilotage pour poser ces cacahuètes volantes. Hélas, bêtise humaine sur fond de crise financière, le boss de la société tenta un coup de poker fatal à dix-sept personnes.

Mais Claire n'en avait cure. Pour elle, les seuls responsables étaient ses parents. Fortunés, ils attendaient un héritier et certainement pas une poupée rousse au teint clair. Plus intéressés par les palmiers, les plages de sable blanc et les cocktails exotiques, ses parents privilégièrent le profit aux responsabilités. À cet égard, leur enterrement fut pour Claire aussi sec qu'une feuille morte, sans larmes ni étreintes, à l'exception d'une main, d'une poigne, celle de William.

William, son seul lien familial encore de ce monde. L'atypique, le bourru, l'exception dans la généalogie de deux familles embourgeoisées au possible. *Antisocial* de Trust était son hymne national. Face à une famille où le vouvoiement était de rigueur, cela faisait tache. C'est le service militaire, encore obligatoire à l'époque, qui le fit sortir de son idéologie de soixante-huitard. Jouer au petit soldat lui plut énormément et il s'engagea. Les ponts familiaux coupés et les liens cisaillés, il ne fut même pas convié au mariage de sa sœur. Il ne réapparut qu'à la naissance de son ange cuivré, Claire. Déjà avant qu'elle ne soit orpheline, William était son seul îlot de tendresse familiale. Il n'était pas un père de substitution aux yeux de Claire, mais plutôt un emblème, un monument, un roc. Une roche fissurée par la vie dont certaines crevasses témoignaient d'une existence exposée à la rudesse du temps et de ses intempéries. Seuls les yeux avertis décelaient dans le granit de son regard des lézardes dont les profondeurs menaçaient la structure entière. William, dont l'aura charismatique inspirait le respect autrefois, ressemblait aujourd'hui à une ombre, celle d'un homme déçu par la vie. Para retraité, il faisait partie du Peloton Mortier du 2e Bataillon de Commandos de Flawinne. Le 7 avril 1994, en poste à Kigali, l'assassinat de ses dix frères d'armes le marqua au fer rouge.

*

Le single malt doré se reflétait dans le miroir clair de ses rétines asséchées. Au loin, le ronron continu de Claire berçait les deux hommes. L'atmosphère feutrée donnait à leur conversation si rare un goût de rêve, de mirage subtilisé au rythme effréné de leur vie quotidienne.

— Tu sais…

Il parlait d'une voix rocailleuse, comme si chaque phrase provoquait un éboulement en lui.

— Claire me remercie souvent de m'être occupé d'elle, mais c'est ce petit bout de femme qui m'a sauvé.

Les flammes virevoltantes du feu ouvert doraient la médaille d'argent, posée sur la cheminée, des JO de Sydney, ce qui avait le don de captiver le regard sombre de William.

— C'est bien la seule chose que je lui ai apportée… Un fusil de chasse qu'elle a transformé en triomphe olympique.

Il se rince le gosier avec son dix-huit ans d'âge.

— T'imagines ? À dix-sept ans à peine, elle remporte une médaille en…

William ne se souvenait jamais de la discipline dans laquelle Claire avait triomphé. Il se refusait, de plus, à se limiter à dire « en tir » pour ne pas lui manquer de respect.

— En fosse olympique, William, en fosse olympique…

— Merci ! Et malgré son fric, sa médaille, il a fallu qu'elle se destine à la carrière de flic…

— Justement, William, sa fortune, ce n'est pas la sienne. Si elle aime en profiter un peu, elle n'acceptera jamais de vivre la même vie que celle de ses parents.

William grommela dans ses dents, puis se leva :

— Tu as raison, Aaron. Prends bien soin d'elle, t'es le seul qui la mérite.

*

Le soleil levant évapora mes larmes, les cancérettes débordaient du cendrier. Je rejoignis Claire et Morphée. La vision de son corps nu en apesanteur sur la soie effaça mon blues nocturne. Si j'avais été un artiste, elle aurait été mon chef-d'œuvre. Je vins l'enrober délicatement. Mais un flic, ça dort léger, même cuité !

Claire ouvrit un œil à moitié. Alors qu'elle s'emmurait contre mon torse, elle soupira :

— Je t'aime, Aaron…

Le pouvoir désinhibant de l'alcool démontrait son effet. Mais je n'en tins pas compte. Après tout, même une bête féroce tapie dans l'ombre s'adoucit parfois.

6 - IKI

Le côté vicieux, c'est que le coupable est déjà trouvé.

Ibrahim Kader Idir. Son nom résonne autant que les lettres enfoncées sur le clavier. Le résultat de la Banque de données Nationale Générale est négatif : son casier est vierge. Hans, après s'être essuyé la bouche avec le revers de sa manche, marmonne au-dessus de mon épaule :

— Aussi vierge que les 72 qui l'attendent auprès d'Allah.

J'étouffe un rire et tente de lui répondre plus sérieusement :

— Hans, arrête un peu avec tes raccourcis… En plus, ce n'est même pas un converti, il est né au pays.

— Oui, c'est vrai que de nos jours, faut être baptisé Dupont et être barbu pour faire l'intifada !

Les maigres informations au sujet d'IKI défilent à l'écran. Né en Algérie d'un père algérien et d'une mère belge, il est actuellement sans emploi. Il réside en Belgique depuis ses six ans avec sa mère, décédée il y a trois ans. IKI a opté pour la nationalité belge. Une seule adresse renseignée s'affiche sur le moniteur. Hans saisit son téléphone et convoque Erik et Jérôme sur-le-champ.

Erik et Jérôme sont les Laurel et Hardy du commissariat. Jérôme, c'est l'allure slim, le beau gosse introverti. Erik, lui, c'est l'eau et le feu, un alliage de sagesse et folie. Aîné du groupe et seul quadra, il en est aussi bien le sage que le pitre. Le grand frère qui vous fera rire ou vous tendra son oreille. Père doux, mari aimant, son côté court sur patte ne l'empêche en aucun cas d'envoyer des mandales à la Depardieu. Ses frasques de rockeur anarchiste dans l'âme n'avaient pas toujours été bien vues par ses supérieurs et lui avaient valu quelques soucis de carrière. Mais à mes yeux, les personnalités fortes d'un Erik ou d'un Hans pesaient nettement en leur faveur pour autant que vous disposiez d'un Jérôme pour équilibrer le tout. Hans commence le briefing tandis que je géolocalise l'adresse d'IKI : rue Turenne à Charleroi, ancienne icône pornographique du Pays Noir. À peine surprise, j'interromps Hans :

— Hans, tu ne peux pas faire la planque, c'est à côté de l'ancien ciné Turenne*… Tu serais trop vite reconnu dans le quartier !

Erik et Jérôme éclatent de rire. Hans m'ignore et reprend ses explications. Erik et Jérôme seront en planque devant le domicile présumé du suspect pendant que Hans et moi interrogerons le voisinage.

*

La voiture banalisée empeste la saucisse fumée. Pour contrecarrer l'odeur, je m'allume une clope. En guise de protestation, Hans mastique la bouche ouverte.

Nous descendons la rue Turenne et passons devant la Maison du Bailli, plus ancienne bâtisse carolo. Si elle tient sa dénomination en l'honneur d'Henri de La Tour d'Auvergne, vicomte de Turenne, les nobles ont depuis longtemps fui ce quartier. Les maisons de maître, transformées en tripots ou lieux de luxure, reflètent la grisaille d'une ère de transition.

Songeuse, j'observe la pierre bleue affronter les couleurs vives d'une devanture de snack. Les travaux de réaménagement

* Cinéma pornographique ayant fermé ses portes.

des espaces publics sont une nécessité. L'ambition de Charleroi District Créatif* est à la hauteur du défi.

Nous nous rendons dans les quelques magasins avoisinants la demeure présumée d'IKI. Notre homme semble aussi insipide, inodore et incolore que l'eau. Même son de cloche du côté des voisins. Ce grand gaillard, à la tignasse épaisse et foncée, laisse son entourage de vie indifférent. Impossible de savoir depuis quand ils ne l'ont pas vu… Loi du silence ou véritable fantôme dénué de tout charisme, l'enquête de voisinage nous laisse sur notre faim.

*

Je suis à peine arrivée que la porte de mon bureau claque dans un bruit sec et autoritaire. Assise derrière mon écran, mes sourcils se froncent.

La manière de marcher, d'être ou même de rentrer dans une pièce dévoile bon nombre d'aspects d'une personnalité. Renaud s'inscrit sur deux listes : les leaders charismatiques et les exigeants.

— Claire ! Ton second rapport !

J'anticipe toujours ses besoins et ça me frustre quand il s'impatiente.

— Je suis dessus, Renaud. Si tu me laissais le finir, tu le recevrais plus vite.

Les années de travail et les compétences reconnues amènent le respect mutuel. Nos dialogues sont sans filtre. Irrité, il balaie ma réponse d'un geste vif.

— Donne-moi ce que tu as. Je viens de raccrocher avec notre bourgmestre, Paul. Il veut me voir demain à la première heure. Les journalistes parlent un peu trop de Charleroi au goût du Collège, qui plus est à quelques mois des élections.

---

* Projet de requalification urbaine du quadrant nord-ouest du centre-ville de Charleroi.

Je hausse les épaules. La politique m'importe autant que la crème de bronzage et les faux ongles. Il s'avance, son aura gagne l'espace. Je relève mes yeux bagarreurs. Ses épais sourcils se braquent, mais ne me leurrent pas. Encadrée par les rides de l'expérience, je trouve sa bonté d'âme. De l'image du professionnel irréprochable transpire l'homme, celui qui gère son équipe en bon père de famille. Il n'a pas besoin d'en dire plus. Il vient parce qu'il le doit et ne le fait pas de gaieté de cœur. Je me racle la gorge et mes doigts frottent mes yeux à peine reposés comme pour m'aider à synthétiser l'information. La fatigue m'assaille comme un lasso tendu. Mon lit me manque, sentir la main d'Aaron sur mon visage, le respirer tout contre moi… En un éclair, je reviens vers Renaud et entame le plus concis des rapports :

— On a trouvé le lien et on a une preuve tangible : les analyses de liquide céphalo-rachidien…

— Tu as fait une ponction lombaire ?

Quand un cas l'excite, son esprit pense plus vite et il m'interrompt tout le temps, ce qui m'énerve.

— Oui, Renaud… Elle confirme la présence d'une substance atypique…

— Une drogue ?

— Oui, Renaud… Une drogue ! Tu sais, un truc qu'on sniffe, qu'on s'injecte ou qu'on avale !

Il ouvre la bouche pour poser une nouvelle question. Mes yeux marteaux-piqueurs le massacrent. Il se ravise.

— On n'a pas pu tous les tester mais Raphaël de Chez Duche, la prostituée de la Ville Basse et l'ouvrier de la FAFER sont positifs.

— Le conseiller communal ?

— Il a refusé de se soumettre au test…

Mon sourire politiquement correct embraie sur le sien. Il fait la moue et reprend :

— Donc ?

— Donc, la présence d'une drogue est confirmée, mais elle reste mystérieuse. Elle semble inhiber les peurs et accroître l'agressivité et la colère. En clair, c'est la pilule miracle pour se débarrasser de quelqu'un soit en le faisant liquider par un autre, soit en le transformant en meurtrier.

Son front se plisse, incrédule. Au diable la langue de bois :

— Par exemple, demain matin, tu as une réunion avec le grand patron. Il va te gonfler, c'est couru d'avance. Si je voulais me débarrasser de toi, je te ferais ingurgiter la pilule à ton insu, juste avant l'entrevue.

Il me fixe, intéressé.

— Sous l'effet de la drogue, tu ne supporterais pas la moindre remarque. Pendant la réunion, tu deviendrais fou furieux. Tu le massacrerais à coup de chaise.

L'image le fait sourire.

— Résultat, tu irais en prison et je serais enfin débarrassée de toi. Ta place disponible, je postulerais pour mon avancement personnel.

Son sourire s'efface, cette idée le met mal à l'aise. Le mien devient enjôleur, ça l'effraie encore plus. Je poursuis :

— Le côté vicieux, c'est que le coupable est déjà trouvé. On te cherchera un mobile pour la mort du patron alors qu'en fait, la cible, c'était toi depuis le début. Le bourgmestre ne serait qu'un dommage collatéral. Ou je pourrais aussi faire ingurgiter la pilule à Erik, par exemple, vu les blâmes que tu lui as déjà mis, je suis certaine qu'il te liquiderait. Dans le cas présent, ce serait lui le dommage collatéral mais *in fine*, je m'ouvrirais une voie royale pour une promotion.

Fière de moi, mes lèvres esquissent un sourire.

— C'est très pratique.

Ses traits se durcissent, ça ne l'amuse pas.

— Le fournisseur ?

— J'ai un nom. Erik et Jérôme sont en planque. L'enquête de voisinage n'a rien donné.

— Oublie la paperasse ! Je veux des résultats !

Sans autre cérémonie, il quitte le bureau.

*

Renaud m'a mis les nerfs à vif. Il en faut plus, toujours plus. Je termine le rapport malgré ses consignes. Si la paperasse n'est pas faite, tôt ou tard, elle vous revient en pleine figure. Je serre les dents, avale une gorgée de café froid, infect, et poursuis ma rédaction. Ce ne sont plus mes neurones qui agissent, ce sont mes nerfs. Mes doigts furieux enfoncent les touches du clavier. J'avance à grands coups de lettres rapides et vindicatives. La porte s'ouvre, à nouveau.

— Encore ! C'est possible de se concentrer ?!?

Ce balourd de Hans franchit le chambranle.

— Alors, grosse pute, qu'est-ce que tu me fais pour un expresso ?

Ma vue se fige et tout pâlit. Les événements vont plus vite que le rythme de ma pensée. C'en est tout simplement de trop. Comme un spectateur en lévitation, je vois mon impulsivité répondre. Mon gobelet de café vole en direction de Hans. Le pauvre bougre en tenait deux tasses fraîches, brûlantes. Son réflexe est fatal.

Les deux tasses l'éclaboussent et le brûlent. Il venait m'apporter un simple café. Un petit geste dont il a le secret.

— Putain, mais t'es impossible ! C'est toujours dans l'excès avec toi. Tu ne tournes pas rond, ma parole. Va te faire soigner !

Ce ne sont pas ses mots qui me heurtent, ce sont ses yeux. Deux plaies qui saignent. Il souffre, blessé par mon geste. Je m'en veux. Lui et moi sommes un peu pareils. Nos grandes gueules ne plaisent pas à tout le monde. Suite à des remous internes, j'ai pris la place de commissaire du SER et Renaud m'a collé Hans dans les pattes. Ça a matché tout de suite. Depuis deux ans, on passe le plus clair de notre temps ensemble. On se couvre l'un l'autre sur le terrain et au bureau.

— Attends…

Il claque la porte sans dire un mot.

7 - SPOTLIGHT

« Le premier à dégainer », nouvelle maxime des médias.

Perdue dans mes dossiers depuis des heures, l'aurore est déjà de l'histoire ancienne. Nicotine et caféine témoignent du stress qui m'envahit petit à petit. La presse ! S'il y a bien une chose qui m'exaspère par-dessus tout, c'est d'affronter les médias. Ce n'est pas une question de peur panique de l'objectif, surtout qu'elle est réservée pour les huiles, mais simplement l'éthique journalistique nauséabonde de certains canards qui m'irrite.

Si la police scientifique a enlevé une partie d'investigation dans notre boulot de flic, le web a complètement corrompu le travail des journaleux. Bien qu'ils ne soient pas tous à mettre dans le même sac, fini les enquêtes, la recherche de la véracité des informations… Être le premier, voilà tout ce qui importe ! « Le premier à dégainer », nouvelle maxime des médias.

Plus vite, toujours plus vite, et tant pis si l'on désinforme ! À tel point que dirigeants et rédacteurs en chef compriment, brident, répriment le journalisme d'autrefois. C'est un peu comme si l'on demandait à un flic de fabriquer des preuves ou pire, d'en faire abstraction pour condamner vite, et tant pis pour la justice !

Je m'égare et fulmine toute seule. Pour me calmer, j'avale une énième tasse de café parfumée à la cigarette. En mode zombie, Aaron débarque.

— Sers-m'en une tasse, Claire. Et s'il te plaît, un nuage de goudron au réveil, y a mieux quand même !

— Bonjour ! Y a plus de café, mais je t'en prie, quelques tasses de plus ne seraient pas de refus.

Aaron marmonne entre ses dents. Rares sont les fois où il se lève ronchon. Je me redresse, ouvre une fenêtre et me dirige vers lui pour l'embrasser.

— Si tu crois que je n'ai pas compris ton cinéma, vieux cochon…

Avec mon appui, ses mains viennent se déposer sur mes seins durcis par ce courant d'air matinal.

— Toi, tu passes trop de temps avec Hans !

Il n'enlève pas pour autant ses mains et me rend mon baiser.

— C'est possible, mais manifestement, ça ne te déplaît pas…

Avec un sourire narquois et coquin aux lèvres, je m'éloigne de lui.

— Renaud nous a demandé à Hans et moi d'être présents pour la conférence de presse du bourgmestre. Tu sais à quel point j'aime ça.

La mine faussement déconfite par mon recul, Aaron soupire.

— Tu n'as jamais pensé à vivre dans un coin perdu du monde, loin de tout ça ?

Un rire fugace m'échappe.

— Ton boulot te manquerait plus que le mien, Docteur.

Je me colle à lui pour lui faire retrouver le sourire et l'entraîne vers la salle de bain.

— Dans quarante minutes, je dois être à l'Hôtel de Ville sapée de mon plus beau tailleur… À toi de faire vite.

*

Trente minutes et quelques poussières plus tard, je sors de l'ascenseur attifée d'un tailleur et d'un chignon qui ne me ressemblent guère.

Hans m'attend en bas, croissant à la main, accosté à sa voiture.

— Claire en tailleur… Tu ressembles à Clara Morgane !

— Je préfère Clara Morgane à un Danny DeVito alcoolo et sapé comme un clodo.

Je saisis son gobelet de café et bois une gorgée.

— Allez, chauffeur, en route. Faudrait pas être en retard pour Big Brother !

— OK, Miss Daisy ! Le boss et Popol veulent nous voir avant la conférence de presse.

Devant l'Hôtel de Ville, j'observe le Beffroi s'élever vers les cieux pour porter sa ville vers les grandeurs qu'elle mérite. En attendant, les travaux cernent ses alentours. Les réfections de la place du Manège et de la place Charles II combinées à la création des trois palais* ne facilitent pas le stationnement. Nous longeons la rue Montal avec le Beffroi en ligne de mire. Une fois les portes du vaste bâtiment communal style Art déco franchies, nous nous dirigeons vers la salle Dauphin et tombons nez à nez avec Renaud et Paul.

Si, d'habitude, le bourgmestre a le discours plutôt affûté, cette fois, il fait plutôt profil bas. Renaud, lui aussi sur son trente-et-un, le briefe sur l'enquête. La noirceur du Pays assombrit le regard mayoral.

— Une nouvelle drogue…

Ami de trente ans, Renaud le coupe :

— Écoute, Paul. Officiellement, je ne parlerais pas de nouvelle drogue. Nous n'avons aucun échantillon de ladite substance à analyser. Je me cantonnerais à expliquer que vu

* Palais des Expositions, Palais des Beaux-Arts et futur Palais des Congrès.

le caractère particulier des meurtres, nous enquêtons sur une possible corrélation.

Songeur, Paul fait crisser sa barbe naissante sous ses ongles. Il surenchérit :

— Avez-vous des pistes ? Des citoyens assassinés sauvagement, ça fait déjà du bruit, mais si tu y ajoutes un flic au tapis et un conseiller communal présumé coupable, ça devient ingérable ! Et dans trois mois, je vous rappelle que les Carolos sont aux urnes !

Hans ne peut s'empêcher de me chuchoter que le conseiller communal, de l'opposition, ça devait bien les arranger qu'il soit jugé meurtrier… La discrétion légendaire de Hans a encore frappé, Renaud le fustige du regard et me cède la parole :

— Monsieur le Bourgmestre, à ce jour, nous avons le nom d'un dealer, Ibrahim Kader Idir, mais nous ne l'avons pas encore localisé. Néanmoins, il y a fort à parier que ce n'est qu'un second couteau. Vu le cas qui nous occupe, il est absolument nécessaire de remonter la source. Dès lors, il serait préférable de taire la piste pour l'instant.

Ma remarque ne lui plaît guère et il monte dans les octaves :

— Mais de quoi puis-je parler aux journalistes, Commissaire ?!?

Renaud tempère :

— Paul, c'est plus que complexe comme enquête et c'est d'ailleurs pour cette raison que j'ai mis ces deux-là sur le coup. On ne fait pas mieux dans la maison… Mais ils doivent bosser à l'abri des regards… Axe ton intervention sur la complexité de l'enquête et la parfaite collaboration entre les différentes zones de police… Bref, fais ton job et nous, on fera le nôtre.

Assez surpris devant la répartie du commissaire divisionnaire, Hans et moi ne pipons mot.

— Parfait… Y a-t-il besoin de renforts supplémentaires pour les festivités nationales de demain ?

Les yeux sévères rivés sur nous, Renaud rétorque :

— Ce ne sera pas la peine. À part la soirée de ce soir à l'A-Reine, il n'y a pas d'autre rassemblement. J'affecterai une équipe sur place.

Le briefing terminé, Renaud et Paul s'en vont affronter les caméras. Ils sont à peine sortis que je me lève et me retourne vers Hans.

— Putain, tu devrais apprendre à la fermer ou à te retenir. Avec tes conneries, on est de corvée garde-chiourmes.

— Tu sais, des pulsions incontrôlées, ça arrive… Et… ce n'est pas si grave.

Il me dévisage, me sonde. L'épisode de mon café jeté à la figure refait surface. Je comprends son message et envoie un léger sourire où s'entremêlent regrets et gratitude. Beaucoup de gratitude…

*

— Haaaaaaaaaaaaaaaans !

Mes poumons se vident pour le faire revenir dans mon bureau. Son pas lourd dans les couloirs en ferait presque trembler ma tasse de café.

— Ils viennent de trouver un corps à Charleroi dans une décharge sauvage. Le gars est défiguré, mais est de type maghrébin… Confirme à la patrouille sur place notre intervention rapide !

La tour Inter-Béton trône sur l'est de Charleroi. Tour à tour symbole de l'industrialisation puis des chancres qui peuplaient Charleroi, elle s'est, cette fois, muée en morgue. Les agents présents sur place ont bouclé le quartier. Le corps enfoui sous d'innombrables détritus a été découvert par un SDF habitué des lieux. Un simple coup d'œil nous fait comprendre que le nombre de témoins sera inversement proportionnel au nombre de rats qui occupent l'endroit. Hans soulève le drap qui recouvre le corps du macchabée.

— Manifestement, on nous l'a rendu méconnaissable… Est-ce qu'on a les empreintes d'IKI ?

— Non, rien du tout… Je pense qu'il va nous falloir un mandat cette fois. Tu t'en occupes ?

— Aucun souci. Dès que c'est réglé, j'envoie une équipe de la police scientifique à son domicile.

Hans, tel un agneau après le briefing mayoral de ce matin, me lance d'une voix mielleuse :

— Vu la rigidité et la lividité cadavérique, la dépouille est fraîche… Douze à vingt-quatre heures tout au plus.

La reconstruction du tissu urbain dessinée sur les pancartes contraste avec la décomposition des tissus humains. La représentation du projet River Towers*, avec vue panoramique, offre pour l'occasion un paysage désolant.

Un article de presse me revient à l'esprit. La Ville de Charleroi s'est dotée de caméras pour lutter contre les dépôts sauvages de tout type et au vu de l'endroit, il y a fort à parier qu'ils en ont placé une.

Je contacte le Service Environnement et Propreté de la ville mais à 16h30, veille d'un 21 juillet, ma requête reste lettre morte. Par chance, un de mes contacts, attaché au cabinet de l'échevin, me confirme qu'une caméra surveille le site. Grâce à ses indications, la localisation est aisée. Mon cœur s'emballe.

— Il me faut les images dans les plus brefs délais !

Il tente de m'expliquer que cela ne va pas être évident, la veille d'un long week-end. La menace est ma seule arme.

— Si ça vient du bourgmestre, ça ira plus vite, tu penses ?

À peine la communication coupée, haletante, je me dirige vers Hans et lui indique du doigt la caméra.

— On devrait avoir les images dans la soirée. Le temps qu'il les télécharge et nous donne accès au serveur et c'est réglé. Tu as eu la juge en ligne ?

* Construction de deux nouvelles tours et rénovation de l'espace commercial situé dans les anciens bâtiments Volkswagen d'Ieteren.

— Oui, c'est en cours. Dès qu'on a le mandat, Erik et Jérôme se rendront sur place avec l'équipe scientifique pour prélever tout ce merdier dans les règles.

L'excitation me gagne. Serait-ce enfin une avancée ? Hans me ramène à la réalité :

— Bon, rouchatte*, faudrait que t'ailles te faire belle pour ce soir. L'ouverture des portes est à 22 heures. On mange ensemble avant ?

Mon majeur tendu se glisse dans nos échanges de regards.

— Je ne crois pas non. Aaron est de garde et a une opération programmée pour ce soir donc je vais manger avec lui. Tu t'assures que le labo se sort les doigts du cul ? Férié ou pas, je veux les résultats demain. Demande aux collègues de te redéposer.

— OK, Madame la Commissaire. À tout à l'heure !

Hans conclut par un geste obscène à connotation phallique réalisé avec sa bouche.

---

* Rousse en wallon.

8 - UNE NUIT AU PAYS NOIR

Nous devisons avec le mal, le démon originel,
la haine à l'état pur.

Il y a quelques années encore, lorsque des visiteurs entraient dans Charleroi, par la Gare du Sud, une voix rauque et fantomatique leur vociférait : « Bienvenue au Noir Pays ! » La Ville Basse et son symbolique boulevard Tirou périclitaient. Le Monopoly avait d'ailleurs éjecté la métropole carolo de ses fameuses cases bleu foncé redoutées par tant de joueurs pour un emplacement beaucoup moins prestigieux. Les médias locaux et étrangers s'en donnaient à cœur joie :

« Charleroi, plus laide ville du monde. »[*]

« Charleroi est-il le Grozny belge ? »[**]

Mais Charleroi puisa dans sa ressource la plus inestimable : sa population !

Soutenue, entre autres, par les bienfaits de l'Europe et ses mannes à subsides, Charleroi se mit en marche pour retrouver ses lettres de noblesse.

La gare de Charleroi-Sud subit en premier un lifting, sans le burlesque de la mégalomanie liégeoise ou montoise. Les quais de Sambre redonnèrent vigueur à l'or bleu de la rivière qui fut, autrefois, détournée pour céder sa place au boulevard

---

* Selon un sondage de 2008 effectué sur le site Volkskrantreizen.nl.

** *Humo,* août 2014.

Tirou. Au centre de ceux-ci fut placée une placerelle* reliant les deux berges et témoignant de la convivialité qui anime le Pays Noir.

Le Quai 10** entra ensuite en scène et inaugura la Porte des Arts. Mais point question de n'être qu'une façade, il fallait faire renaître la Ville Basse de ses cendres, tel un phénix noir. Investisseurs privés et publics s'allièrent pour mettre en musique cette première cure de jouvence : Rive Gauche***, Left Side****, la halte nautique, sans oublier la place de la Digue qui ramène la convivialité de Noël dans le cœur des Carolos.

L'ambitieux projet de revitalisation de l'infâme « Triangle », haut lieu de la prostitution de Charleroi, était un grand défi. Mais même les mauvaises choses ont une fin et ce polygone des calamités vivait ses dernières heures. Avec l'inauguration en mars 2017 du radieux centre commercial Rive Gauche, la métamorphose de ce quartier était en marche ! Enfin, le Coliseum, effigie du passé, allait donner l'impulsion de cette dernière mue urbaine. La délinquance du passé serait sous peu remplacée par une autre forme de débauche, plus douce, plus euphorique, plus folle : un Charleroi by Night***** où les décibels vous porteraient au bout de la nuit.

À l'aube d'un 21 juillet, le Coliseum tire sa révérence après nonante années d'existence. À l'occasion d'une White Party, ce dernier change d'enseigne pour devenir l'A-Reine.

*

---

* Contraction de « place » et « passerelle ».
** Centre de l'image animée et interactive à Charleroi.
*** Centre commercial en plein cœur de la Ville Basse.
**** Interface urbaine habitée entre le centre-ville et l'infrastructure du ring de Charleroi.
***** Projet fictif.

Aaron, plongé dans la lecture de *Magister Dixit*, s'enfonce dans son fauteuil de bureau. Depuis qu'il a acheté ce polar, il n'en décolle plus.

Mon arrivée ne trouble pas sa concentration. Sans relever la tête, il me lance d'un air enthousiaste :

— Ce bouquin est épatant !

Je réponds d'une voix distraite.

— Thomas Dansor et J.J. William, ce sont des Belges, non ?

— Dansor est même carolo ! Ils s'attaquent au fossé entre pays émergents et riches industrialisés. Son enquête pose la question de l'égalité devant la mort et la maladie…

Il lève enfin le nez de son roman. Me voir troquer le chignon serré et le tailleur contre le look femme branchée émoustille sa curiosité.

— T'es sûr que t'es de garde ?

Je lui montre le 38 glissé dans ma jarretière.

— S'habiller fashion, tout en blanc, et dissimuler une arme n'est pas chose aisée !

Je souris pour moi-même avant de conclure :

— La libido de Hans en tremble déjà.

Sous le regard du Marsupilami* qui s'entortille sur son rond-point, le serveur du resto italien d'en face nous livre une pizza. Nous la partageons sur le coin d'un bureau d'hôpital et savourons le bonheur de notre couple dont les plus beaux moments se dévoilent aux détours d'instants volés dans nos horaires élastiques.

*

Les reflets rougeoyants d'un soleil en bout de course miroitent sur les façades vitrées des immeubles qui peuplent le boulevard Tirou. L'artère débordante de piétons endimanchés

* Statue à l'effigie du personnage de bande dessinée.

rend la scène biblique. Vêtus de blanc, ils déambulent vers l'A-Reine comme des anges en perdition.

Hans, Jérôme et Erik m'attendent à quelques mètres de l'entrée. Ils surplombent une foule déjà bien présente. Nous usons de nos laissez-passer métalliques pour esquiver la file.

À l'entrée, un punch nous est offert. Hans, Jérôme et moi déclinons. Erik m'interroge du regard. Je lui fais signe qu'un verre ne le tuera pas.

Le monde afflue petit à petit. Kid Noize, l'artiste au faciès simien, commencera à mettre le feu d'ici une heure. Comme à chaque fois, la salle affiche complet. Hans me sent sous tension :

— Commissaire… relâche-toi un peu ! Notre dealer est sans doute déjà mort ou loin d'ici. Et puis, tu sais ce qu'on dit, la foudre ne frappe jamais deux fois au même endroit.

Concentrée, j'ignore sa remarque et embarque Jérôme. Nous effectuons un tour des lieux, histoire de visualiser les points sensibles. Le vaste hall d'entrée est composé sur la gauche d'une billetterie et d'un vestiaire. En son centre, un superbe escalier recouvert d'un tapis rouge vif confère des allures cannoises à l'ancien cinéma. L'accès aux balcons est fermé. D'un regard, j'ordonne à Jérôme de sonder l'extérieur. La foule entassée dans cette énorme file d'attente constitue une cible de choix. De mon côté, je rentre dans le cœur du bâtiment.

L'ancien cinéma cache bien son envergure. Sa profondeur approche celle d'un terrain de football. Afin de casser la linéarité de la pièce, un bar est érigé en son centre. Son imposante taille, sa forme carrée et sa position centrale lui décerneraient le premier rôle, s'il n'y avait pas la scène. Surélevée par rapport au reste, chaque élément converge dans sa direction pour la rendre inévitable. Les lumières et les projecteurs savamment inclinés lui font révérence, si bien que même vide d'artiste, on ne peut s'empêcher de marquer un temps d'arrêt pour la contempler. Ensuite, si on lève le regard, le balcon vient mourir en un dégradé harmonieux aux abords de cet autel musical.

Mes pas m'amènent vers les coulisses. Deux molosses de la sécurité me reconnaissent. D'un geste, ils comprennent mes intentions et m'autorisent à entrer. Le sigle des sorties de secours illumine de leurs reflets verts le couloir. Je déambule dans une enfilade de pièces sombres et exiguës dont l'ambiance plaît tant aux artistes. Je fais des efforts pour ne pas heurter le personnel qui s'y presse. L'endroit étroit et mal éclairé me plonge dans une atmosphère glauque et marquée par une odeur rance.

Un choc sur ma cuisse me surprend. Je me retourne sur une petite frimousse blonde saupoudrée de taches de rousseur.

— Salut, toi !

— Bonjour, madame. Vous êtes une chanteuse ?

— Non, ma puce, je suis commissaire de police.

La petite me dévisage.

— Vous êtes jolie comme une chanteuse.

Une pointe de chaleur me fait rougir.

— Mon papa, il est musicien, lui.

— Comment t'appelles-tu ?

— Lisa. Vous voulez jouer à cache-cache avec moi ? Il y a plein de cachettes ici, c'est trop chouette !

Un homme sort d'une des loges et fait signe à la petite.

— Au revoir, Madame la Commissaire. Mon papa m'appelle.

D'un petit geste affectueux, j'ébouriffe ce concentré de bonheur et reprends ma route.

*

La file à l'entrée est dense et les punchs récoltent beaucoup de succès. Jérôme m'attend au pied de l'escalier.

— Rien à signaler, Boss.

Nous gravissons les marches écarlates pour atteindre notre poste d'observation. De retour sur le balcon, la scène s'offre à moi. Tout me semble normal. J'ai beau scruter chaque détail, aucune source de danger n'apparaît à l'horizon. Mon instinct bute contre ce constat. Jérôme, à mes côtés, regarde lui aussi le décor mais son visage paraît beaucoup plus serein. Grivois, comme de coutume, Hans accueille notre retour tout en finesse :

— Alors Jérôme, vidé ?

*

La soirée bat son plein. Le DJ débarque sur scène avec son masque et fait exploser les décibels. Depuis notre balcon, nous observons le paroxysme de l'excitation. En bas, les gens s'amusent, boivent et dansent.

Soudain, un cri de douleur me surprend. Le temps de tourner la tête et de regarder mes coéquipiers, Hans gît au sol, le crâne ensanglanté, un morceau de verre planté dans la tempe. Erik se tient face à lui. Il lâche le tesson de bouteille et dégaine son arme.

Jérôme, l'esprit vif, attrape son bras, désormais armé.

Notre coéquipier est enragé. Son regard n'est que colère, il est méconnaissable. Nous devisons avec le mal, le démon originel, la haine à l'état pur. Jérôme le maintient tant bien que mal. Je me penche sur Hans. Son crâne baigne dans une mare de sang. D'autres cris de terreur se succèdent. Ils dominent les sons du DJ. Erik parvient à atteindre le bras de Jérôme avec sa bouche. Il lui arrache un épais morceau de chair tandis que le policier hurle. Sous la douleur, sa prise se relâche et le prisonnier se libère. En un geste, la crosse fracasse le crâne de Jérôme. Ce dernier s'effondre. Erik se retourne et pointe son arme sur Hans.

Mon corps fait barrage devant le flingue.

— Erik, c'est moi !!! Claire !!! Du calme ! Tout va bien, personne ne te veut de mal…

Mes mots se meurent dans un flot de hurlements qui monte de la salle. Un seul lien persiste, celui de nos regards. En face à face avec son canon, mes yeux s'accrochent à lui. Lutter, maintenir le contact, ne surtout pas briser cet état de tension, sous peine de provoquer le drame. D'un mouvement, mon corps se décale pour se présenter de profil. Ma main glisse sur le côté de ma robe.

— Putain, Erik, ce n'est pas toi, c'est une drogue. Tu as ingurgité cette merde à ton insu, pose ce putain de flingue !

Erik recule, arme le chien de son six coups et lève le bras. Le son mixé aux grognements de terreur étouffe la détonation. Mon arme crache une balle. Le premier impact dans son bras armé ne le fait même pas vaciller. Déterminé, sa main empourprée tient toujours Hans en joue. Aucune douleur n'émane de son être, seule la colère se renforce sur sa proie. Les possibilités s'amenuisent et ne me laissent aucun autre choix.

Sa chemise blanche absorbe l'hémoglobine qui jaillit de son thorax. Erik s'effondre.

Je n'ai pas le temps de m'attarder sur son sort, les hurlements dans la salle sont effroyables. Garder la tête froide, aussi éprouvant que ce soit, est indispensable. Jérôme a réussi à se relever mais se tient le crâne, titube et lutte pour rester conscient. Hans, étendu et immobile, m'inquiète. Du sang s'écoule du côté de son visage, Erik a visé la tempe. L'hémorragie est sérieuse. L'adrénaline monte.

— Jérôme ! Appelle les collègues.

Il ne me répond pas. Il est en état de choc, mais sort son téléphone portable. J'abandonne Hans et me rue vers le hall d'entrée. La porte s'ouvre sur l'enfer du rez-de-chaussée. Du haut des marches, le spectacle est horrible. La foule se presse vers la sortie. Une marée humaine se heurte à des portes closes. L'énorme double battant semble barricadé de l'extérieur et résiste aux assauts pour se transformer en piège mortel. Le mouvement général assassine les fugitifs de tête. Oppressés contre la porte verrouillée, ils succombent, écrasés. La foule devant mes yeux ressemble à un essaim, étrange mélange de fuyards et de fous enragés. Des hommes, des femmes s'entredéchirent. Ils se mordent, se piétinent et s'entassent vers des portes résolument fermées.

Certains me remarquent et grimpent les marches quatre à quatre. Leurs mains armées d'objets contondants indiquent leurs intentions. Je rebrousse chemin et condamne l'accès à l'aide des loquets. Revenue vers mes collègues, ma propre voix me percute comme si le poids de mes propos secouait tout mon être :

— Faut mettre Hans à l'abri, c'est le carnage en bas. Ils vont bientôt arriver sur nous.

Sa lourde carcasse nous oblige à agir avec brutalité. Nous agrippons Hans par les bras et le traînons vers la réserve du bar de l'étage. Une traînée de sang nous poursuit. Une fois à l'abri, la porte verrouillée, j'interpelle Jérôme :

— T'as eu les secours ?

Il hoche une tête livide.

— Restez-là tous les deux et indique votre position aux collègues.

J'emprunte le monte-charge et descends vers la pièce analogue au rez-de-chaussée. Une douzaine de personnes y sont retranchées. La sortie en ligne de mire, j'avance, d'un pas résolu, vers la folie. Derrière moi, une voix terrorisée résonne :

— Non, n'ouvrez pas ! C'est le chaos dans la salle !

Je montre mon insigne et leur ordonne de refermer après mon passage.

La porte s'ouvre et mes premiers pas m'emmènent au Pandémonium. Une blonde siliconée se rue vers moi. La poupée Barbie d'il y a quelques heures ressemble maintenant à Chucky en furie. J'attends le bon moment et lui flanque une volée. Mon plat du pied la touche en plein visage, elle s'effondre.

Une poignée de réfugiés se terrent dans le bar secondaire pour fuir cette guerre de crocs, d'ongles et de sang. La salle ressemble à l'arène du Colisée d'autrefois, où l'agonie, le carnage et la brutalité régnaient en maître. Mes pieds évitent des cadavres poisseux. Je brise la vitre de l'alarme incendie. La douche s'abat mais n'ébranle d'aucune façon la rage et la folie qui ne cessent de croître. Quelques mètres me séparent des deux molosses à l'entrée des coulisses. À coups de matraques télescopiques, ils défoncent tous ceux qui essaient de forcer le passage.

Un homme obèse, saucissonné dans une chemise blanche, se rue sur moi. Acculée, je m'apprête à encaisser sa charge lorsqu'un barman, un métis d'un mètre nonante-cinq, lui fracasse une bouteille en plein visage. Sa course est interrompue dans un nuage de bouts de verre en suspension. Son corps adipeux s'affaisse. Un mouvement vif de tête en guise de remerciement scelle notre alliance. Nous avançons et entraînons des rescapés dans notre sillage.

Ce qui suit est un mélange de fureur et de violence. Les coups s'abattent sur chaque visage qui se présente à moi. Je puise dans toutes mes forces. Mes poignets cognent, mes phalanges craquent. Le barman à mes côtés utilise une table haute pour protéger le convoi.

Dans ce moment noir, l'instinct animal ressort pour vous déposséder de toute conscience. Seule compte la survie.

Nous tentons de nous frayer un chemin vers les deux cerbères en faction devant la porte d'accès aux coulisses quand soudain, mon bienfaiteur se fait perforer le cou par un morceau de verre. Sa carotide fuit. Il s'effondre à son tour. Quelques pas en arrière me permettent de m'emparer d'un extincteur. L'agent blanchâtre jaillit et repousse les assaillants.

Nous arrivons à nous faufiler près des geôliers.

— Il faut battre en retraite et verrouiller la porte !

Notre groupe de survivants s'engouffre dans les coulisses. Un des molosses referme derrière nous et solidarise les doubles battants au moyen de colsons en plastique.

Dans un éclair de lucidité, son geste m'éclaire et me renvoie vers les portes d'entrée principales résolument closes. Il n'y a pas de doute, l'entrée du bâtiment a été scellée par les responsables de ce carnage.

Le bodyguard termine et se retourne vers moi.

— Ça tiendra !

Sur mes injonctions, il guide les autres membres du groupe vers la sortie. L'arme au poing, je ferme la marche. Les bruits sourds de l'arène rendent les lieux encore plus lugubres. Des cris retentissent de la scène dont l'arrière débouche sur les coulisses. J'ordonne au convoi de fuir vers la sortie.

La sortie de secours est au bout du couloir. Bientôt l'air libre, la lumière, les renforts, la fin du cauchemar. Un son éloigné interrompt ma course.

Tous les sens en alerte, ma concentration est à son summum. L'oreille aux aguets, je l'entends à nouveau, un sanglot, un sanglot de petite fille… La petite frimousse blonde envahit mon esprit. Je revois ses taches de rousseur et son sourire espiègle. Une nouvelle plainte étouffée me parvient. C'est elle, je pourrais le jurer.

Je fais volte-face et parcours le couloir en sens inverse. Mon regard détaille le décor sombre et lugubre. La porte scellée est martelée de coups ravageurs. Les enragés s'acharnent. Les colsons ne tiendront plus longtemps. À droite, un petit escalier mène à l'arrière de la scène. La menace peut surgir de tous côtés.

L'écho d'un nouveau sanglot me secoue les entrailles. Mon pas feutré m'en rapproche. Il est tout près, là, dans cette pièce. En appui contre l'embrasure, j'ose un regard furtif dans une salle sans porte. Rien à signaler. J'entre. Le néon clignote et grésille par intermittence. Ce capharnaüm mal éclairé va me donner du fil à retordre. C'est un fourbi intégral.

Sur tout un pan de mur, une rangée de fauteuils dévisagent des glaces munies de leur arcade d'ampoules. Le reste est un amoncellement de chariots chargés de maquillages, de vêtements rangés sur des tringles, de caisses et de casiers. Le temps se raréfie, il est nécessaire d'agir.

Dans un murmure, je tente ma chance :

— Lisa ?

Comme si mon appel venait de réveiller un mort, un grand type aux cheveux frisés surgit de la porte d'entrée. Je pivote. Ses yeux vides se fixent sur moi. Mon corps se tend à son paroxysme. Sur ma gauche, Lisa s'extirpe d'un amas de vêtements empilés.

Ma main se tend dans sa direction pour qu'elle reste cachée. L'homme dévie sa trajectoire vers Lisa. Je le mets en joue. Ses mains dégoulinent de sang. Son visage est dénué de toute émotion, tel un zombie, l'état de décomposition en moins. Sa détermination me laisse sans choix. Mon calibre détonne.

Lisa jaillit de sa cachette et se colle contre mes jambes. J'entends la porte des coulisses céder. Je ne réfléchis plus, je la soulève et fuis. Je cours, je cavale, je galope, le diable aux trousses. Les jambes en feu, je vole vers la pièce du fond pour rejoindre le reste du groupe. Derrière, un raz de marée haineux, une horde en furie fonce sur moi et me rattrape.

Une intense douleur me frappe le crâne. Un objet pointu me transperce. Lisa hurle. Je lutte et continue d'avancer. Le coup est dévastateur. Je compresse la petite fille contre mon torse comme si elle était ma chair, mon sang. Mes jambes lâchent. Ma tête tourbillonne. Lisa ne bouge plus. Ma vue se trouble de mille étincelles. Un liquide chaud imbibe ma robe. Je tombe à genoux. Je rampe tant bien que mal dans un renfoncement du couloir. L'obscurité envahit mon esprit… C'est le noir, le noir absolu.

9 - ARYTHMIE

Si aucun mot ne fuit, nos yeux se parlent.
Nos corps communiquent.

L'endroit est sombre. Seul le néon verdâtre du panneau de secours éclaire son corps inexpressif. Recroquevillée en position fœtale, sa respiration est saccadée.

Avec délicatesse, je la secoue avec légèreté.

— Mademoiselle, tout va bien ?

Elle se redresse d'un bond. Le teint cadavérique, les yeux rouges, elle est en sueur. Elle grommelle une série d'injures. J'éclaire sa chambre.

— Je suis le docteur Aaron Eyck. Pouvez-vous me dire ce qu'il s'est passé ?

Dans un flot de paroles sans fin, elle tente de m'expliquer… En vain. Bien que sa mine blafarde ne la mette pas à son avantage, elle me captive. Sa chevelure cuivrée sublime ses yeux bleus. Hypnotisé, envoûté par son magnétisme, ses mots ne m'atteignent pas.

Après avoir retrouvé mes esprits, je lui demande de se détendre et de m'expliquer tout de manière plus calme.

Elle me raconte alors avoir rejoint la police il y a peu. Membre de la brigade des stupéfiants, elle a eu droit à un bizutage un peu particulier auquel elle a mal réagi. Le cupcake aux champignons hallucinogènes l'a mise en hyperventilation qui a dégénéré en arythmie cardiaque.

Nous discutons de tout et de rien pendant l'examen. Mes mots se veulent rassurants. Elle me saisit le bras avec vigueur.

— Faites quelque chose, Docteur. Je ne contrôle plus rien… Et je hais ça !

Je retire sa main que je cajole entre les miennes comme on rassure un enfant après un cauchemar.

— Claire… Je peux vous appeler Claire ?

Elle hoche la tête.

— Je ne vais rien vous prescrire…

Un long silence suivi d'une respiration profonde marquent une pause. Je n'ai pas l'habitude de draguer mes patientes, mais son charme enflamme mon palpitant. Je me jette à l'eau :

— J'ai fini ma garde et ce qui vous ferait le plus grand bien, c'est une bouffée d'air frais. Une balade et de longues respirations et vous verrez que tout sera redevenu normal.

Interloquée, elle me lance d'un ton cinglant :

— Si vous le dites… C'est vous le toubib, après tout.

Elle saute de son lit comme un chien rempli d'arthrose et se dirige vers ses vêtements. Dos à moi, elle ôte sa blouse d'hôpital. Mal à l'aise, mes pas me guident vers la porte. Je lui indique de m'attendre à l'entrée des urgences.

*

J'attends dehors qu'il me rejoigne. Charleroi a quitté son costume noir et revêtu son manteau blanc. Boule et Bill*, immobiles sur le rond-point, meurent d'envie de jouer dans la neige. Les rues sont désertes. L'aube tarde à se lever tout comme les Carolos emmitouflés dans leur cocon.

* Statues à l'effigie des personnages de bande dessinée.

Lorsque le docteur Eyck me rejoint, il m'enlève ma cigarette des lèvres et me confisque mon gobelet de café.

— Nicotine et caféine sont déconseillées au vu de votre état. Par contre, après une nuit de garde agitée, elles me sont vivement recommandées. Merci.

Sa voix calme et mielleuse a le don de m'agacer.

— Enlever à un flic ses drogues douces… Vous avez un goût prononcé pour le risque, Docteur.

— J'avoue, Lieutenant. Mais je me surprends à braver tous les périls aujourd'hui…

Ses prunelles caraïbes plongées dans les miennes me réchauffent et m'apaisent. Une réplique moqueuse m'échappe :

— Docteur, on ne dit plus Lieutenant, mais Inspecteur de nos jours !

— Très bien, Inspecteur, mais on ne dit plus Docteur quand ma garde est finie. On dit Aaron !

Son audace subtile me surprend. Nous marchons un long moment. La neige craque sous nos pas comme ma carapace sous sa voix calme et douce. Il m'explique l'opération qui l'a maintenu éveillé toute la nuit. Un chérubin en mauvaise posture suite à un chauffard ivre. Ma surprise se transforme en admiration.

Nous arpentons le Parc Hiernaux et débouchons derrière le Mambourg*. Nos pas rencontrent le Square Bonaparte. Je redécouvre Totor et Tutur, les statues qui en bordent l'entrée. Les majestueux lions en vis-à-vis semblent s'apprivoiser comme si la neige enveloppait leur côté fauve sous son manteau immaculé.

Aaron me narre avec enthousiasme sa carrière de médecin. Si protéger mon prochain est mon boulot, le sien consiste à le sauver. Soudain, il s'arrête et se plante devant moi. Il glisse deux doigts sur ma carotide. Son geste me déroute. Mon

* Ancienne appellation du Stade du Pays de Charleroi.

regard tente de fuir, mais la rougeur de mes joues trahit mon trouble.

— Alors, Claire, mon traitement vaut mieux que n'importe quel médicament, dirait-on.

Confuse, je ne sais que répondre et me contente de hocher la tête. Il me propose ensuite d'aller nous sustenter dans une boulangerie marocaine à quelques pas d'ici. Mon estomac crie famine, j'accepte volontiers.

Plus le temps s'écoule, plus son charisme m'enveloppe de son aura rassurante. Séducteur sans chercher à l'être, irrésistible sans se forcer, galant sans effort, une arythmie différente apparaît dans ma poitrine.

Je découvre un homme tourné vers son prochain. Cela me permet de réaliser à quel point l'altruisme est rare tant il fait défaut dans mon quotidien. Son côté négligé, sa barbe naissante, sa tignasse poivre et sel coiffée plus souvent par ses doigts que par les dents d'un peigne ne me laissent pas non plus indifférente.

L'horloge défile, le jour est levé depuis quelques heures.

De retour devant l'hôpital, il me propose de me déposer chez moi. Son ton sans arrière-pensée me convainc et j'accepte, malgré la courte distance entre mon domicile et l'hôpital. Hormis pour le plaisir pur, aucun homme n'a encore réussi à me déstabiliser. Aaron y arrive à merveille.

Maladroite à souhait, je lui propose de monter. Il masque sa surprise par une cabriole humoristique :

— Dans votre état, ce ne serait pas raisonnable !

Penaude, écarlate, seule une bafouille s'échappe de ma bouche :

— Euh… non, non, ce n'est pas ce que je voulais dire.

Il éclate de rire. Un rire un tantinet forcé qui trahit sa nervosité. Dévoués tous deux à nos carrières, les sentiments humains s'avèrent tout aussi compliqués pour lui que pour moi. Nous montons dans l'ascenseur exigu. À peine celui-ci en route, je ne peux m'empêcher de le bloquer en passant mon talon au travers de la cellule infrarouge. Si aucun mot ne fuit, nos yeux se parlent. Nos corps communiquent. Nos mains se confient. Le temps se suspend. Et nos lèvres se joignent dans un élan de douceur infini.

10 - LUI

La souffrance transforme les secondes en éternité.

J'entends des murmures par-delà ma vue brouillée. Allongée sur le flan, le froid du carrelage m'engourdit. Une voix familière se niche dans le creux de mon oreille :

— J'ai besoin d'aide ! Deux brancardiers et un secouriste, vite !

Les sons se rapprochent. Ma main tâtonne le sol à la recherche de mon arme.

— Claire, c'est moi, Aaron. Ne bouge surtout pas !

J'ai l'impression qu'un 30 tonnes m'a traversé le crâne. Les images commencent à se clarifier. Sa main me maintient sur ce sol poisseux. Un poids inerte occupe mes bras.

— Aaron, qu'est-ce que tu fais là ? Que s'est-il passé ?

Des flashs m'apparaissent. Les dédales de l'A-Reine, les cris, l'effroi… Effondrée sur ce sol rendu savonneux par l'hémoglobine, je ressens le corps de Lisa au creux de ma poitrine. Je veux me redresser, mais Aaron et le secouriste m'en empêchent. Avec sa voix calme et sereine, il m'explique :

— Claire, tu as été transpercée par une barre de fer en dessous de la clavicule…

Il marque un temps d'arrêt avant de poursuivre, comme pour me préparer à une mauvaise nouvelle.

— Celle-ci a terminé sa course dans la cage thoracique de la petite fille.

Paniquée, j'essaie de bouger. Aaron élève le ton sans pour autant devenir brusque :

— Il faut que tu restes immobile ! Est-ce que tu connais son nom ?

Mes yeux se tournent vers le visage éteint de l'ange blond. Éprise d'inquiétude, ma voix tressaille d'effroi :

— LISA ! Elle s'appelle Lisa. Elle est toujours en vie ? Dis-moi, Aaron ? Réponds-moi !

— Elle est en vie. Son pouls est faible, mais l'anime toujours. Le pieu qui vous unit lui a perforé le poumon. On va devoir te désempaler sans bouger Lisa, sous peine d'aggraver sa blessure.

L'adrénaline m'envahit et me fait retrouver ma lucidité. À mes oreilles, les sirènes des secours ont remplacé les octaves de la souffrance. Mes douleurs sont absorbées par l'inconscience de Lisa.

— On doit aller tout en douceur. Ça va être très douloureux, Claire, mais je n'ai pas le choix. Ta blessure est légère, mais le moindre faux pas peut être fatal à Lisa.

Aaron ordonne au secouriste de m'injecter un analgésique, ce que je refuse avec vigueur. En lieu et place, l'infirmier me donne quelque chose à coincer entre mes crocs. Mes dents s'activent sur ce bout de plastique infâme. Aaron s'allonge face à moi.

Dans le dos de Lisa, son bras se faufile contre le mien pour la maintenir immobile. Il glisse sa main droite sur la plaie et saisit le bout de tige situé entre ma clavicule et le thorax de la petite. Il me caresse le visage de sa main gauche.

— Ça va aller, Claire…

D'une force insoupçonnée, Aaron se transforme en statue de pierre. Lisa et la tige sont tenues de manière ferme.

Le secouriste, à genoux, passe son bras en bandoulière contre mon torse. D'une voix presque désolée, il me glisse à l'oreille :

— Agrippez-vous à mon bras et accrochez-vous !

Il commence à me tirer vers lui. Chaque centimètre désincarcéré me déchire. La douleur insoutenable me brûle de l'intérieur. Ma mâchoire broie le bout de plastique coincé entre les dents. Je le recrache et hurle au martyre. La souffrance transforme les secondes en éternité. Aaron arrive à attirer mon regard. Nos échanges me donnent la force d'encaisser. Sa maîtrise est à couper le souffle. J'entends à peine le secouriste me dire que c'est fini. Aaron pivote sur le dos et ordonne aux brancardiers de prendre Lisa avec précaution pour la déposer sur la civière. Il se redresse et accompagne Lisa vers l'ambulance. Sa tête pivote vers moi et d'une voix tendre me glisse :

— Tu as été courageuse. Je reviens, ne bouge pas !

À présent étendue sur le dos, je m'appuie sur le secouriste pour me relever. Il essaie de m'en empêcher.

— Le docteur a dit de ne pas bouger !

Je l'ignore complètement. À peine debout, Jérôme apparaît dans le couloir. Il essaie de me soutenir pour m'aider à marcher.

— Suis pas infirme, ça ira ! Comment va Hans ?

— Il a morflé, mais s'en remettra.

Jérôme se glisse sous mon épaule intacte et me dit d'un ton sec :

— Arrête de jouer les coriaces !

Jérôme, d'habitude très calme, ne me laisse pas le choix. Ma gorge se noue.

— C'est comment à l'intérieur ?

Sa voix meurt au bout de ses lèvres. Il cherche du courage dans une grande respiration, mais n'expire qu'un soupir.

— C'est le carnage, Claire, une véritable boucherie. C'est pire que les attentats de ces derniers mois. Y a pas de mots pour décrire l'atrocité de ce massacre. Heureusement qu'Aaron était là… S'il n'avait pas rameuté autant de gens, beaucoup de blessés seraient sans doute morts faute de premiers soins.

Nous arrivons dehors par la sortie de service. La rue ressemble à une scène de guerre. Secouristes, médecins, ambulanciers, pompiers, flics, tous sont là.

Jérôme me fait asseoir sur un brancard et me laisse aux bons soins d'un médecin. Celui-ci m'ausculte l'arrière du crâne et nettoie la plaie. Il agace mes yeux avec sa lampe et fait ensuite bouger mon bras. Quelques ecchymoses et un joli trou sous la clavicule, la sauvagerie m'a épargnée. Il me regarde presque admiratif.

— Vous êtes une dure à cuire, vous ! Vous êtes la femme du docteur Eyck, si je ne me trompe ?

— Oui, en effet.

— Il m'a sorti du lit il y a une heure environ. Il s'est démené comme un fou pour mobiliser les collègues. Ça arrive de partout. Mons, Namur, Nivelles, Tournai, Liège, Bruxelles. Même la Flandre se mobilise !

Véritable moulin à paroles, il me vante les mérites de chacun des corps de secours. Ses longues envolées lyriques sur la solidarité belge en cas de coup dur ne font que camoufler l'épouvante qui nous entoure. Je ne l'écoute que d'une oreille et observe Aaron s'occuper de Lisa.

Il enveloppe le professionnalisme de ses doigts experts par une véritable humanité. Son corps tout entier vibre à chaque toucher.

Il ausculte, il vérifie, il réausculte. Précis, rien n'est laissé au hasard. Lorsqu'il revient vers moi, mes douleurs s'estompent.

— Ça va, ma belle ?

— Oui, ça va mieux, merci.

J'ai l'impression que ma tête va éclater, mais mes plaintes restent muettes. Il inspecte mes bandages.

— Tu es rafistolée. Ce n'est pas de la haute couture mais on peaufinera plus tard.

— Comment va Lisa ?

— Elle a un poumon perforé, mais ses jours ne sont pas en danger. Un de mes collègues chirurgiens va la prendre en charge.

— Merci, Aaron…

— Ne me remercie pas. Reste là, je vais voir à l'intérieur si je peux être utile.

Je le retiens par la manche. Mon regard se pétrifie.

— Tu n'y penses pas, c'est le carnage.

Il glisse avec tendresse sa main sur la mienne.

— Non, les forces de l'ordre nous ont indiqué que l'endroit était sûr. Les derniers enragés ont été maîtrisés.

Je me relève et me colle à lui un instant. Sa chaleur humaine a le don de m'apporter du réconfort en toutes circonstances. Il dépose un baiser sur ma chevelure et me serre fort contre son torse. Je me recule et lui dis d'un ton décidé :

— Je viens avec toi.

Je grimpe dans une ambulance pour prendre un pantalon et une blouse bleue d'infirmier avec moi. Nous nous dirigeons vers l'antre de la folie.

*

La désolation nous fige. Les corps jonchent par centaines le sol de l'A-Reine. Sacs mortuaires et blessés s'alternent. Allongés sur des débris de verre par milliers, fêtards et flics amochés se mélangent aux balles en caoutchouc, aux douilles et autres boucliers antiémeutes fracassés et rougis par l'horreur. Le carrelage saumon de cette salle mythique s'est mué en mer de sang. Ce massacre sans armes à feu nous renvoie aux champs de bataille d'autrefois. Deux médecins font le tri par degré d'urgence. Estropiés, cadavres défigurés, rescapés mutilés. Entre les corps, une femme se relève dans un hurlement d'horreur. Son œil pendouille hors de l'orbite. La fête d'adieu s'est transformée en veillée funèbre.

Un secouriste se saisit de la dame à l'œil pendu. Dépassé, il demande l'aide d'un médecin. Aaron me lâche et le rejoint.

La consternation me tétanise. L'effroi envahit mes veines. Comment tout ceci a-t-il pu arriver ?

Je me dirige vers les toilettes. Les lieux sont déserts. Repeints du sol au plafond en rouge sang. J'aperçois ma silhouette dans un bout de miroir resté accroché à son cadre, ma robe blanche ressemble à celle d'Isabelle Adjani dans *La Reine Margot*. Le visage d'Erik vient s'incruster dans la glace. Je me retourne avec stupeur. Des sanglots m'envahissent. Je les étouffe avec ma main et tente de reprendre mes esprits. Je passe de l'eau sur mon visage pour nettoyer le sang séché puis me change.

De retour dans cette morgue publique, j'aperçois Aaron s'épuiser sur le corps d'un jeune homme. Ses mains pulsent son torse avec vigueur tandis que le secouriste pratique du bouche-à-bouche.

Aucun désespoir ne s'affiche sur son visage. Il tente sans relâche de réinsuffler la vie à ce cadavre de vingt ans à peine, en charpie.

*

Se dévouer, ne jamais rien lâcher, c'était pour lui une philosophie de vie, un leitmotiv, un fil rouge.

Aaron fut élevé par une mère veuve, éprise de luxure et d'opulence. Une génitrice qui, pour arriver à ses fins, passait de friqués dandies à autres crésus telle une prostituée des temps modernes. Son fils connut autant de beaux-pères que de voitures de luxe. Sa mère chevauchait les bons canassons.

Aaron, une fois son diplôme de chirurgien cardio-vasculaire en poche, confronta sa génitrice à la réalité de son absence. Cette dernière se contenta de lui rétorquer :

— Et pour qui crois-tu que j'ai fait ça ? Qui a réussi à financer tes nombreuses années d'études ? À qui dois-tu tout ça, Aaron ?

Avec un ton dédaigneux et méprisable, elle transforma son égoïsme égocentrique en sacrifice de mère. Aaron dut reconnaître qu'il n'avait jamais manqué de rien à l'exception d'un baiser sur le front ou de quelques mots doux de la seule personne qui à ses yeux comptait. Il lui tourna le dos et s'obligea à la voir une fois par an.

*

Le silence règne autour d'Aaron, toujours occupé par son massage cardiaque. Soudain, ce dernier rugit d'ivresse :

— J'ai un pouls, j'ai un pouls ! Embarquez-le ! Priorité absolue.

Son enthousiasme immédiat a le don de redonner espoir et courage. Tous s'activent et reprennent des forces après le cri de victoire de l'incroyable docteur Eyck.

D'une inutilité complète, mes pas errent dans la salle. Un collègue recouvre le cadavre du jeune métis venu à ma rescousse. Je m'approche et avant que son visage ne disparaisse sous le drap mortuaire, mes doigts referment ses paupières. J'échange quelques mots avec le policier. Il ne sait pas ce qu'il est advenu du corps d'Erik.

Les heures défilent. L'A-Reine se vide peu à peu. L'enthousiasme n'aura duré qu'un temps. Les sacs mortuaires s'accumulent. Malgré le renfort des hôpitaux voisins, les transports n'arrivent pas à suivre.

La fatigue n'a pas d'emprise sur Aaron. Il s'approche pour me donner des nouvelles de Lisa, tout s'est bien passé. Il marque un temps d'arrêt et dépose ses mains sur mon visage.

— On ne peut pas en dire autant pour son papa, il fait partie des victimes…

— Comment le sais-tu ?

— Un des secouristes l'a identifié.

Anéantie, les larmes serpentent le long de mes joues. Aaron m'enlace et me chuchote à l'oreille :

— Je t'aime, mon amour.

*

À la mort d'Eve, j'aurais fait brûler le monde entier. La culpabilité d'avoir été en service la nuit où Eve est décédée me gangrénait. J'enrageais de n'avoir personne à punir. La haine de cette injustice me rongeait les sangs. Et plutôt que d'affronter cette douleur à deux, je m'étais obstinée à la vaincre seule. Après tout, je n'avais jamais eu besoin de personne. J'avais beau aimer Aaron comme une folle, je me refusais de comprendre que son vécu et son expérience professionnelle l'aidaient, non pas à passer au-dessus, mais simplement à accepter. Chaque jour, je me distanciais de lui et chaque jour, il faisait un pas vers moi. On dit que l'eau qui coule sous les ponts est le meilleur remède à la souffrance. Mais mon seul remède, c'était Aaron.

Eve fut la promesse d'un nouveau bonheur. Une bulle de cristal, synonyme de bien-être, m'entourait, me transportait vers des cimes enchanteresses, vers le Graal sacré d'être mère. Mais ce soir-là, son cœur inerte et froid fit voler en éclat ce verre fragile. Je n'étais plus que débris.

Aaron recolla à nouveau les morceaux de mon existence. Sans grand discours, il soigna d'abord une blessure, ensuite une cicatrice, et enfin m'apprit comment vivre avec.

« Je t'aime, mon amour. » Il aura fallu cinq notes de sa mélodie pour m'aider.

*

Les minutes dans ses bras me semblèrent une éternité. Je lui en voulus presque quand il y mit fin.

— Ça va aller ?

Je hoche la tête alors qu'il essuie mon chagrin.

— Je termine de m'occuper des derniers blessés, puis on remonte à l'hôpital voir Hans et Lisa, si tu veux.

Les caresses sur son visage du bout des doigts le font sourire. Je quitte le bâtiment par l'entrée principale. Les gyrophares s'estompent à la lumière du jour. Si la guerre est loin d'être finie, la bataille s'achève.

Alors que j'incline la tête pour allumer ma cigarette, une boisson sucrée apparaît sous mon nez. Je la saisis à pleine main et la vide cul sec. Une fois la cannette terminée, Renaud me serre dans ses bras.

— Claire, je suis content de te voir en presque un seul morceau !

Son étreinte quasi paternelle me laisse pantoise. Même s'il est proche de ses hommes, il fait bien la distinction entre privé et professionnel. Mais cette fois, l'affectif prend le dessus.

11 - ÉMOTIONS

Quelques gestes de tendresse pour oublier un instant ce monde ignoble.

Un réveil en sursaut m'extirpe de l'horreur d'une nuit agitée. Désorientée, j'ai besoin de quelques instants pour reconnaître le bureau d'Aaron.

Allongée sur la table de consultation, je me redresse pour aller boire un verre d'eau. Aaron franchit la porte, le teint pâle. Il entame sa trentième heure sans avoir dormi.

— Ça va, ma belle ?

— Oui, oui. Mais je ne me souviens de rien. J'ai pris du galon ?

Je pointe ma tenue passée de la blouse bleue d'infirmier à la verte du chirurgien.

— Tu t'es effondrée alors que tu discutais avec Renaud. Comme tu insistais pour ne pas rester seule, je t'ai emmenée ici et t'ai changée.

— T'es un amour, tu le sais, ça ?

Quelques gestes de tendresse pour oublier un instant ce monde ignoble. Aaron m'explique qu'il a dû opérer une des victimes avant de prendre un peu de repos.

— Lisa est réveillée, tu veux qu'on aille lui rendre visite ?

— Elle sait pour son papa ?

— Je n'en ai aucune idée.

Aaron me prend la main et m'emmène vers la chambre. Mes doigts s'agrippent à lui et refusent de le lâcher. Saisi par cette proximité soudaine, il m'embrasse dans le cou.

Une dame âgée de la quarantaine patiente devant la chambre de Lisa. Mon premier réflexe est de la saluer.

— Bonjour, madame. Vous êtes de la famille ?

— Non, je suis des services sociaux. Et vous, vous êtes ?

— Eh bien…

Aaron me coupe et annonce avec une certaine fierté :

— C'est la commissaire qui lui a sauvé la vie cette nuit.

— Ah, je comprends.

— Elle sait pour son papa ?

— Non, pas encore. Je ne sais pas comment lui annoncer…

Aaron m'interroge du regard. J'embraie :

— Et sa maman ?

— Décédée à sa naissance.

Un lourd silence nous gagne. La dame reprend :

— Elle a très peu de famille. Selon mes renseignements, son papa est… Enfin, pardon, vivait au rythme des artistes. Lisa était souvent fourguée chez une gardienne, une dame d'un certain âge.

Son ton glacial marque sa désolation :

— Elle n'a plus que ses grands-parents maternels qui sont en maison de repos et dans un état de santé précaire.

Ses yeux masquent mal son désarroi. Je serre fort la main d'Aaron.

— On va s'en occuper si vous voulez.

Elle nous remercie maintes fois alors que nous entrons dans la chambre.

— Bonjour, ma puce, tu te souviens de moi ?

— Oui, oui, madame, vous m'avez aidée à sortir de ma cachette.

— Je m'appelle Claire. Et voici Aaron, mon mari.

L'ange blond fond en larmes.

— Je n'ai toujours pas vu mon papa.

Aaron et moi nous asseyons de part et d'autre du lit. Aaron essuie ses larmes alors que je prends sa douce main entre les miennes. J'inspire profondément pour essayer de ne pas craquer.

— Ton papa n'a pas pu trouver une aussi bonne cachette que toi, Lisa.

Aaron glisse sa main libre dans son dos, pour l'apaiser autant qu'il le peut.

— Il a rejoint ta maman dans les étoiles.

Sa voix se noie dans un chagrin aigu.

— Mais… Je veux mon papa…

Les larmes roulent sur nos joues. Pour toute réponse, je ne peux que secouer la tête. À dix ans à peine, elle n'a pas besoin d'autres métaphores pour comprendre le décès de son père. Bien qu'encore faible après l'opération subie, elle se jette dans mes bras et me serre de toutes ses forces. Je l'enveloppe comme pour la protéger de ce monde. Aaron nous rejoint. La peine coule à flots.

Lisa nous regarde, elle lutte contre ses sanglots.

— Je… Je veux rentrer à la maison…

Aaron s'éclaircit la gorge comme pour en chasser le chagrin. Répondre lui brise le cœur.

— Ça ne va pas être possible, Lisa.

— Où… Où vais-je aller ?

— Tu vas rester à l'hôpital le temps de guérir et puis une dame des…

Avec délicatesse, je coupe Aaron et dépose une main sous le menton de Lisa.

— Tant que tu seras ici, Aaron ou moi passerons te voir tous les jours. Je te le promets.

Nous restons encore un bon moment en sa compagnie avant que la fatigue ne l'emporte dans les bras de Morphée. La porte refermée, nous discutons avec l'éducatrice des services sociaux. C'est à cet instant que l'évidence me heurte. Je propose alors d'accueillir Lisa chez nous. Surprise par notre comportement chevaleresque, elle s'engage néanmoins à nous aider avec les formalités. Son premier conseil est de rendre visite à son grand-père et de lui expliquer la situation. Si sa femme a l'Alzheimer, lui dispose encore de toute sa tête.

Nous nous éloignons. Depuis mon intervention, Aaron n'a pas pipé mot. Il se contente de sourire, hébété.

— Tu ne dis rien, mon amour ? Je… Tu m'en veux ?

— Absolument pas ! Tu m'as juste pris au dépourvu, mais tu as eu raison à deux cents pour cent.

Un léger coup de bassin le bouscule pour le taquiner.

— Pourquoi souris-tu comme un benêt alors ?

— Il aura fallu que tu connaisses l'enfer pour enfin t'en libérer. Et puis, Lisa me rappelle étrangement une petite fille que l'on m'a décrite autrefois…

*

Hans est assis dans sa chambre, sa femme et son fils viennent de partir. Encagoulé d'un turban blanc teinté de rouge, il ne peut s'empêcher de déconner :

— T'as vraiment une sale gueule, Claire !

— Je sais… Mais chez moi, c'est occasionnel.

Un silence s'installe. Ému, Hans reprend la parole :

— Merci, Claire… Jérôme m'a expliqué ce qu'il s'était passé… Ça n'a pas dû être évident pour toi de tirer sur Er… de tirer sur lui…

— T'aurais fait pareil pour moi, non ?

Ses glandes lacrymales humidifient son visage. Le rebord du lit m'invite. À ses côtés, nous changeons de sujet pour faire fuir les émotions.

— Tu sors quand ?

— Fin de journée, ils ont besoin de place et je n'ai pas grand-chose…

— En visant ta tête, il n'a pas pris beaucoup de risque. Tu vas être absent longtemps ?

Son regard, déjà foncé d'ordinaire, s'assombrit davantage.
— Hors de question ! Vous avez déjà des pistes ?
— Oui, tout a été orchestré de manière brillante avec cette saloperie dans le punch, j'en mettrais ma main à couper…
Songeur, il enchaîne :
— Ce qui explique pourquoi seul un de nous quatre a été touché.
— Oui ! De plus, quand les personnes ont voulu quitter la salle, les portes étaient verrouillées.
— Ça pue, Claire !
Jérôme entre à son tour dans la pièce.
— Salut, les filles, ça va ?
— C'est pourtant bien toi qui as joué à l'infirmière avec moi hier, non ? T'as aimé ça, mon cochon, avoue !
Nous tentons tant bien que mal d'agir comme si la vie continuait. Mais nos vannes sonnent faux. Chacun est touché dans son estime de flic, blessé dans sa chair, hanté par des images à glacer un métal en fusion. Nous essayons pourtant de garder la tête haute.

*

Je suis blottie dans le divan. Je regarde le feu crépiter dans l'âtre, en plein mois de juillet. Aaron arrive à l'appartement avec le repas.
— Pour madame, ce sera deux cheeses et une grande frite.
— Oh, merci, monsieur est un cuistot hors pair.
Il regarde le feu, interloqué.
— T'as froid ?
— Non, que du contraire. Mais je ne sais pas t'expliquer… J'en avais envie. Le ballet asynchrone des flammes me relaxe et m'évite de penser.
Nous nous délectons de notre repas. Après trente-six heures presque à jeun, ce fast-food nous semble étoilé.
— Tu veux parler de ce qui s'est passé, Claire ?

Je meurs d'envie de lui expliquer mon ressenti de cette nuit. Mais si certaines choses changent, d'autres perdurent. Je noie le poisson :

— Non ! J'ai juste envie d'oublier un peu. Je vais m'assommer avec un somnifère pour tenter d'effacer ces images.

— Je comprends… Moi aussi !

Aaron, d'un tour de passe-passe, sort sa boîte de pharmacien. Il fait le pitre pour enrayer la mécanique.

— Allez, à poil ! Faut que je te change tes pansements.

Sur un mode provocateur, il surenchérit :

— J'adore dire ça à mes patientes, surtout quand elles ont la trentaine et qu'elles sont bien foutues.

— Tu leur dis, à tes patientes, que ta femme est flic ?

— Euh… non, pourquoi ?

— Tu devrais, ça t'évitera d'être accusé de complicité quand j'aurai encastré une de tes bimbos.

Pendant qu'il me tance sur la jalousie des femmes, il désinfecte mes plaies. La pommade « qui pique » s'alterne aux bisous « qui soignent ». Ses clowneries distillent un brin de joyeuseté dans l'atmosphère.

— Dites, Docteur, va falloir penser à aménager une chambre pour Lisa.

— Oui, oui, mais ne t'emballe pas, Claire. Tu connais la simplification administrative belge…

— M'en parle pas, mais la juge de la jeunesse me doit une faveur.

Mes paroles semblent le rassurer. Il sourit à nouveau. Anesthésiés par les émotions dramatiques de ce 21 juillet, nous laissons la nuit nous emporter.

12 - POST-APOCALYPSE

Charleroi et ses habitants se sont toujours relevés tel un roseau qui plie sans jamais se rompre.

La fatigue m'a séquestrée dans un sommeil profond, les images cauchemardesques m'en ont sortie.

Depuis une heure, le plafond m'interpelle. J'aurais pu quitter le lit, mais cela signifiait renoncer à la chaleur d'Aaron.

Enfin, le devoir prend le dessus. Un double espresso ne sera pas de trop avant de visionner les images de la tour Inter-Béton et de replonger dans l'antre de la folie.

J'allume clope et portable. Le texto du boss est bien matinal.

« 8h03. Portier arrêté en France. RDV à 10h au bureau. »

Alors que je m'apprête pour rejoindre la tour de police, les images défilent dans ma tête au même rythme que les interrogations… Habiter à une encablure de l'A-Reine n'aide pas à couper les ponts, même un instant.

*

Je me dirige vers le parking. La cité carolorégienne dort encore, mais son côté paisible s'est évaporé avec la rosée matinale.

Charleroi et ses habitants se sont toujours relevés tel un roseau qui plie sans jamais se rompre. Ce que la fable ne dit pas, c'est qu'un jour le roseau risque de rester courbé.

Je franchis les portes du commissariat. Les traits tirés, les mines blafardes et les teints livides peuplent les couloirs. Peu importe notre grade ou notre fonction, cette nuit au Pays Noir nous a tous marqués.

La surprise de me voir transforme un court instant leur faciès. Tous y vont d'un geste, d'un mot. Une héroïne, pensez-vous ? Non, plutôt Constantine* revenu de l'enfer.

Je me dirige vers le bureau du boss. Hans et Jérôme sont déjà là. Ils tirent la tronche. Avant même un bonjour, Hans balance d'un ton âcre :

— J'espère que t'as pris ta vaseline.

Renaud descend Hans du regard. L'ambiance électrique me crispe d'entrée de jeu. Je les salue d'un geste de la main et m'assois. D'une voix calme, Renaud commence par nous remercier de notre présence et de notre courage. Hans lui grille à nouveau la politesse.

— Abrège ton charabia et balance-lui la nouvelle.

Jérôme surenchérit :

— Oui, dis-lui un peu qu'on voit comment elle réagit.

Le boss sort de ses gonds. Il écrase son poing sur la table. De mémoire, je ne l'ai jamais vu s'emporter de la sorte.

— Maintenant, arrêtez de jouer aux cons et fermez vos gueules !

Son animosité secoue la pièce entière.

— Il y a eu 223 morts et plus de 400 blessés dont une cinquantaine lutte encore entre la vie et la mort. Et ça aurait pu être pire, si l'on peut dire, sans vous. Comme je vous l'ai annoncé ce matin, un des videurs a été arrêté en France. Il est en cours de rapatriement.

Il marque un temps d'arrêt. Son silence en dit long. Il n'a pas besoin d'en dire plus, j'ai déjà compris.

---

* Personnage de fiction de DC Comics.

— L'enquête est transférée à la cellule antiterroriste de la police fédérale.

Hans rétorque dans un style qui lui est propre :

— Les fleurs puis le pot, Renaud… C'est sûrement trop gros comme enquête pour les bouseux de Charleroi. À croire qu'on ne s'est pas assez fait enculer comme ça.

Jérôme poursuit :

— Merde, on a perdu deux collègues… Je connais le fonctionnement, mais ils peuvent au moins nous intégrer à l'enquête…

Mes deux comparses harcèlent Renaud de questions, de commentaires et même de menaces. Il essuie le venin comme un crachin sur un pare-brise, mais derrière la vitre de son regard, la compassion luit. Il sait ce qu'être en première ligne signifie.

Autoritaire, Renaud reprend la parole :

— Écoutez, les gars, vous avez raison et je vous comprends. Mais vous connaissez le système. Peu importe les appuis que j'ai, on ne changera pas la donne !

En pareil moment, seules les émotions négatives jaillissent de mes collègues. Le boss, d'habitude admiré, subit le mépris de ses propres flics. Hans déborde et explose :

— T'as été flic avant, non ? T'es devenu à ce point politisé ? Ils t'ont promis quoi, un poste dans une intercommunale liégeoise ? T'as vraiment appelé ton pote Paul et demandé un appui ? Non, je suis sûr que devant les pontes, t'as baissé ton froc.

Le brouhaha se poursuit tandis que je m'évade de cette fumisterie. L'organisation de notre police et de notre système juridique est telle qu'elle est, rongée par la bureaucratie et la technocratie… Face à cela, tout le monde est pieds et poings liés. Il faudrait une lueur d'intelligence de la part des responsables pour comprendre qu'à cas exceptionnel, organisation exceptionnelle… Il est doux de rêver…

De toute façon, que va-t-il advenir ? Ils vont en arrêter quelques-uns. Ça va faire les gros titres. Le spectacle hollywoodien des arrestations servira à calmer les craintes d'un peuple aveugle alors qu'en réalité, nous n'aurons chopé que des petits poissons et nous ne nous serons en aucun cas penchés sur le problème de fond.

Le pugilat verbal se poursuit. Toujours enfermée dans mon mutisme, je vois ma vie défiler devant mes yeux : mes parents, William, Aaron, Eve, Lisa. Avec l'A-Reine, tout prend un sens. On ne fait que mettre des rustines sur les dérives d'une société malade. Pris entre l'enclume du mal et le marteau de la loi, nous ne sommes que des pantins au service des juristes et des règles qui les entourent.

Mon silence finit par les interloquer. Ils sont tous à court d'arguments.

— Et toi, Claire, tu ne dis rien ?

Je prends une grande bouffée d'air.

— Que veux-tu que je dise, Renaud ? Je n'ai même plus envie d'être révoltée. Personne ne pourra modifier le système et l'adapter pour lutter efficacement. Qu'on nous laisse cette enquête ou qu'on la file à ceux de Bruxelles ne changera rien. Tôt ou tard, que ce soit eux ou nous, nous serons limités par le système.

Hans et Jérôme restent bouche bée devant mon calme.

— T'as deux catégories de flic : les passionnés et les autres. Ma passion est morte à l'A-Reine et je n'ai pas besoin de ça pour vivre.

Je me lève, saisis mon arme, ma plaque et me dirige vers Renaud. Je les dépose sur son bureau. Dans un silence de mort, je quitte les lieux non sans avoir esquissé un geste amical à l'intention de mes collègues.

13 - CAFARD NOCTURNE

Les habitudes ont la vie dure quand le chaos s'en mêle.

Un coucher de soleil rouge enflamme Charleroi alors que je quitte l'hôpital. Les rues et terrasses de cafés sont désertes. Les restaurants d'habitude ouverts le dimanche soir sont fermés. Toute la ville est en deuil.

Je passe par le boulevard Zoé Drion. Les travaux du stade du Pays de Charleroi viennent d'être entamés pour redonner au club, récent champion, toute sa noblesse. Les anciens bâtiments de l'Hôpital Civil, relégués aux oubliettes, font place à de nouvelles constructions qui, bientôt, regrouperont en un seul lieu tous les services du cycle de vie.

Accueillis par le boulevard Mayence, mes pas se pressent devant la tour de police. À ses pieds, les anciennes écuries de la gendarmerie ont été, en partie, transformées en haut lieu culturel et ce, même si Charleroi ne danse pas ce soir*.

Au croisement avec la rue de la Paix, mon bâtiment préféré me sourit : Soleo. Conçu par IGRETEC**, il offre à la ville une porte d'entrée digne de ce nom. Dû à sa situation, il bénéficie d'une visibilité sans pareil. Sa rotonde métallique nous

---

* Charleroi Danse est un Centre Chorégraphique de la Fédération Wallonie-Bruxelles situé dans les anciennes écuries de la gendarmerie.
** Intercommunale pour la Gestion et la Réalisation d'Études Techniques et Économiques.

rappelle le passé industriel de la ville tandis que son cube de verre nous tourne vers l'avenir. Les rayons du soleil couchant finissent de transpercer ce miroir cubique transformé en stroboscope avant chaque apparition de la lune.

En contrebas, le kiosque du parc Reine Astrid, dans son écrin naturel, rend les pierres de la cité plus harmonieuses. Le pas un peu moins lourd, j'achève ma course en direction du boulevard Tirou. Je rentre dans mes quartiers et y découvre Claire, la plus belle des réalisations carolos.

*

Le chaos a le don de chambouler les habitudes. Claire ne déroge pas à cette règle et s'est ouvert une bouteille de vin, un Châteauneuf. Après l'avoir embrassée et m'être servi, je la questionne :

— On a quelque chose à fêter ?

— J'vais être plus souvent à la maison, j'ai démissionné.

— Pardon ?

— Tu as bien compris…

À l'image du millésime dégusté, Claire semble calme, douce au premier contact, pleine de vie, avec cependant un arrière-goût un brin corsé, le côté tanique sans doute.

— Tu veux en parler ?

— Non, j'ai quelque chose de plus important à te dire…

Son regard s'illumine, ses joues rosissent.

— Je me suis permis de prendre les devants avec Lisa. J'ai conduit son grand-père à l'hôpital pour qu'il puisse lui rendre visite.

Claire tourne autour du pot. Elle prend son temps entre chaque phrase. Elle a le don de se faire désirer. J'entre dans son jeu :

— Ah ? Et comment cela s'est passé ?

— Très bien, nous avons longuement discuté.

Elle s'assoit à cheval sur mes genoux, face à moi. Les nouvelles semblent bonnes. L'impatience me gagne.

— Étant passé voir Lisa avant de rentrer, vous ne m'apprenez rien de nouveau, Madame l'ex-Commissaire.

— Mmmmh… Oui, mais tu ne sais certainement pas ce que l'on s'est dit avec son grand-père.

Mes mains glissent sur sa taille. Je la chatouille un court instant. Son véritable point faible titillé la fait gigoter.

— Ah non, t'as pas le droit, ce n'est pas du jeu, Aaron !

— Alors, arrête de me faire mariner comme un suspect !

Claire m'explique que Karl, le grand-père de Lisa, est un assidu des JO et qu'il l'avait donc reconnue.

— Je n'ai même pas eu besoin de jouer de mes charmes avec le papy. C'est un fanatique de sport. Je n'ai eu qu'à ouvrir ma boîte à souvenirs ! Et évidemment, il ne s'est pas privé de me demander pourquoi j'ai arrêté après Sydney…

Claire est toujours restée évasive sur ses raisons. Jamais elle n'avait évoqué un seul instant le véritable motif de sa retraite de sportive de haut niveau. À chaque fois que quelqu'un abordait le sujet, elle se plaisait à raconter des excuses plus creuses les unes que les autres.

— Nous avons ensuite discuté du cas de sa petite-fille. À sa demande, j'ai dû tout lui expliquer en détail. Sa mine s'est décomposée au récit des faits de l'A-Reine.

Claire marque un temps d'arrêt. Prononcer ce mot pétrifie son visage. Je la sors de sa torpeur et réponds avec entrain :

— Continue, qu'a-t-il dit au sujet de la petite ?

Claire ne brode plus et va droit au but :

— Eh bien, il n'y a personne pour s'occuper d'elle. Ses parents étaient enfants uniques. Son père était un *roadie*. Et niveau parrain et marraine, c'est le néant. Ils ont élevé Lisa jusqu'au diagnostic de l'épouse de Karl… Elle a la maladie d'Alzheimer !

Claire me révèle ensuite que le grand-père ne pouvait, bien entendu, pas s'occuper de Lisa et qu'en larmes, il lui avait annoncé qu'il n'avait pas d'autre solution que de la confier aux services sociaux.

— Une adoption en Belgique, c'est compliqué. Je lui ai donc proposé de devenir la tutrice légale de Lisa… En tant que parent survivant, il peut décider qui peut remplir ce rôle. Lui, de son côté, peut être le subrogé tuteur et ainsi me surveiller.

Claire est une fonceuse. Peu surpris par sa décision, mes mains se glissent dans son dos et préparent l'étreinte.

— Et ?

— Il a dit que c'était une excellente idée et m'a ensuite assaillie de questions sur ce que je faisais, si je vivais seule, où j'habitais, et j'en passe et des meilleurs. Bon, évidemment, j'ai dû lui avouer que j'étais mariée avec une grosse feignasse qui boit de la pils bon marché.

Je quitte son dos pour la torturer avec des chatouilles. Claire se dandine et saisit mes mains.

— Blague à part, je lui ai tout expliqué, même…

Claire marque un temps d'arrêt. La prononciation de son prénom est encore douloureuse.

— Même Eve…

Je la serre fort contre moi. Cette cicatrice loin d'être fermée la fait toujours souffrir. Néanmoins, son comportement vis-à-vis de Lisa est annonciateur d'une guérison proche.

— Il veut te rencontrer avant d'arrêter sa décision. Nous avons malgré tout tâté le terrain avec la dame des services sociaux vue à l'hôpital. Elle s'est réjouie de la nouvelle. Elle a proposé d'entamer les démarches dès qu'elle recevrait le feu vert de Karl.

Je me redresse et soulève Claire. Un petit cri de surprise jaillit de ses lèvres.

— Que fais-tu ?

— Rien… Tu es merveilleuse, Claire !

Après un long baiser à la fois tendre et passionné, j'enlace Claire et danse avec elle dans mes bras. Elle rit comme jamais elle ne l'avait fait ces derniers mois.

— Lisa pourra sortir dans une semaine. Comme tu es en vacances prolongées, je vais moi aussi prendre des congés pour tout le mois d'août et on va se barrer loin d'ici. On va s'évader.

Elle rit de plus belle.

— Toi, Docteur, tu vas prendre un mois de congé ?

— Bah oui, pourquoi pas ? Je n'en ai pas encore pris un seul cette année, mes collègues ne pourront pas me dire non. En plus, ce sont des juilletistes.

La soirée se conclut de la plus belle des manières. Nos corps concrétisent l'atmosphère passionnée qui a envahi la pièce. Pour la première fois depuis des mois, nous faisons l'amour sans que Claire ait des moments d'absence. Dans ce massacre, un ange blond l'a sauvée. Un petit bout de dix ans l'a sortie de l'enfer lugubre qui engloutissait son esprit.

Comme quoi, même du mal absolu peut jaillir le bien.

*

Le cœur fermé
J'ai découvert
Un soir d'hiver
Ton sourire aux lèvres

À cœur ouvert
J'ai croisé
Une nuit sur terre
Tes yeux gris-vert

Nos cœurs d'enfant
Sont revenus
Aux souvenirs d'antan
Des papillons disparus

Nos cœurs perdus
S'embrasent doucement

Nourris de baisers mordus
Revigorant les palpitants

À cœur joie
Nos rires d'amants
Résonnant aux éclats
Dans une bulle de diamant

Nos cœurs à prendre
Ne sont plus acquéreurs
De passions tendres
Ils ont trouvé le bonheur

Notre cœur à cœur
Est en train de s'éprendre
Oubliant les heures
Au son des « je t'aime » à qui veut l'entendre

Rêveur sur le clavier, je laisse mon âme de poète à deux sous s'exprimer. L'excitation de l'arrivée prochaine de Lisa et l'émotion m'empêchent de dormir.

Si l'enfer de l'A-Reine avait été une scène de roman graphique, cela aurait sans aucun doute ressemblé à *Sin City* au niveau des couleurs : le blanc pour la soirée à thème, le noir pour le côté obscur, le rouge pour le massacre et l'or pour marquer l'apparition d'un ange.

Soudain, mes doigts s'activent sur le clavier. Je les laisse rédiger le serment d'une vocation, le serment d'une vie.

« Au moment où je deviens membre de la profession médicale, je m'engage à œuvrer de mon mieux pour une médecine de qualité, au service des personnes et de la société.

J'exercerai la médecine avec conscience et application.

Au service de mes patients, je favoriserai leur santé et soulagerai leurs souffrances. »[*]

* Serment du Conseil National de l'Ordre des Médecins de Belgique.

Je repense à ces heures sombres, ce combat déjà perdu contre la mort. Une armée de médecins, d'urgentistes, de pompiers et de policiers bien incapables d'écarter cette mer rouge. Il n'y avait aucun faiseur de miracles ce soir-là. Juste des hommes et des femmes qui travaillèrent à l'unisson pour pallier la bassesse humaine. Dans ce champ de bataille urbain, ce tombeau à ciel ouvert, j'ai rencontré l'improbable. Un ange… Un ange blond qui réalisa, à mes yeux, le seul miracle du soir : réinsuffler la vie dans le cœur de Claire.

PARTIE II

PARABELLUM

Octobre 2018

14 - PASSÉ RECOMPOSÉ

La dévotion d'un flic le pousse à risquer sa peau à chaque intervention.

Trois mois se sont écoulés depuis l'A-Reine. Nos vies balafrées cicatrisent avec Lisa. À ses côtés, certains souvenirs s'éloignent, même si au fond, le passé persiste.

Après une fuite de quatre semaines sur une île paradisiaque de l'océan Indien, Aaron est retourné à ses cages thoraciques tandis que ma vie s'est organisée autour de coups de peinture et d'achat de mobilier pour enfant.

Maintenant, j'explore de nouveaux horizons grâce à Lisa. Je réalise que j'ai plus d'amour à donner qu'à recevoir, alors j'avance. Mais je sais que suis sur un fil émotionnel étroit et je n'ose pas regarder en bas. Certains tréfonds se doivent de rester inexplorés.

Pendant les leçons de mon ange blond, je me consacre à moi-même. La dévotion d'un flic le pousse à risquer sa peau à chaque intervention. À force, on finit par s'oublier. J'ai repris mes anciens hobbies comme le tai-chi et le ball-trap. Je renais, je revis, je repousse la noirceur aussi loin que je le peux. Je reprends goût à la lumière. Mes rayons de soleil ont des allures de mèches blondes.

William se sociabilise à nouveau. Il agrémente mes nouveaux temps libres de ses visites anodines. À vrai dire, lui et moi sommes pareils, de faux solitaires. Si son rôle d'oncle, substitut de père, fut compliqué pour lui, être grand-oncle lui va comme un gant. À tel point qu'il insiste pour nous cuisiner chaque semaine un bon repas, accompagné de crus gorgés de soleil. Néanmoins, William n'a rien perdu de sa superbe. Riche d'une carrière de quinze ans au sein des para-commandos de Flawinne, il continue à se maintenir en forme.

Les débuts de notre famille recomposée sont prometteurs. Quatre âmes brisées, dont deux sous-doués dans l'expression des sentiments, parviennent à reconstruire un cocon familial. À l'impossible nul n'est tenu aurait écrit saint Thomas d'Aquin. Et quand Lisa ou moi avons le cafard, maestro Aaron fait disparaître nos coups de blues avec ses notes mélodieuses. Ce nouveau chapitre, cette page blanche que je croyais noircie à jamais me surprend maintenant par sa palette de possibilités. Je me mets à rêver d'une vie en couleur.

Renaud, Hans et Jérôme ont respecté ma volonté de couper les ponts. Hans s'est contenté d'un SMS après mon départ. Un chef-d'œuvre qui ne pouvait être issu que de sa plume.

« Ma poule, de tout le commissariat, c'est toi qui as les plus grosses couilles. Take care. Ton Allemand préféré. »

Mais le revers de la médaille apparaît rapidement. Malgré ce bonheur arc-en-ciel, mon boulot à temps plein de femme au foyer commence déjà à me peser. Conduire Lisa à l'école, faire le ménage, régler les problèmes administratifs, cuisiner des petits plats équilibrés, le train-train quotidien m'use à petit feu. Si reprendre le tai-chi m'aide à canaliser mes angoisses, pratiquer à nouveau le ball-trap et tenir un fusil de chasse à canons lisses me rappelle ô combien je suis accroc à l'action. Je suis une junkie shootée à l'adrénaline qui se désintoxique à la routine des tâches ménagères : le cocktail est détonnant et les crises de manque douloureuses.

Ce matin-là, après avoir conduit Lisa à l'école, le sevrage connaît à nouveau des ratés. Pour calmer ma transe, je prends contact avec Renaud. Je lui envoie un simple texto pour lui proposer de manger un morceau. La réponse ne se fait pas attendre, le rendez-vous est pris dans les vingt-quatre heures.

*

Le restaurant Les Trois P'tits Bouchons, situé dans la périphérie de Charleroi, nous accueille dans son architecture bourgeoise. Son intérieur aussi raffiné que sa cuisine est un savant mélange entre élégance d'époque et décoration moderne. Les moulures anciennes épousent un corps de cheminée sobre aux teintes claires. Dans ce décor chaleureux et moderne, nous nous délectons de mets aux accents asiatiques concoctés par le chef Yo.

Les couverts flattent la faïence et les papilles dans un jeu délicat. Renaud ne parle pas boulot, il se contente de prendre des nouvelles d'Aaron, Lisa et moi. Bien informé, le boss est au courant pour notre ange blond. Il arrive presque à faire germer en moi un sentiment de culpabilité d'avoir menti par omission. Il me fait languir jusqu'au dessert, je n'y tiens plus. Une fois le carpaccio d'agrumes au basilic servi, j'aborde la thématique brûlante :

— Quoi de neuf au commissariat ?

— Les vivants au-dessus, les morts en dessous et nous au milieu, Claire.

Plus sérieux, il enchaîne :

— J'ai une confidence à te faire, Claire !

Ma curiosité bondit mais je tente de répondre tout en maîtrise :

— Ah bon, quoi donc ?

— Je n'ai pas accepté ta démission. Avec l'accord des syndicats, nous t'avons mise en pause carrière.

Assez surprise et un brin choquée, je relance, plus sèchement :

— Sans ma signature, comment avez-vous fait ?

— Écoute, Claire, on s'est démerdés ! Je ne voulais pas te perdre sans que tu aies fait un break. Je te connais, c'est ce que tu aurais dû faire après Eve… Mais à cette période, tu n'écoutais rien… Tu aurais fait brûler la terre entière.

Il marque une pause avant de reprendre.

— J'étais d'ailleurs soulagé par ta décision, ce pas de côté t'a manifestement fait le plus grand bien. Tu es resplendissante !

Pantoise devant le compliment inhabituel de Renaud, je me surprends à rougir.

— Nous t'avons d'abord mise en congés légaux puis nous avons rentré une demande de pause carrière que j'ai personnellement validée.

Il sort deux documents de sa farde et me les tend.

— Ce n'est pas un ultimatum, Claire, mais je ne peux pas continuer à manipuler l'administration. Soit tu signes la pause carrière et tu reviens lundi, soit tu signes cette paperasse et ta démission sera entérinée.

Confuse, je me contente de saisir les deux documents.

— Claire, je serais un bien mauvais commissaire si je ne te disais pas l'estime que j'ai pour toi… Mais je crois que tu le sais déjà. Tu es née pour être flic, tu as ça dans la peau ! En plus, sans toi, Hans est ingérable.

Il conclut d'un geste amical sur ma main.

— Quoi que tu décides, cela ne changera rien à ce que tu représentes pour moi… Bon, maintenant, profitons de ce dessert qui me semble délicieux !

Il continue de me parler de choses et d'autres et prend bien soin de ne pas aborder l'affaire. Je me coupe de son discours et rentre dans ma bulle.

Quand on est flic, on a du mal à croire aux coïncidences. Un homme droit comme lui qui use de subterfuges pour me garder sous le bras au cas où… Le manque d'action, sans ma plaque et mon flingue, qui entachent mon bonheur naissant. Cet arrière-goût amer dès que j'ouvre les journaux où l'on parle encore de l'A-Reine, trois mois plus tard. Je pensais n'être qu'un pion du système et pouvoir me désintoxiquer en deux coups de cuillère à pot, mais la vérité, Renaud me la sert sous les yeux. Ses paroles et mes sensations s'entremêlent pour ne former qu'un tout. Être flic n'était pas mon métier, mais ma vocation. Il perce ma bulle avec son sourire.

— Tu m'écoutes, Claire ?

— Non… euh, oui, enfin, je réfléchissais.

— Si tu penses que c'est trop tôt, on peut toujours voir pour prolonger ta pause carrière factice.

Cette fois, je ne réfléchis plus.

— Non, je suis d'accord pour rempiler, mais à une condition et tu sais laquelle !

— Je ne suis pas un bleu, Claire, je m'en doutais. Ça devrait être envisageable, ils stagnent sur l'enquête à Bruxelles, ce qui rend notre bourgmestre nerveux. Même si les élections sont passées, c'est à Paul que les citoyens demandent des comptes.

— Peu importe comment tu te débrouilles, mais si je reviens, je veux être intégrée à l'enquête. Et ça vaut pour Hans et Jérôme aussi, s'ils le souhaitent.

La facilité avec laquelle Renaud accepte ce chantage me déconcerte. Était-ce cousu de fil blanc ? Avait-il misé un seul kopeck sur ce scénario ? Je reviens sur mes mots :

— Au fait, comment peux-tu dire que maintenant, c'est envisageable, mais qu'il y a trois mois, c'était impossible à cause du système ?

Il s'essuie la bouche et joue avec son verre à vin. Le geste de ses doigts témoigne d'un côté sournois.

— Je ne vous ai pas menti, il n'y avait aucune chance d'empêcher que l'enquête soit transférée à la police judiciaire. Quand bien même le bourgmestre serait intervenu, cela aurait relevé de l'abus de pouvoir et de l'ingérence politique dans la justice. Cela aurait provoqué un tollé, et Charleroi n'avait pas besoin de ça…

Je lui coupe la parole :

— De plus, en montant au créneau, si on se plantait, il se plantait avec nous. Tandis qu'en les laissant faire, soit ils réussissaient et c'était tant mieux, soit ils stagnaient. Et maintenant, d'un tour de main, on récupère l'affaire politiquement et judiciairement.

Renaud sourit.

— C'est un peu simpliste, mais tu n'as pas tout à fait tort.

Maintenant, soyons sérieux et réfléchis bien à l'impact que cela pourrait avoir sur toi, sur Aaron et sur Lisa.

Ma main dépose la serviette sur la table. Rien n'est encore signé et pourtant… Tout est déjà décidé.

15 - RETOUR AUX VICES

Il porte dans les yeux la marque des assassins,
cette absence de remords et cette haine insatiable.

La tour de police arbore une allure sinistre dans cette grisaille de début de journée. Telle une lampe de mineur, sa couleur charbon éclaire mon avenir d'une lueur incertaine.

À l'entrée, le sas de sécurité m'oppresse. Renforcés en 2015 suite aux attentats, les contrôles ont été davantage durcis avec le meurtre d'Aziz.

Un simple sourire répond à la surprise de mes collègues de me voir en ces lieux. Plongée dans ma bulle, je sens mes mains se crisper sur les formulaires collés contre ma poitrine. Mais à l'intérieur, redécouvrir l'activité du commissariat me procure un plaisir immédiat. Les bottines claquent dans les escaliers, les machines à café ronronnent et j'entends déjà Hans gueuler des insanités matinales.

Lorsqu'il croise mon regard, son sourire est d'abord sincère, ensuite, il devient salace.

— Claire ? Qu'est-ce que tu fous là ? On t'a chopée en train de tapiner ?

Son tact habituel ne me détourne pas de mon objectif : le bureau de Renaud.

Ma prise est bien serrée sur le formulaire signé, ma décision est irrévocable. La porte entrouverte m'invite. Je frappe et entre. Il lève vers moi un regard satisfait et confiant, un peu comme s'il avait toujours su que nous en arriverions là.

La farde déposée sur le bureau lui importe peu, il ne lui accorde aucune attention. D'un geste blasé, il ouvre son tiroir. Ma plaque et mon flingue résonnent en heurtant le panneau de bois.

— Welcome back, Claire !

*

Les macchabées défilent sur l'écran. J'écoute le briefing de Jérôme. Son assurance me percute. Sa silhouette athlétique, son allure toujours tirée à quatre épingles, son sourire Pepsodent et ses cheveux ténébreux font de lui la coqueluche de toutes les femmes du commissariat. Ce côté star hollywoodienne contrastait avec sa rigueur et son côté introverti.

Cette rigueur, il l'avait acquise à l'École Royale des Sous-Officiers, châtiment infligé par sa famille après une enfance et une scolarité chahutées. Sa formation de technicien en armement en poche, il avait rengainé son calibre par ennui… Pour mieux défourailler dans la vie civile.

Alors que les cadavres continuent de défiler au rythme de ses mouvements de doigts sur la souris, notre Tom Selleck carolo commente :

— La fille égorgée au restaurant Chez Duche, l'ouvrier poussé dans la coulée continue, la journaliste jetée dans la Sambre, le maquereau émasculé dans sa voiture…

Hans pouffe à côté de moi. La photo du talon aiguille enfoncé dans l'orbite ne m'amuse pas du tout. Jérôme poursuit :

— L'arbitre tabassé à mort à coups de cric…

Il marque un léger temps d'arrêt.

— Aziz assassiné devant le commissariat.

L'image nous touche tous les trois et ravive cette sale sensation qui colle à la peau des flics. Le risque est bien réel. Les salauds contre qui nous luttons ripostent à coup de plomb.

Jérôme poursuit sa présentation. Minutieux, précis, factuel et morbide.

— Le lien entre les meurtres est établi pour la moitié des enquêtes et est présumé pour les autres. C'est une drogue, baptisée *No Fear* par le service scientifique, qui a été utilisée pour préméditer ces meurtres.

Hans épanche son indignation dans le bureau :

— *No Fear* ?! Ils pensent à quoi en bas ? Que c'est une marque d'eau de toilette ?

Sa colère est contagieuse et nous fusillons Jérôme du regard. Ce dernier s'empresse de temporiser :

— Non, mais il faut comprendre qu'on ne parle plus d'une simple drogue. C'est un émulateur de sentiments !

Hans plisse le front et retrousse le nez comme s'il venait de renifler une couche pleine. Jérôme accélère le diapo pour arriver aux rapports médicolégaux.

— Cette merde agit sur la chimie du cerveau : ça exacerbe les pulsions à tel point qu'une once de ressentiment peut se transformer en folie vindicative et meurtrière. C'est une arme biochimique remarquable…

Une note de service apparaît à l'écran. Nos yeux se plissent afin d'en déchiffrer le contenu.

— Voici le rapport de Murielle : le punch était bien contaminé. Des traces de *No Fear* furent identifiées sur plus de la moitié des cadavres.

Mes molaires s'écrasent les unes contre les autres.

— Ses conclusions désignent les six meurtres du 14 juillet comme des tests avant une opération plus importante.

Les photos de l'A-Reine apparaissent. Ce diaporama macabre accompagne son exposé.

— Selon Mumu, utiliser cette drogue sur une foule oppressée dans un espace confiné était un autre type de test.

Je ne suis pas certaine de bien saisir. Jérôme étaie les conclusions de Mumu :

— La musique, par exemple l'electro, ça plonge les gens dans une transe super excitante. La foule qui saute et qui danse dégage une énergie incroyable. Les portes closes ont également eu un effet anxiogène accélérant le processus du *No Fear*. Bref, en ajoutant ces éléments aux effets de base de ce nouvel agent toxique, vous obtenez les raisons de cette panique totale.

Je me sens prise de nausées.

— Tous ces éléments n'ont fait qu'amplifier l'action du *No Fear*. Exacerbé par cette drogue, l'état d'excitation extrême de la foule s'est transformé en contagion de violence.

C'en est trop pour moi, je change de sujet :

— Et IKI ? On n'en parle plus ?

Il suspend quelques secondes l'album de l'horreur. D'un ton glacial, notre orateur nous demande de faire preuve de patience et passe à la diapositive suivante.

Un courant électrique me parcourt la colonne vertébrale. Des images subliminales s'incrustent à l'écran : mon doigt qui presse la gâchette, Erik étendu sur le sol, Lisa en sang dans mes bras, les empilements de cadavres, les yeux vides des secouristes… Jérôme me sort de mes songes horrifiques en m'interpellant :

— Claire, t'es toujours avec nous ?

Un doute m'envahit. Suis-je vraiment prête à reprendre le collier ?

Le jeu en vaut-il la chandelle ou suis-je en train de la consumer par les deux bouts ? Mon atroce trombinoscope mental s'arrête. À l'écran apparaît une paire de menottes fixées sur les poignées extérieures des portes de l'A-Reine. Une citation d'Edmund Burke me traverse alors l'esprit :

« Pour que le mal triomphe seule suffit l'inaction des hommes de bien ». Le doute s'envole instantanément.

— Oui, oui, tu peux continuer, Jérôme.

Avant qu'il ne poursuive, son regard sombre s'adoucit pour m'apporter un peu de réconfort.

— Un des portiers en charge de la sécurité a été appréhendé en France. Sa voiture était remplie de bagages, il quittait le territoire pour de bon…

Son visage en gros plan s'affiche sur l'écran.

— Les trois autres n'ont pas été retrouvés. Ils avaient tous pour ordre de rejoindre Le Havre pour passer la frontière et quitter le continent. Mais celui-ci a pris peur et a préféré fuir… Le videur est un Belge converti à l'islam par amour, mais qui a fini par se radicaliser.

Hans ne peut s'empêcher de lâcher un commentaire :

— Il aurait dû soulever le voile de sa femme avant de l'épouser !

Je rétorque aussi sec :

— Y a moyen que tu sois sérieux dix minutes ?

Il ronchonne comme un enfant privé de goûter. Je regarde Jérôme et demande :

— Une idée du pourquoi ?

— Apparemment, le racisme envers sa femme, il s'en était accommodé. Mais c'est la naissance de leur premier enfant qui a changé la donne…

— Le terrible effet papillon de la bêtise humaine…

Jérôme poursuit :

— Il a balancé le nom de la mosquée qu'il fréquentait, le nom de l'imam, et celui des autres videurs, mais ça n'a strictement rien donné. Les perquisitions, surveillances et interrogatoires ont fait chou blanc. Le seul indice qui fait naître un mince espoir c'est Fatih Ben Sallah.

Une nouvelle image habille l'écran, un homme d'origine maghrébine, mais au regard apatride. Il porte dans les yeux la marque des assassins, cette absence de remords et cette haine insatiable. Une fureur s'empare de moi alors que je mets un visage sur la source du malheur. Jérôme affiche son passeport et ses papiers à l'écran, il pointe les données tout en commentant :

— Fatih Ben Sallah est d'origine algérienne et bénéficie de la double nationalité franco-algérienne.

Il se tourne vers nous.

— Les informations suivantes nous proviennent d'Interpol.

De nouvelles photos apparaissent. Plus jeune, le crâne rasé, Fatih ressemble à un militaire de carrière.

— Ancien légionnaire, il s'est reconverti comme mercenaire au service du plus offrant. Néanmoins, il n'exécutait jamais aucune mission en Europe. Son terrain de jeu à lui, c'est l'Afrique et il n'avait aucune visite à son actif dans les pays à risques. Ce qui explique pourquoi il n'était pas surveillé ou considéré comme profil à risques.

Une série de photos prises par caméra de surveillance se succèdent et nous dévoilent une conversation entre Ibrahim Kader Idir et Fatih Ben Sallah.

— Ils se sont rencontrés à Anvers un mois avant les attaques. Cela prouve qu'ils se connaissaient et corrobore les aveux du portier. Mais ce n'est pas tout… Ils se sont revus il y a peu.

Il enchaîne sur le slide suivant. La tour Inter-Béton apparaît.

— Grâce aux images des caméras du Service Environnement et Propreté de la ville et aux empreintes récoltées à l'appartement de la victime, nous avons pu confirmer que la dépouille retrouvée le 20 juillet était celle d'IKI.

La photo fait place aux images vidéo. On voit un homme se débarrasser d'un corps dans les détritus qui jonchent le sol de ce chancre carolo.

— Vu la bonne qualité des images, une reconnaissance faciale a pu être lancée et Fatih Ben Sallah a été formellement identifié. IKI n'était qu'un simple fusible dans la machination, tout comme les sorteurs de l'A-Reine.

Je crache ma question :

— Où peut-on trouver cette raclure ?

Jérôme affiche un visage ennuyé. Hans s'emballe directement :

— Qu'est-ce qu'il y a, Jérôme ? Tu t'es assis sur tes couilles ?

Les mâchoires de Jérôme se crispent. Hans se rassoit sur son siège et décide de la fermer. Jérôme reporte son attention vers moi et achève son exposé :

— C'est là que le bât blesse. Fatih Ben Sallah a été localisé au Liban.

L'adrénaline m'envahit de nouveau.

— Comment a-t-il été localisé ?

— Grâce au PNR européen*! D'après les contacts de la Sûreté de l'État sur place, il serait toujours là-bas.

Hans intervient :

— Et que peut-on faire ?

La longueur du soupir de Jérôme est proportionnelle à la désolation de sa réponse.

— Attendre que les Libanais le chopent, mais ils ont d'autres chats à fouetter avec les nombreux accrochages à la frontière syrienne.

Mon regard devient gris comme les cendres d'un bûcher. Attendre ne me suffira pas…

* Données des dossiers passagers (ou PNR, pour l'anglais *Passenger Name Record*).

16 - ALIBAN

Un fouet claque sur mon visage et sonne
la limite atteinte.

D'interminables lacets m'entraînent dans les profondeurs boisées des Lacs de L'Eau d'Heure. Dans ce matin qui peine à s'éclaircir, ma Ducati XDiavel fend la brume. Elle s'enfonce dans cette région d'un autre temps, à seulement une vingtaine de minutes de la vie bouillonnante de la métropole carolo. Mes pensées se dissipent au même rythme que les volutes blanchâtres sous l'impulsion de ma bécane, pour laisser place au vide.

Ma vitesse ralentie, mon deux roues s'engage sur un petit sentier. Le chemin se transforme en champ de caillasse. William pourrait entretenir son accès mieux que ça, même si les profondes ornières et les nombreux nids-de-poule ne sont pas très différents de ceux présents sur nos autoroutes.

À mi-parcours, contrainte d'abandonner ma moto, je fais voler mon casque sur le guidon et libère mes ondulations rousses. Un pas énergique secoue ensuite la forêt, me voici de retour sur ce chemin si familier. Marcher dans les bois me fait du bien. Pendant un bref instant, tous mes soucis s'envolent, absorbés par le grand air. Mais l'apaisement ne dure qu'un temps. Cet endroit réveille l'ours tapi dans la forêt. Ce monstre imaginaire de mon enfance bousculée grogne à nouveau. Ses griffes déchirent l'écorce des arbres. Mais il faut avancer… Toujours tout droit, toujours en avant. Mes pas écrasent les branches mortes. J'enfonce le menton dans ma veste. L'humidité mordante, cruelle aux prémices du jour, me pénètre le cœur et ravive d'anciennes blessures. Un rayon de soleil m'illumine et me redonne un peu de chaleur, j'aperçois William.

Le dos tourné, il débite des fûts de hêtre à l'ancienne. Sa carrure de bûcheron déforme sa chemise. Trapu et bien sculpté, il compense une taille moyenne par une épaisseur redoutable.

La pointe du merlin défie les cimes avoisinantes avant de s'abattre. Le coup sec fait voler le rondin en éclat. Sans se retourner, il crie à mon attention :

— Tu fais autant de bruit qu'un sanglier ! Mais les pourchas* n'empestent pas le Miss Dior…

*

Le chalet aux boiseries vitrifiées regorge de mille souvenirs. Sur la poutre principale de la charpente, mon premier fusil de chasse repose comme un trophée. Cette pétoire ne vaut pas un clou, mais reste inestimable à mes yeux. Mon adolescence n'était pas faite de paillettes mais de cartouches.

Mon regard se pose ensuite sur les photos en noir et blanc dispersées sur le bardage. Ces quelques images me plongent dans l'histoire d'un autre monde, celui de la brousse. Je contemple un homme que je n'ai pas connu. Ce jeune soldat aux cheveux droits et au regard sombre ressemble à William, la flamme de vie en plus.

Arrivent ensuite les mystérieuses médailles. Elles brillent sur son passé sans en divulguer les secrets. Je me tourne vers lui. Sa tanière se compose d'une seule pièce. Chambre, salon,

* Porcs en wallon.

bibliothèque et cuisine se mélangent dans une harmonie étrange.

Dans un geste machinal de vieux loup solitaire, il prépare un thermos de café. Son regard croise le mien. Durs et incisifs comme la tête de sa hache, ses yeux pourraient me fendre comme une de ses bûches. Le percolateur cesse de faire du bruit. William prend le relais et aboie dans ma direction :

— Tu n'y penses pas sérieusement, Claire ?

Convaincue de mon idée, je lui rétorque aussi sec :

— Que ferais-tu à ma place ?

Son regard le trahit.

— Mais…

— Mais quoi ?

Il se sert de sa tasse fumante comme d'une balle antistress et me lance d'un air sentencieux :

— Que fais-tu de Lisa ?

Ces quatre lettres me claquent au visage. J'aurais préféré une gifle. Il poursuit :

— Tu as fait des choix, Claire. Ce sont les tiens, certes, mais tu ne peux pas revenir dessus. Tu te dois de les assumer.

Il tape sur la corde sensible. Je rétorque de la même manière :

— Si tu avais pu venger tes frères d'armes, aurais-je été un frein à ton départ ?

Le temps s'écoule au ralenti. Ses yeux rétrécissent dans leurs orbites. La pression de sa main sur la tasse devient trop forte, la céramique explose dans une gerbe brûlante. Avant qu'elle ne touche le sol, il me gifle. Un fouet claque sur mon visage et sonne la limite atteinte.

— Ne dis plus un mot à ce sujet, Claire…

Il n'avait encore jamais levé la main sur moi.

— Excuse-moi, William… Mais j'ai beau essayer, je n'arrive pas à vivre avec. Tous ces morts, leur visage, leurs cris… J'ai beau tenter de passer à autre chose, ça me bouffe de l'intérieur. Ça m'asphyxie, j'étouffe…

D'un geste ferme, il m'attire contre sa cage thoracique.

— Ton expédition vengeresse ne t'apportera rien, crois-moi, je sais de quoi je parle. Il n'y a que le temps qui t'aidera. Ce n'est pas ta faute, Claire, tu n'y es pour rien… Ni pour l'A-Reine, ni pour ton collègue, ni pour…

Il ne finit pas sa phrase. Blottie dans ses bras, je ferme mes yeux pour retenir ma peine, stopper la douleur, oublier, tout oublier… En vain.

— Je ne saurais plus me regarder en face si je ne le fais pas, William.

Un long soupir guttural l'anime. Au travers de ses sombres prunelles, un combat intérieur fait rage. Il capitule :

— Avec ou sans moi, tu n'en feras qu'à ta tête, n'est-ce pas ?

Il n'attend pas ma réponse, il la connaît déjà. Une longue inspiration s'ensuit et ce sont les yeux emplis de regrets qu'il me souffle :

— Tu n'iras pas seule…

*

Le jour rayonne sur l'effervescence urbaine. Devant Rive Gauche, la place Verte ondule de monde. Ces hommes et ces femmes sont la preuve que l'horreur ne vaincra pas. Le feu carolo n'est pas mort, son cœur rougeoie toujours comme le charbon d'antan.

Je ne peux m'empêcher de m'arrêter et de regarder la foule. Ces visages anonymes sont autant de raisons pour moi de retrouver les coupables. Mes doutes s'effondrent sous une montagne de détermination et ma Ducati rugit en direction de la Manufacture Urbaine.

Mes pas résonnent dans ce bâtiment fraîchement rénové. Les odeurs de café et de pain sortant du four s'entremêlent et contrastent avec cet environnement d'inox et de béton. Le long de cuves étincelantes siègent mes deux collègues. Hans et

Jérôme dégustent une CharleRoy350, une bière d'or au cœur noir parfumée d'un bouquet d'épices et de fruits, brassée au sein même de LaM.U. Hans m'accueille avec délicatesse :

— T'as envie de deux beaux mâles, poupée ?

Je m'assois sans relever, ce qui le surprend.

— Houla, elle est réglée !

Fier de lui, il prend une gorgée de son liquide épais.

— Je vais me rendre au Liban.

Il recrache dans son verre.

— Putain, tu reviens à peine de vacances et tu veux déjà repartir ?

Mes yeux se plantent dans les siens. Il reprend en bouche le liquide régurgité et l'avale cette fois. Le silence devient insoutenable, il explose :

— Claire ! Qu'est-ce que tu vas aller foutre ? Choper Ben Sallah ? Sans blague, tu deviens folle, ma pauvre…

Sa réaction fait vibrer mes certitudes. Il est père de famille, je ne devrais même pas lui en parler.

— Hans, je ne te demande pas ton avis, et encore moins de m'accompagner. Ben Sallah n'est qu'un pion, un vulgaire intermédiaire. Il faut le choper si l'on veut remonter la piste. Si tu ne l'as pas compris, tu peux rendre ton insigne.

Il ricane.

— C'est vrai, Sherlock ? Je n'y avais pas pensé.

Il se rince à nouveau le bec avec sa pinte.

— Tu pètes les plombs. Tu vas aller au Liban, et après ? Tu iras combattre Daesh à Mossoul ? Je suis certain que ton petit cul de rousse y ferait fureur.

Mon regard se durcit.

— Je ne suis pas venue te demander ta permission…

Son sarcasme s'estompe.

— J'ai un fils et une femme que j'aime. Et toi aussi !

Une image de Lisa m'envahit l'esprit. Jérôme, jusque-là taiseux, prend la parole :

— Je viens avec toi !

Le poing de Hans s'abat sur la table et fait vaciller les verres.

— Mais nom de dieu ! Qu'elle soit cinglée, je le savais... Mais toi, Jérôme, t'es censé m'aider à la raisonner !

Jérôme, dans un mélange de nervosité et d'agacement, rétorque sec comme une cravache sur le flanc d'un bourrin :

— T'étais dans les vapes. T'as rien vu de toute cette merde ! T'as pas vu le regard d'Erik. Tu n'as pas assisté à son exécution forcée ! Ce n'est pas toi qui dois répondre tous les jours à sa femme que ça n'avance pas ! Ce n'est pas toi qui dois dire à ses enfants que leur père ne reviendra plus !

Hans blêmit. Cette discussion me renvoie au bain de sang passé. Dans mon esprit, les cadavres s'amoncellent. L'image de Lisa s'ensanglante. Sa mine joyeuse s'assombrit. Le pieu métallique nous transperce à nouveau. Mon collègue engloutit le contenu de son verre d'une traite. Il soulève sa carrure de judoka à la retraite et enfile sa veste. Son cynisme réapparaît.

— Tu as raison. Je n'ai rien vu et rien entendu. Et c'est pareil pour cette discussion...

Contrairement à ses habitudes, il nous quitte sans fracas ni mot gras.

À peine nous a-t-il tourné le dos que Jérôme embraie :

— T'envisages ça comment ?

Un premier silence témoigne de mon malaise tandis que mon regard s'accroche à la silhouette de Hans. Ensuite, ma réponse se fait dans un souffle :

— William vient avec nous. Il a encore quelques contacts sur place. On démarrera de la dernière planque connue de Ben Sallah.

Jérôme anime sa fossette.

— Et on fait comment pour Renaud ?

— Prends congé et moi j'vais lui dire que j'ai besoin de plus de temps, que je ne suis pas encore prête.

J'interromps notre discussion. Un éclair mental me projette dans une tempête de sable libanaise qui vire à l'ouragan mortel. Les avertissements de Hans résonnent en moi comme un écho prémonitoire. Je transperce mon collègue du regard.

— Jusqu'où es-tu prêt à aller, Jérôme ?

— Comment ça ?

Je fais tourner mon verre entre mes doigts et évite son regard.

— Si on va là-bas, c'est pour obtenir des réponses… À n'importe quel prix…

17 - OVERDOSE

Sa colère s'apaise pour faire place à la résignation.

Une fois l'histoire du soir contée en duo, nous regagnons le living. Je suis à peine installée qu'Aaron me fait tanguer par son ton sec :

— Tu peux me dire ce qu'il se passe ?

Je suis d'habitude peu encline à tourner autour du pot mais l'intonation d'Aaron me glace. Mon mal-être déforme mon visage. Je me redresse et me dirige vers les fenêtres afin de lui tourner le dos.

— Je dois partir au Liban.

J'attends un bref instant qu'il embraie, mais seul son silence riposte.

— Nous sommes bloqués dans l'enquête et on a décidé de partir sur place… De manière non officielle.

Aaron sort de son mutisme et crache d'un ton toujours aussi sec :

— Tu te prends pour Jason Bourne ?

Je me retourne pour enfin lui faire face et lui expliquer carte sur table le déroulement de l'enquête. Briser le secret professionnel est un moindre mal vu la situation. Aaron bondit du divan tel un guépard sur sa proie. Pour la première fois depuis notre première rencontre, sa voix est teintée de colère. Il crie haro sur sa prise.

— Je le savais ! Au moment même où t'as rempilé. Ta dépendance à l'adrénaline a repris le dessus. Une overdose de haine ne t'a pas suffi. Il t'en faut plus, toujours plus, Claire ! Lisa n'est qu'un mirage dans ta soif de justice…

L'explosion d'Aaron me pétrifie. Jamais je ne l'ai vu dans cet état. Son instinct paternel me remplit d'effroi. Son doigt inquisiteur pointe en ma direction.

— Lisa est une enfant qui a déjà tellement perdu ! Et toi, tu t'en vas jouer les commandos au Liban. Quand tu as pris la décision d'accueillir Lisa, je t'ai soutenue. Quand tu as décidé de rengainer ton arme, je t'ai soutenue. Pour tous tes choix, j'étais derrière toi. Mais là tu débloques complètement ! Devenir la tutrice de Lisa, c'est plus qu'une signature sur de la paperasse. C'est plus qu'une histoire racontée le soir. C'est un engagement moral, éthique et affectif.

Devant son torrent de colère, je tente d'apaiser les flots et m'approche de lui. Ma main échoue sur la sienne.

— Aaron…

Il ne me laisse pas terminer et me repousse dans le divan.

— Non, Claire ! Y a pas d'Aaron qui tienne. T'es qu'une putain d'égoïste. Que tu sois une solitaire est une chose. Que tu me fasses passer après ton boulot, c'en est une autre. Mais par rapport à Lisa, là, tu dépasses les bornes. T'es pas à la CIA Claire, t'es de la police de Charleroi, bordel !

Je commence à monter dans les tours. J'essaie tant bien que mal de rester calme pour ne pas envenimer davantage la situation. J'enchaîne d'une voix basse :

— Écoute, on part demain. On sera sur place cinq jours maximum. Je ne serai pas seule. Jérôme et William m'accompagnent. On va juste enquêter sur place pour collecter plus d'informations et…

— Et en plus, tu me prends pour un con ? Collecter des informations…

Alors qu'il fait les cent pas dans le living, il répète à plusieurs reprises sa fin de phrase :

— Mais bien sûr, collecter des informations ! Où avais-je la tête ? C'est pour ça que t'embarques un ancien para-commando et un expert en armement ! Putain, Claire ! Enfin… Comme toujours, tu as tout bien planifié selon tes désirs et tes envies. Quoi que je dise, ta décision ne changera pas d'un iota. En plus, si je ne me trompe pas, tu t'es même arrangée pour être de retour avant mon départ pour mon congrès à Athènes.

Gênée, je souris et acquiesce de la tête. Sa colère s'apaise pour faire place à la résignation.

— Je savais en t'épousant que t'étais barrée. Que comme moi, tu étais une accro du travail. Mais nous ne sommes plus seuls, Claire…

Il tourne alors les talons et se dirige vers le hall d'entrée. D'un ton fataliste, sans même me regarder, il bafouille d'une voix éteinte :

— J'ai besoin d'air. Je vais aller à l'hosto rattraper mon retard administratif.

Après autant d'années de vie commune, Aaron n'est jamais parti sans un baiser, sans un geste tendre à mon égard. Blessé par mes choix, il souffre comme jamais. Je m'en veux, mais il comprendra… Oui, c'est certain, tôt ou tard il comprendra.

18 - BEYROUTH

Son regard transperce mon âme. Il caresse sa gâchette pour prolonger son plaisir.

Fatih Ben Sallah se décide enfin à sortir de la tour Sama Beirut*. Sa mine affable m'inspire le dégoût à plein nez. Sa barbe naissante ne dissimule que très peu la balafre qu'il a sur la joue gauche. Son pantalon baggy vert olive et son t-shirt noir sur lequel trône son foulard palestinien font de lui le cliché type du mercenaire. Un mercenaire qui réussit plutôt bien au vu du bolide dans lequel il grimpe. En poste depuis douze heures, nous ne ratons pas l'occasion de le prendre en filature.

Nous restons en retrait, mais pas trop afin qu'il ne puisse ni nous repérer ni nous semer dans les dédales de la capitale. Après s'être arrêté prendre un café, il reprend son chemin en direction des collines de pins situées au nord-est de Beyrouth. William, aguerri à la conduite en milieu urbain, slalome dans ce trafic dense… Cette pourriture ne nous échappera pas.

Nous finissons par sortir de la ville pour nous engouffrer dans une forêt boisée. Une fois que les labyrinthes de la capitale sont derrière nous, je recommande à William de laisser un peu plus de distance entre Ben Sallah et nous. Les serpentins de macadam défilent. Ses 700 chevaux sous le

* Tour la plus élevée au Liban, située à Beyrouth.

capot ne lui sont d'aucune utilité au vu de l'état de la route. Alors qu'il tourne à gauche, j'incite William à se garer sur le bas-côté. La géolocalisation m'indique qu'il vient de pénétrer sur un chantier.

Jérôme arme sa Kalachnikov tandis que William dégaine son Colt. D'un geste habile, il vérifie la chambre de tir. Je m'enturbanne la tête avec un foulard traditionnel noir car une rousse à la peau claire, ça fait tache au Moyen-Orient.

Je sors de la voiture et me dirige vers le chantier. À peine ai-je effectué une dizaine de mètres qu'un gros SUV noir vient se garer derrière mes deux *compañeros*. Quatre hommes encagoulés descendent du véhicule et arrosent à coups de fusil d'assaut le châssis de notre vieille bagnole. Une partie du crâne de Jérôme vient s'écraser sur le pare-brise dans un tourbillon de sang. Le corps de William vibre sur son siège au rythme des détonations.

Tétanisée sur place, je suis incapable de dégainer mon arme. La porte côté conducteur s'ouvre et William, un pied dans la tombe, en sort sur les genoux. Avant que sa carcasse ne s'affale sur le sol, sa voix rauque me supplie de m'enfuir. Je tourne les talons pour prendre mes jambes à mon cou, mais ma course est stoppée nette par Ben Sallah qui se tient debout face à moi. Le canon de son arme pointé sur mon visage m'empêche de fuir. Ses fossettes marquent son exultation. Les déflagrations des fusils d'assaut ont cessé. Le mercenaire glorieux m'ôte mon foulard. Les yeux fermés, Lisa et Aaron m'envahissent l'esprit.

Mon corps tremble.

— Claire… Claire !

Ben Sallah tient ma vie au bout de son index. Son regard transperce mon âme. Il caresse sa gâchette pour prolonger son plaisir.

Tout se trouble dans ma tête alors que cette voix fantomatique me rappelle à l'ordre :

— Claire… Claire !

Prise d'un spasme, je rouvre les yeux. Ma vision est brouillée. La voix rocailleuse de William reprend le dessus :

— Claire, attache ta ceinture, on va atterrir.

*

Accoudée au bar d'un club de strip-tease très chic, je suis attifée comme une escort. Hans en serait resté pantois, ou plutôt, il y serait allé d'un commentaire grivois dont il a le secret.

Bien que placés dans mon dos, les regards inquisiteurs de mes deux chaperons me rassurent. À deux tabourets de moi, Ben Sallah, crâne rasé et barbe taillée, sirote un cocktail couleur sanguine. Dans un somptueux costume noir, il respire le salaire de la peur : il incarne le véritable mercenaire dans toute sa splendeur ! Dans ces lieux exotiques, la nudité et l'alcool me rappellent que catholiques et musulmans peuvent coexister dans un même pays.

Guidée par William au travers d'une oreillette discrète, je dévoile mes charmes à coup de boucles rousses entortillées et de poitrine mise en avant. Peu habituée à jouer les bimbos, ma performance me semble aussi absurde que celle d'un clown à un enterrement. Jérôme décide alors de prendre les choses en main. Il adopte une démarche de crooner et vient m'accoster. D'un geste cavalier, il se penche et murmure à mon oreille :

— Gifle-moi, Claire ! N'y va pas de main morte !

Je comprends son subterfuge. Ma main se dirige avec rage vers son visage.

— Sale porc !

Il bloque ma main au vol et me saisit à la gorge. J'entends un murmure d'effroi parcourir les tables derrière moi. Le barman s'approche d'un pas menaçant. Les miroirs dans la salle m'indiquent que le service de sécurité sera bientôt sur nous. Tout à coup, Ben Sallah agrippe Jérôme par le col de sa chemise.

— Lâche-la, mon ami ! Si tu tiens à garder ton corps entier, lâche-la tout de suite !

Jérôme bafouille et avec un talent d'acteur que je ne lui connaissais pas, s'excuse avant d'être prié de quitter les lieux par les armoires à glace locales. Ben Sallah s'inquiète de savoir si je vais bien. Secouée par la virulence de Jérôme, je pose une main sur ma trachée et n'éprouve aucune difficulté à jouer la comédie. Il m'offre un verre et entame la discussion avec du velours dans la voix :

— Je m'appelle Amir, et vous ?

Sourire aux lèvres, je lui réponds d'un ton suave :

— Merci, Amir. Je suis Claire, enchantée.

— Vous n'êtes pas du coin ?

— Non, je suis française, pourquoi ?

— Une rousse sculpturale comme vous ne fait pas très locale !

Il rit de sa propre vanne.

— Et vous, Amir ?

— Je suis un citoyen du monde d'origine algérienne.

Son clin d'œil me donne envie de l'égorger sur place.

— Que faites-vous au Liban, Claire ?

Le doigt sur le bord de mon verre, j'évite son regard.

— Je prends un nouveau départ !

Mes réponses ne l'intéressent pas. Son plaisir, il le trouve en s'écoutant parler. Mes jambes se croisent et se décroisent.

— Et vous, êtes-vous à Beyrouth pour le plaisir ou pour le boulot ?

— Les deux, j'espère ! Je suis promoteur immobilier, ça me donne le loisir de profiter des douceurs de la ville.

Son flot de mensonges me file la nausée. Contraint et forcé, mon masque admiratif dissimule mes envies assassines. À plusieurs reprises, il lorgne mon décolleté vertigineux. De temps à autre, sa main glisse sur le haut de mon genou. J'ai envie de lui enfoncer ce dernier dans son entrejambe mais m'abstiens. J'utilise son audace, elle me facilite la tâche.

Après plusieurs minutes, je lui propose d'aller nous restaurer, non loin, dans un restaurant réputé de la ville. Son regard vicieux parle plus que ses mots.

Dès l'air libre atteint, je sors une cigarette qu'il s'empresse d'allumer. En guise de remerciement, je lui adresse un sourire charmeur camouflant mon dédain. J'en profite pour localiser notre camionnette, garée dans mon champ de vision. Intrépide, ma main vole vers sa nuque. Nous nous embrassons, pour mon plus grand dégoût. Ce contact me révulse et ne fait qu'accentuer la haine qui bout en moi. Notre premier échange se clôture et son visage méprisable se barre d'un sourire victorieux. Mon bras glisse sur sa taille et l'entraîne en direction du véhicule.

Les lieux sont déserts. Dans un pays divisé entre catholiques et musulmans, il est de l'intérêt général de placer ce type de club dans des endroits un peu plus reculés. Lorsque nous sommes à hauteur de la camionnette, Jérôme surgit et pointe son fusil à canon scié en direction de Ben Sallah. Avant même qu'il ne puisse réagir, William termine le boulot en l'assommant d'un coup de crosse.

*

Notre Guantanamo installé dans un chantier isolé en périphérie, j'admire la vue et tire sur mon clou de cercueil. La robe de call-girl a fait place à une tenue plus adaptée.

William me rejoint et enfile ses gants en latex. Je pose une main sur les siennes.

— Je vais le faire, William.

Il se tasse sur lui-même.

— Hors de question !

Mon corps se crispe, j'ai l'impression de devenir dure comme l'acier.

— William, c'est mon enquête, mon suspect et son sang doit être sur mes mains. Je sais exactement où je veux l'amener et ce que je veux obtenir de lui.

Il grommelle comme un charretier :

— Es-tu certaine, Claire ? Je ne suis pas sûr que tu saches dans quoi tu t'aventures. Une fois que tu commences, y a plus de marche arrière et tu devras pouvoir vivre avec ça !

Mes poumons noircis de nicotine respirent la mort.

— Je dois déjà vivre avec plein de choses, William…

Son regard paternel est surréaliste au vu de nos actes. Le timbre de sa voix l'est tout autant.

— Claire, tu n'as pas besoin de te salir les mains, les miennes sont déjà couvertes de sang…

Je le regarde, interloquée. Les lieux ne se prêtent pas vraiment à la thérapie familiale. Je saisis ses gants en latex.

— Ce soir, ce seront les miennes !

Sans cérémonie, notre squat m'accueille dans son ambiance glauque. Les outils du bourreau ont été disposés avec minutie sur une table de chantier : un chalumeau, un sécateur, de la solution saline, une chaîne et un bon vieux marteau de charpentier. Je marque un léger temps d'arrêt pour choisir mon instrument. Ce sera la chaîne. Celle-ci glisse sur ma paume. Ma prise se resserre et les mailles s'enroulent autour de mes jointures pour transformer mon poing en brise gueule. Un point de non-retour sera franchi ce soir. Mon serment de flic s'évapore dans l'ombre de l'A-Reine, dans ses cris et ses images d'horreur.

William agite un flacon de chlore sous le nez de Fatih pour le réveiller. Aussitôt, sans même lui poser de question, je lui enfile trois crochets à l'aide du coup de poing américain maison. L'hémoglobine gicle de sa bouche.

— Charleroi, tu te souviens ?

Il recrache deux molaires dans ma direction.

— T'es qui, sale pute ?

Je lui en recolle une.

— C'est l'heure du jugement, Ben Sallah !

Jérôme lui scotche la bouche tandis que je jette la chaîne ensanglantée sur la table. Je me saisis du chalumeau et le fais frémir dans une combustion bleutée tout en m'approchant de Ben Sallah. Dans une odeur âcre, la chair et le coton se mélangent. Ses cris déchirent ses cordes vocales. Sa cuisse gauche n'est plus qu'une œuvre abstraite. Sans attendre, j'enchaîne avec la droite jusqu'à ce que William me rappelle à l'ordre :

— Claire ! Il est au bord de l'évanouissement. L'objectif, c'est qu'il parle ! Pas qu'il claque avant !

Je l'ignore sans une once de subtilité. J'articule de manière distincte en direction de Ben Sallah :

— Qui t'a envoyé ? D'où vient cette saloperie que vous faites ingurgiter à tous ces gens ?

Des larmes de douleur roulent sur ses joues bâillonnées. Jérôme retire la bande autocollante d'un geste vif. Ben Sallah reprend son souffle. La voix cassée par la souffrance, il réplique :

— Va te faire foutre, salope !

D'un geste de la tête, je demande à Jérôme de m'apporter la solution saline. Celle-ci vole sur les plaies du mercenaire. Ses yeux, injectés de sang, s'exorbitent. J'y ressens presque du plaisir. Mais quoi que je fasse, ce ne sera jamais équivalent à ce qu'il a fait. À mes yeux, ce ne sera jamais assez.

Je délaisse le chalumeau sur le sol et empoigne maintenant le sécateur. L'adrénaline me transforme, Jérôme me regarde bouche bée. L'objet aiguisé se cale autour du majeur de Ben Sallah. Je tapote le visage de ce dernier en lui susurrant :

— Écoute, j'peux faire ça toute la nuit. Quand t'auras plus de doigts, je m'occuperai de tes orteils, puis de tes couilles et j'finirai par ta queue !

D'un geste ferme, je l'ampute d'une phalange que je cautérise ensuite avec le chalumeau. À bout de souffle, il chuchote :

— Suis qu'un mercenaire, je n'ai rien à voir avec ces fanatiques…

Je dispose un second doigt entre les lames et comprime.

— Dis-moi pour qui tu bosses, raclure !

Sa bouche en sang, ses cuisses en fusion et son doigt mutilé ont raison de sa loyauté.

— Issam Abu Madi…

Son ton saccadé trahit son arrivée au point de rupture. Je resserre l'étau du sécateur.

— Il a un lien avec Pharmalib, mais je n'en sais pas plus…

Dévorée par l'adrénaline, je perds pied et lui coupe un autre doigt. Je crois entendre au loin William qui crie :

— Claire !

Mon esprit est déconnecté, enfermé dans une camisole pourpre. J'empoigne le chalumeau, l'approche du moignon et cautérise. Mais ma main reste sur place tandis que celle de Ben Sallah fond. William hurle :

— Putain, Claire !

La tête du mercenaire s'anime dans d'intenses soubresauts désarticulés. Jérôme me bouscule et le chalumeau rebondit sur le béton dans un bruit métallique.

William se précipite pour lui faire inhaler du chlore, mais sa tête reste penchée dans le vide. Jérôme articule d'une voix morne :

— Son cœur a lâché…

William s'excite sur le corps inanimé. Je regarde Ben Sallah. Mes yeux lui ressemblent. Ils sont absents, vides, inanimés.

19 - NETTOYAGE

L'hémoglobine s'est évanouie.

J'essaie d'ouvrir les yeux mais mes paupières se décollent avec peine. Ma boîte crânienne me semble beaucoup trop étroite pour son contenu. J'ai l'impression d'avoir mangé un marteau-piqueur.

— William, t'aurais jamais dû lui laisser les rennes pour l'interrogatoire !

Les bribes de conversation se joignent au ronron du ventilateur.

— Écoute, gamin, ce qui est fait est fait. J'vais nettoyer ce merdier et passer quelques coups de fil.

Mes yeux s'ouvrent enfin. Allongée sur une literie douteuse, je découvre au plafond des pales qui brassent l'air dans une révolution continue.

— Tu crois qu'elle va bien ?

— Même un bourreau peut être en état de choc !

J'entends des bruits de pas et une porte qui s'ouvre. Ma gorge me brûle, je meurs de soif.

— Ne la quitte pas une seule seconde. Je reviens aussi vite que possible.

Le battant claque. Je me redresse avec difficulté. J'ai l'impression d'avoir dormi beaucoup trop longtemps. La pièce douteuse tangue sous mon regard. La chambre d'hôtel n'est plus la même qu'à notre arrivée. Le papier peint jauni vient mourir sur la moquette brunâtre. Devant la porte de ma chambre, Jérôme me dévisage. Blanc comme un linceul, méconnaissable, ses yeux inexpressifs me traversent. Sans un mot, il quitte la pièce tandis que je m'effondre à nouveau.

*

Après plusieurs heures d'un sommeil lourd, j'ai l'impression de revenir du royaume d'Hadès. Avec mes deux acolytes, nous rejoignons le parking de l'hôtel. Le soleil de Beyrouth nous brûle dès les premières secondes. L'atmosphère est chaude pour la saison. Elle vous donne l'impression d'être chargée de poussière en suspension.

La route nationale déserte salue quelques véhicules dans la station-service à côté. Je plisse les yeux et avance vers le break payé en liquide. William, toujours à mes côtés, comble le silence :

— Le chantier a complètement brûlé.

La poussière fait dérailler mes cordes vocales :

— Et la camionnette ?

— Je l'ai abandonnée cent kilomètres plus loin. Un extincteur a suffi à couvrir nos traces. Pas sûr qu'ils fassent le lien.

Je hoche la tête et lance un regard en biais vers Jérôme qui charge les sacs dans le coffre. Soudain, j'aperçois le reflet de mes mains dans le blanc de la carrosserie, elles sont tout ensanglantées. Tétanisée, je les inspecte, mes doigts écarlates luisent de perles de sang.

La voix rocailleuse de William me sort de ma torpeur :

— Partons d'ici…

Mon regard revient vers mes mains. L'hémoglobine s'est évanouie.

Comme si ma vision lui était apparue, William pose sa main sur mon épaule. Sans parler, il me comprend. Il a toujours lu en moi comme dans un livre ouvert. Sans un mot, nous grimpons dans le véhicule. Les pneus crissent et laissent derrière eux une odeur âcre de gomme brûlée.

*

Le contact de William est installé à Qornayel, un village situé dans le district de Baabda, au Mont-Liban, à environ trente-cinq kilomètres de Beyrouth. Nous quittons la côte aux eaux turquoise pour gravir mille deux cents mètres d'altitude. Cet endroit privilégié vous offre trois cent soixante degrés de panorama spectaculaire. J'essaie d'oublier les remords et la culpabilité en m'évadant sur les contours empierrés du versant ouest. Beyrouth et ses pierres de taille épousent la Méditerranée dans une étrange étreinte, comme celle d'un berger dont les mains calleuses rencontreraient une peau beaucoup trop douce.

Le break s'arrête dans un crissement de gravier. Les portes claquent. Au milieu d'un plateau boisé, William nous lance d'un ton sec :

— Par ici !

Nous suivons l'ancien para-commando sur un sentier désert. Visiblement, ce n'est pas la première fois qu'il arpente ces chemins rocailleux.

Après une longue marche, nous distinguons un homme coiffé d'un chapeau gris. Il ramasse des pignons de pins, denrée très abondante dans la région. William rompt le silence :

— Ah, le voilà !

L'homme à l'allure élancée et au physique bien sculpté ressemble plus à un ancien joueur de basket qu'à un gérant de magasin.

Il lance un sourire sincère à William.

— Hey, Kill Will !

Kill Will ? Je n'avais encore jamais entendu personne appeler mon oncle de cette manière.

— Hey, Casus !

Apparemment, ils aiment jouer du pseudonyme. Les deux amis se serrent dans les bras. Leur accolade en dit long, ces deux hommes sont unis par un lien puissant, profond comme celui qui soude des frères d'armes.

Une fois les présentations faites, William résume notre épopée dans les grandes lignes.

— Donc votre piste s'arrête avec un certain Issam Abu Madi et une société dénommée Pharmalib… Lui, son nom ne me dit rien, mais la société en revanche…

Casus plante son regard vers la cime des pins comme s'il cherchait à prendre encore plus de hauteur. Après un court moment de réflexion, il hoche la tête. Son bras entoure mon oncle. Il l'enserre dans une nouvelle accolade et lui glisse quelques mots à l'oreille. Puis, sans autre explication, il nous congédie d'un sourire et retourne à sa collecte de pignons de pin.

*

Baalbek, ville située à deux heures de route de Beyrouth, scintille comme un mirage dans un paysage torride. À l'horizon, la frontière syrienne se fond dans le panorama tel une limite invisible, mais pourtant bien présente.

Cynthia Dellecho, journaliste d'investigation selon Casus, nous a fixé rendez-vous dans un café tenu par un compatriote. La rencontre aura lieu aux alentours des ruines gréco-romaines de feu Héliopolis*.

J'admire les rangées interminables des plantations du Château Ksara** et de ses trois millions de bouteilles annuelles. Nets, alignés, les rangs de vignes aux pieds noueux et aux

* Ancien nom romain de Baalbek.

** Plus grand vignoble libanais situé dans la vallée de la Bekaa.

bras tendus m'évoquent tant de crucifix que j'ai l'impression d'observer un cimetière. Jérôme vient couper mes évasions morbides en prenant la parole :

— J'ai récolté quelques informations sur Pharmalib.

William le coupe sèchement :

— Quand est-ce que t'as eu le temps de faire ça ? Je t'avais demandé de veiller sur Claire.

Jérôme, agacé, rétorque aussi sec :

— Hé, grand-père, primo y a un truc qui s'appelle Internet, secundo, t'es pas le seul à avoir des contacts…

William grommelle, mais laisse Jérôme poursuivre :

— Je me suis rendu à l'IDAL*, qui s'occupe des investisseurs étrangers, en me faisant passer pour un entrepreneur belge. J'ai aussi contacté un pote qui travaille à l'AWEX** pour obtenir des informations via leur attaché économique et commercial en poste à Beyrouth.

Jérôme, boursicoteur à ses heures perdues, continue dans un domaine que nous maîtrisons peu :

— Des premières informations que j'ai reçues, ça a l'air d'être un sacré bordel ! Tout d'abord, Pharmalib est ce que l'on appelle une société offshore. Ça permet à ce type de sociétés d'être détenues et représentées aussi bien par des Libanais que par des étrangers. Ensuite, l'entreprise n'est apparemment pas cotée en bourse, chose assez bizarre pour un groupe pharmaceutique. Enfin, Pharmalib est détenue par 88 holdings, tous établis au Liban.

Je me retourne vers la banquette arrière pour faire face à Jérôme :

— T'as pu établir un lien avec la Belgique ?

— Non, je vais devoir décortiquer chacun des holdings. Et aucune de ces sociétés n'a de page web ou autre. Néanmoins, je peux commander tous les rapports via un site spécialisé… Mais y en aura pour 9.000 !

---

* Agence pour le développement des investissements au Liban.
** Agence Wallonne à l'Exportation.

— Tracasse, ce n’est pas un souci, ça… Bon boulot, Jérôme !

Je profite de ce moment pour aborder ma perte de contrôle face au mercenaire :

— Écoutez, je suis désolée pour ce qu’il s’est passé… Avec Ben Sallah… J’ai perdu pied.

Jérôme s’enflamme dans l’habitacle :

— Tu penses avoir perdu pied ? Putain, Claire, atterris s’il te plaît ! Tu l’as charcuté comme une folle furieuse. T’as même pas cherché à le faire parler ! C’était pas un interrogatoire, c’était une exécution !

William se gare sur le côté de la route, on dirait un décor du Far West.

— Bon, écoutez, vous deux. Vous avez beau être flics, vous étiez encore puceaux y a à peine 48 heures. Ce qui est fait est fait et on ne pourra pas le changer.

Il tourne vers Jérôme un regard glacial.

— Ce qu’il s’est passé s’est envolé en fumée dans l’incendie du chantier, point à la ligne. Je veux plus jamais en entendre parler. En ce qui nous concerne, ça n’est jamais arrivé. Mon contact nous a renseigné une journaliste, on va la rencontrer et puis on se barre d’ici. *Capiche ?*

20 - NETTOYÉS

Les reflets du soleil lui confèrent une allure mystique, comme si l'authenticité des lieux déteignait sur cette madone des sables.

Nos gilets pare-balles deviennent de véritables étuves sous ce soleil de plomb. Voilà trente minutes que nous poireautons dans ce café minable à la vue imprenable sur le temple de Bacchus, vestige du IIe siècle. Le visage en sueur, j'observe l'imposante architecture romaine qui trônait autrefois au cœur d'Héliopolis, la ville du soleil. Au loin, nous apercevons un nuage de poussière en suspension qui déforme la route sablonneuse… Une camionnette approche à grande vitesse.

Nos mains posées sur nos holsters, nous observons le chauffeur descendre de son fourgon. Il nous accoste d'un seul mot :

— Casus ?

Alors que nous répondons par l'affirmative, il nous désigne la carrosserie de plusieurs coups secs du menton. Face au véhicule, ses mains m'arrachent armes et papiers.

*

Nous sommes encagoulés et nos mains sont attachées. Je perds toute notion d'orientation. Nous heurtons la tôle au rythme des secousses. Soumis aux bosses et aux caillasses qui bordent ces chemins inconnus, nous dodelinons de la tête en silence.

Le trajet interminable prend fin. Quelques ordres brefs m'indiquent que d'autres individus sont présents. La porte de la voiture coulisse avec un grincement caractéristique et nous libère de cette lente crémation.

Deux personnes me sortent du fourgon pour me mettre à genoux sur un sol dallé. Ils me libèrent, enfin, du coton opaque. Je respire l'air avec avidité. À mes côtés, Jérôme et William émergent de leur cagoule également. Derrière, deux gardes referment la grille de la cour intérieure. Une voix suave teintée du timbre chaud de l'Italie s'exclame d'un côté de la villa :

— Ce sont bien eux… Détachez-les !

Je tourne la tête, mais son visage est obscurci par le contre-jour.

Les liens de fortune tranchés me libèrent les poignets. La femme nous invite à la suivre sur un sentier longeant la villa. Les reflets du soleil lui confèrent une allure mystique, comme si l'authenticité des lieux déteignait sur cette madone des sables.

Abrités des rayons du soleil par une tonnelle, nous découvrons enfin notre hôtesse. La cinquantaine, elle nous accueille dans un français chanté par son accent :

— Désolée pour tout ce cinéma, mais j'y suis obligée.

Son élégance contraste avec les lieux arides. Habillée à la mode locale, elle n'en demeure pas moins classieuse et soignée.

— Je me présente, Cynthia Dellecho…

Elle laisse planer son nom dans l'air comme si elle annonçait la marque d'un grand couturier italien.

— Vous avez de la chance que Casus soit un ami. Mon travail de journaliste me force à prendre certaines précautions.

Elle nous indique des fauteuils en osier. Nous prenons place en silence. Elle s'installe face à nous. Son léger accent claque comme une voile au vent :

— Vous enquêtez sur Pharmalib… Pourquoi ?

À l'entrée du sentier, son garde du corps congédie le chauffeur et se saisit de nos précieux sacs, qui contiennent nos armes et nos papiers.

À l'abri de la tonnelle, je joue le rôle de porte-parole et éclaire Cynthia en détail sur les raisons de notre présence. Son visage, si serein à notre arrivée, devient plus pâle. Elle croise les jambes et nous dévore de ses yeux sombres. Les coudes sur les dossiers, elle joint ses mains d'un air sceptique.

— Mais pourquoi prendre autant de risques ?

Je réponds par instinct :

— Ils ont sali notre ville à jamais. Nous aurons beau frotter les murs, les briques se sont gorgées d'un sang noir. Des centaines de morts méritent la vérité !

Elle me dévisage de son regard impénétrable. Les secondes ressemblent à des grains de sable en suspension.

— Ils en sont donc arrivés là…

Confuse, mon front se plisse. Elle étaie ses propos :

— Vous devez comprendre que Pharmalib est une société extrêmement bien vue par le monde arabo-musulman. Elle est considérée comme une entreprise bienfaitrice grâce aux millions de dollars de médicaments qu'elle fournit à titre gracieux.

Elle se penche et dispose sur la table basse quatre verres ouvragés. D'un geste habile, elle y déverse un breuvage fumant.

— J'ai commencé mon enquête sur Pharmalib suite à la confession de l'un de leurs consultants… Mais je m'expose à de gros risques si je vous en dévoile plus !

Elle garde le silence pendant un moment puis porte le thé au bord de ses lèvres charnues.

— Pharmalib, c'est l'amphisbène ! D'un côté, vous avez l'auréole dorée, la société pharmaceutique humanitaire active dans les pays musulmans qui soutient les fidèles d'Allah victimes des extrémistes religieux. Et de l'autre côté se cachent les cornes du diable.

Elle continue de nous expliquer les ramifications de cette Hydre pharmaceutique : sa structure financière, ses sociétés consultantes satellites, en recherche et développement ou encore en sécurité. Elle nous précise aussi que si Pharmalib est gérée au Liban, ses usines de production et laboratoires sont en Syrie, en Libye, en Irak et en Afghanistan.

— Étonnant, vous ne trouvez pas ? Deux pays en reconstruction et deux pays qui sont devenus de véritables no man's land. Bref, les divulgations de mon informateur et le regain de l'État Islamique m'ont interpellée et convaincue de prendre la plume.

Elle dévoile un sourire amer.

— Mais le danger n'était pas là où je l'attendais. Les premiers à me tirer dans le dos furent plusieurs ONG présentes au Moyen-Orient…

Son ton glisse vers l'ironie :

— Normal, me direz-vous, je m'attaquais à leur bienfaiteur !

Elle s'emporte et renverse un peu de son verre. Le liquide, présent en faible quantité, épargne son ordinateur.

— De nombreux acteurs du secteur privé ont poursuivi avec des intimidations plus poussées. Et je ne vous parle pas de l'opinion publique pour laquelle je suis la journaliste médisante au sujet de la bienveillante Pharmalib !

Le dépit teinte sa voix :

— Bref, je fus muselée par mon propre quotidien !

Je reprends la parole car nous nous éloignons sensiblement du sujet qui nous préoccupe :

— Je comprends votre indignation, mais quel est le lien avec Charleroi ?

— J'y viens !

Elle redresse son verre et se ressert.

— Mon informateur est venu me trouver avec des preuves de recherches scientifiques relatives à des substances biochimiques altérant le comportement… Du Captagon en version améliorée en quelque sorte. C'était il y a six mois de cela et maintenant vous me dites que…

Ses mains glissent sur son visage pour camoufler son effroi. Elle reprend le fil de son histoire :

— Pharmalib est en train de privatiser le terrorisme. La défense de leur foi altérée n'a pas de limite. D'une main, ils redorent Allah aux yeux des Occidentaux et de l'autre, ils veulent imposer la charia. Mais pour y arriver, ils ne peuvent pas faire tourner la planche à billets ni même continuer à profiter de la générosité de leur financier… Dès lors, ils ont décidé de prospérer !

Mon regard se penche en direction de Jérôme, nous revoyons tous les deux les yeux fous d'Erik. Cynthia se lève.

— Je vais vous chercher une copie des documents récoltés. Laissez-moi le temps de prendre une clé USB.

J'interromps son chemin vers la porte de la baie vitrée.

— Avant de les copier… Avez-vous déjà entendu parler d'Issam Abu Madi ?

Son pas ralentit, elle pivote pour nous faire face, complètement désabusée.

— Son nom ne me dit rien…

Elle disparaît un instant dans sa demeure. Nous échangeons des regards partagés entre satisfaction et crainte.

Soudain, un bruit sourd retentit, comme un portail que l'on défonce. Des pneus crissent. Des portières claquent. Des coups de feu suivent. Jérôme bondit à toute allure vers nos sacs qu'il nous jette immédiatement. Des cris de terreurs envahissent les lieux. Une grenade incendiaire ravage la maison. Cynthia, en flammes, se jette au travers de la baie vitrée en hurlant à la mort. William se précipite vers elle pour la couvrir d'une couverture.

Un homme armé d'un fusil d'assaut apparaît au coin de la maison. D'une rafale, il cloue Jérôme au sol. Ma réplique est immédiate : il s'écroule, une balle dans la tête. J'aboie en direction de Jérôme :

— Jérôme, ça va ?

Sans un mot, il se tâte la poitrine pour vérifier qu'aucune balle n'a transpercé son kevlar. De son côté, William tente en vain d'étouffer les flammes qui consument Cynthia. Son agonie s'estompe, ses hurlements s'étouffent dans un dernier glapissement. Le silence remplace la souffrance.

Alors que je glisse le PC portable de la journaliste dans mon sac, deux coups de massue viennent me frapper dans le dos et me coupent le souffle. D'autres détonations retentissent et je vois le garde du corps s'effondrer à quelques pas de moi. Je pivote et aperçois Jérôme et William. Équipés de fusils d'assaut, ils ripostent dans un échange musclé. Les douilles jaillissent dans les airs. Une fois l'effet de surprise passé, les assaillants reculent et sont obligés de se mettre à couvert. William et Jérôme font mouche. Le nombre de corps étendus a doublé. Je dépouille le cadavre du garde de ses munitions et viens épauler Jérôme.

Nous avançons en commando et longeons le mur de la maison brûlante. Au travers de la poussière et de la fumée, j'entends la voix rauque de William s'égosiller. Je n'ai pas le temps d'imaginer le pire, les salves demeurent furieuses. Je cours à toute enjambée vers la camionnette pour me mettre à l'abri et riposter sur les derniers agresseurs. J'entends William hurler des ordres incompréhensibles alors que les coups de feu cessent. Je m'époumone, le souffle encore un peu court :

— DANS LA CAMIONNETTE ! FAUT FOUTRE LE CAMP !

William nous rejoint, il a le bras en sang. Je démarre en trombe et défonce le reste de la grille explosée. Jérôme, l'arme pointée par la lunette arrière, vérifie que nous ne sommes pas suivis. Les sirènes retentissent au loin. William soigne sa plaie et grogne :

— Tout le monde est OK ?

Nous répondons par un hochement de tête.

— Claire, va vers Tripoli ! On va quitter le Liban par le ferry qui passe par la Turquie et Chypre. On rejoindra ensuite la Belgique via Larnaca.

21 - DOCTEUR JEKYLL & MRS CLAIRE

Vers le bas nous allons.

La sonnerie de l'école retentit. Quelques instants plus tard, Lisa m'aperçoit, galope et me saute au cou. Si vivre avec les mains sales n'est pas chose aisée, les bisous et l'étreinte de Lisa me mettent du baume au cœur.

— Ça s'est bien passé à Bre… Bir… à Brouette, Claire ?

Je m'esclaffe et la chéris dans mes bras.

— À Beyrouth, Lisa. Oui, ça a été super, mais tu m'as manqué.

Nous saluons de la main son institutrice, madame Sophie, et nous nous dirigeons vers ma voiture.

— On va aller faire des courses et on va préparer ensemble un bon repas pour Aaron, qu'en penses-tu ?

— Oh oui, super idée ! Il a essayé de cuisiner, mais c'était plutôt mauvais.

Nous rions toutes les deux. Ses rires repoussent l'épisode libanais dans les tréfonds de mon être.

Nous quittons Montigny-le-Tilleul et nous dirigeons vers le centre de Mont-sur-Marchienne pour y dévaliser les commerçants du coin.

Une fois nos emplettes effectuées, Lisa me questionne sur le Musée de la Photographie, devant lequel je me suis garée. Après un interrogatoire sans fin, je lui propose d'aller y faire un tour :

— Si tu veux, on peut vite aller y jeter un coup d'œil, mais on n'aura pas le temps de tout faire.

— Oh oui ! Mais pourquoi on ne pourra pas tout faire ?

Je soulève mes bras, tel un monstre, et d'une voix plus grave, je lui réponds :

— Parce qu'il est énoooooorme !

Elle rigole à nouveau. Nous entrons dans le Centre d'art contemporain et parcourons l'exposition temporaire « Charleroi 2030 ». Après la première galerie, Lisa prend ma main droite.

— Dis, Claire, pourquoi elle tremble toute seule, ta main ?

Je retire aussitôt mes doigts de sa menotte, comme éprise d'une vive brûlure. Ennuyée et confuse, je bafouille :

— Je… je suis juste un peu fatiguée, mon ange.

Tant bien que mal, j'essaie de reprendre mes explications. Nous poursuivons la visite, mais la concentration me fait défaut. Les mots me manquent et trahissent mon désarroi, à tel point que Lisa se plante devant moi.

— On reviendra une autre fois, Claire, t'as l'air vraiment fatiguée.

*

Mes papilles sont en émoi devant le festin préparé par la chef et sa jeune apprentie. Dans un véritable jeu d'ombres et de lumières, Claire alterne absences et pitreries avec Lisa. Les connivences de mes anges d'or et de cuivre chassent sans souci les affres d'une rude journée. Au fil du repas, j'embraie le pas à leurs singeries, ce qui a le don de faire disparaître les fugues d'esprit de Claire.

Ces quelques jours en tête à tête avec Lisa ont renforcé notre complicité. Bien obligé de me fondre dans un rôle de père à horaire de bureau, je m'étais fait un point d'honneur à aller la chercher tous les jours à l'école. Je profitais d'elle jusqu'au coucher et grignotais sur mes heures de sommeil pour traiter la paperasse médicale.

Claire et moi débarrassons la table tandis que Lisa se met en tenue de nuit. Je taquine un peu ma moitié et la chatouille. En guise de réponse, elle m'asperge le visage d'eau. Ses absences semblent évaporées, seule subsiste la fatigue marquée par des cernes profonds et inquiétants.

J'évite d'aborder le Liban. Si elle en ressent le besoin, elle l'évoquera d'elle-même.

En duo comique, nous contons une histoire à Lisa. *Jack et le Haricot magique* amuse beaucoup notre petite tête blonde. Plus spectateur devant le jeu de Claire, je lui découvre des talents cachés d'actrice. Je finis par m'asseoir à côté de Lisa et profite du spectacle.

Claire s'interrompt et chuchote :

— La suite demain…

Je m'offusque un peu et me penche vers Lisa pour qu'elle se joigne à ma grogne.

— Elle dort, nigaud… Tu devras attendre.

Claire me tend la main et m'entraîne en dehors de la chambre. Elle ferme la porte avec délicatesse. Ensuite, avec entrain, elle m'invite à la suivre dans notre cocon. Sans aucune finesse, elle me pousse sur le lit. Claire m'embrasse et me chevauche. Sans prendre le temps de nous déshabiller, nous usons le sommier.

*

Après avoir travaillé un peu pour récupérer mon retard administratif, je me traîne dans les couloirs de l'appartement. L'heure tardive de la nuit m'invite à rejoindre Claire dans le lit. Mon regard se perd dans la lueur rouge reflétée sur la baie vitrée du salon. La porte entrouverte, j'aperçois Claire assise à même le sol de la terrasse, le dos contre la vitre. Je m'approche et la découvre le casque vissé sur les oreilles, le volume à fond. Rien qu'aux paroles, je reconnais avec aisance ce groupe rock islandais.

And way down we go
Way down we go
Say way down we go
Way down we go[*]

En écoutant les paroles de la chanson, les absences de Claire, plus tôt dans la soirée, prennent plus de sens. Je laisse glisser mon dos sur la baie et enserre mes genoux repliés avec mes bras. Claire dépose le casque entre ses jambes.

— Tu ne dors pas, mon amour ?

Elle prend ma main entre les siennes et dessine mes articulations du bout des doigts. Sa tête s'incline et se perche sur mon épaule.

— Je ne dors plus. Je réfléchissais.

Je m'allume une cigarette.

— Tu veux en parler ?

Elle hésite.

— J'ai vu tes deux hématomes dorsaux. Je ne suis pas naïf, je sais reconnaître des impacts de balle au travers un gilet.

Sa bouche se perd dans mon cou.

— Je ne pourrai plus jamais être flic après ça, Aaron. Ma quête du juste m'a fait outrepasser les limites.

Elle balance ma main entre les siennes avec délicatesse. Ses yeux sont marqués d'indécision, elle semble peser chacun de ses mots afin de me préserver.

---

* Traduction : Et vers le bas nous allons, Vers le bas nous allons, Je dis vers le bas nous allons, En bas nous allons. « Way Down we go » (Interprète : Kaleo. Auteur/Compositeur : Daníel Kristjánsson Davíð Antonsson Jökull Júlíusson Rubin Pollock).

— On a mis le doigt dans un engrenage qui nous dépasse. William nous recommande d'arrêter et ça me trotte dans la tête.

Claire me raconte la fusillade à Baalbek et leur fuite. Un sentiment d'inquiétude m'envahit mais je tente de dissimuler mes craintes.

— Il n'y a aucun moyen de revenir dans les sentiers de Thémis et de laisser la justice faire son œuvre, plutôt que de vouloir poursuivre ta quête de ce tu estimes juste ?

Les paroles de la chanson restent perceptibles au travers du casque.

'Cause they will run you down, down 'til the dark
*Yes and they will run you down, down 'til you fall**

Claire s'enferme à nouveau dans sa tour de verre et couvre la mélodie :

— Là, j'aimerais profiter du week-end et ne plus y penser. Juste être avec Lisa et revenir à un peu de douceur.

Ma bouche se pose sur son front. Je chuchote à son oreille :

— J'avais prévu de partir demain matin à Athènes pour mon congrès, mais je peux postposer à dimanche soir si tu veux…

Son baiser parle pour elle.

— Mais avant, je dois m'occuper de ton dos !

Le sourire aux coins de nos lèvres témoigne d'une envie réciproque. Le deuxième round peut enfin avoir lieu.

---

* Traduction : Parce qu'ils vont te descendre, descendre jusqu'à la pénombre, Oui et ils t'entraîneront vers le bas, jusqu'à ta chute. « Way Down we go ».

22 - DIPLOMATIE

Le paysage défile sur la route en flou continu.

Le jour ne pointera ses rayons que dans une bonne heure. Allongée sur le côté, ma tête posée dans le creux de la main, je regarde Lisa plongée dans ses songes.

Après un week-end féérique sous les derniers soleils d'automne, ma petite blonde a remplacé mon ténébreux sous la couette.

En quarante-huit heures, Aaron et Lisa ont apaisé les meurtrissures libanaises. Les souvenirs interdits s'étiolèrent à coup de câlins matinaux en famille, de folies amoureuses nocturnes et de balades dans les vertes contrées du Sud-Hainaut. Un changement radical comparé aux tumultes du Moyen-Orient, où nous étions devenus les passeurs entre ceux qui restent au-dessus et ceux qui glissent six pieds sous terre.

Je parcours la galerie du mobile d'Aaron et le maudis de l'avoir oublié sur la table de nuit. Nos selfies amoureux ont laissé la place à des photos de Lisa et moi. Curieuse, je fouille ses notes et y découvre ses textes qu'il garde secrètement.

Dans son cou
J'ai glissé
Mes lèvres charmées

Dans son cou
J'ai dessiné
Avec mes doigts zélés

Dans son cou
J'ai désiré
Des plaisirs sucrés salés

Dans son cou
Je me suis abrité
Des tourments endiablés

Dans son cou
J'ai réconforté
Ses larmes versées

Dans son cou
Est né
Le verbe aimer

*

Jérôme arrive le premier. Ses doigts rongés jusqu'à l'os marquent son anxiété.

— Lisa n'est pas là ?

— Non, je l'ai conduite à l'école et Aaron est parti hier pour Athènes.

William nous rejoint quelques instants plus tard à l'appartement. D'une humeur massacrante, il esquive toute politesse :

— Vous n'avez pas compris que c'était fini ? Que tout ça vous dépassait ?

Son poing abattu sur la table fait valser le café hors de la tasse.

— Claire, tu comptes t'arrêter où ? Tu vas penser à un moment à Aaron et à Lisa ?

Jérôme se ressert une tasse et nous interrompt :

— Écoutez, j'ai fouillé de fond en comble le PC de Dellecho. Au vu du nombre de menaces qui lui ont été envoyées, je pense pouvoir affirmer que nous n'étions pas visés… Donc, calmez-vous un peu !

Il ajoute lait et sucre dans son café et touille.

— Je me suis coltiné ensuite tous les rapports financiers et toutes les recherches de Cynthia. Je n'ai trouvé qu'un seul lien avec la Belgique : une des sociétés actionnaires de Pharmalib est détenue par Bassem Tahar, un citoyen libanais résidant à Bruxelles. C'est un diplomate assez fortuné. Sa femme et sa fille se sont suicidées il y a quatre ans.

Je me lève, songeuse.

— Un diplomate…

Il me dévisage et je lis la désapprobation dans son regard.

— Tu n'y penses quand même pas, Claire ? Réfléchis deux secondes, tu t'embarques dans l'illégalité la plus complète. Ici, tu es connue et appréhendable. Si on te chope à jouer les justiciers, c'est la prison assurée… Et comment veux-tu continuer quoi que ce soit sans soutien logistique et technique ?

— Je sais, je sais, mais je me disais que Hans…

Jérôme écrase son poing sur la table.

— Non, tu oublies tout de suite ! Tu ne peux pas te servir de lui !

Excédée par l'impasse dans laquelle nous nous trouvons, je sens mes lèvres se comprimer. Mes yeux cherchent en Jérôme la faille… Même si je sais qu'il a raison…

— Je voudrais juste dix minutes en tête à tête avec Tahar, rien de plus…

William vient soutenir Jérôme :

— Claire, on a bien constaté que tu ne savais pas te contrôler !

— On se calme ! Je vous rassure, je n'ai pas perdu la raison au point de torturer un diplomate sur le territoire belge !

Je pèse bien mes mots sans pour autant tourner sept fois ma langue dans ma bouche :

— J'ai juste besoin d'une dernière faveur. Jérôme, peux-tu localiser Tahar et me faire un rapport sur son lieu de vie ? Quant à toi William, j'aimerais que tu t'occupes de Lisa un soir de cette semaine.

*

Lisa est installée à l'arrière et nous roulons en direction de l'appartement. Elle me raconte sa journée à l'école, mais mes pensées sont ailleurs. Le paysage défile sur la route en flou continu. Je vois ses lèvres remuer dans le rétroviseur mais aucun son ne parvient à mes oreilles. Cette absence l'agace un peu.

— Claire, tu m'écoutes ?

— Non… Euh oui, excuse-moi, ma puce.

Je fais mine de l'écouter avec plus d'attention.

— Tu as eu des nouvelles d'Aaron ?

— Non, chérie. Il a essayé de m'appeler sur Skype depuis Athènes, mais je n'ai pas entendu. Depuis, il n'est plus en ligne.

Sa déception s'estompe quand je lui propose d'aller voir un film au Quai 10 après ses devoirs.

La soirée se déroule sans accroc. Je mets de côté mes ambitions pour porter toute mon attention sur notre ange blond. Une fois le film terminé, nous nous restaurons à la brasserie attenante.

Lisa a le don d'égayer toutes les personnes qui la côtoient. C'est comme si son âme d'enfant ne gardait pas de rancœur sur les tristes moments de son passé. Alors qu'elle s'endort tout contre moi, mon mobile vibre. Sur l'écran apparaît le numéro de Jérôme. Je déverrouille mon téléphone.

« Tabar logé. Rendez-vous demain matin à la Brasserie de la Digue. »

23 - AVIS DE TEMPÊTE

Harmonieuse dans son nouveau décor, la place invite à flâner dans ce dédale rénové.

Je suis attablée en compagnie de Jérôme à la brasserie située sur la place de la Digue. Harmonieuse dans son nouveau décor, la place invite à flâner dans ce dédale rénové. J'admire le nouveau bâtiment de Mediasambre*. La lumière se reflète sur une architecture moderne, mais sobre. Devant les vitres des bureaux et du studio télévisé, des lamelles d'acier verticales tranchent la perspective pour apporter de la profondeur au bâtiment et offrir des perceptions variées en fonction de l'angle de vue.

Nous nous délectons de nos viennoiseries dans un silence religieux. Une fois sa dernière bouchée avalée, Jérôme me lance sans retenue :

— Tu sais, j'ai toujours été attiré par tes charmes, Claire…

Bien que je m'en sois un peu doutée au fil des ans, cela a le don de me faire rougir.

— Je m'en étais rendu compte, mais tu ne m'aurais pas supportée. Et puis surtout…

— Et puis surtout, tu as rencontré Aaron.

Je m'essuie la bouche avec le coin de ma serviette.

---

* Immeuble accueillant les équipes de la RTBF et de Télésambre.

— Oui, de fait. Et tu sais, autant les foyers de mon enfance étaient dénués d'amour, autant j'ai toujours cru et crois encore en l'âme sœur exclusive. Je suis convaincue que le binôme amoureux existe, mais qu'il est unique et ce, peu importe la durée de la relation. Et, sans vouloir t'être désagréable, c'est Aaron qui me complète.

Ses traits tirés par la fatigue se dérident.

— Claire sentimentale, j'aurai tout vu avec toi ! Blague à part, je comprends ce que tu veux dire et je n'ai jamais jalousé Aaron… Je vous ai juste enviés de vous être trouvés. Et puis, j'ai la chance de pouvoir veiller sur tes fesses quand ça chauffe, ça me suffit.

Il me lance un regard intense, ses sentiments sont très forts et ils me touchent. Je lui réponds par un sourire. Il règle l'addition et me tend ma veste. À l'air libre, je gratte une allumette pour faire frémir mon tabac. Il me tend un dossier.

— Tu as tout ce que tu voulais là-dedans, mais je viens avec toi…

Mon cœur se serre, je ressens une bouffée de chaleur. Je dépose mes mains sur les siennes et refuse de me servir de lui une fois de plus.

24 - PROFESSION DE FOI

Le puzzle s'assemble, toutes les pièces s'imbriquent les unes aux autres.

Malgré mon arme braquée sur sa nuque, à la lisière de sa chevelure épaisse poivre et sel, Bassem Tahar reste d'un calme olympien. Ses prunelles noires fixent la visière de mon casque par le biais de son rétroviseur. Avec son allure soignée des hommes d'affaires orientaux et sa barbe taillée avec minutie au ciseau, Bassem représente l'élégance même. Ses mains sont accrochées au volant et le diplomate agace ce dernier du bout des doigts.

Sa quiétude tranche avec ma nervosité. Sa main droite quitte soudain le volant.

— Laissez les mains bien en évidence !

Je lui tapote la nuque avec le canon du revolver. Il desserre son nœud de cravate et repose la main sur le volant. Dans un français impeccable, le diplomate engage la conversation :

— Je ne pensais pas que ça irait si vite…

— Je vous demande pardon ?

Bassem tourne la tête dans ma direction. Mon canon le menace à nouveau.

— Regardez devant vous !

Il obéit.

— Je savais qu'en me désolidarisant de vos actes, après l'assassinat de la journaliste, mes jours étaient comptés, mais à ce point… Et de la main d'une femme en plus…

Je vérifie que l'enregistreur de mon portable est bien fonctionnel.

— Vous vous trompez de bourreau…

Ancien avocat réputé, son sens de la déduction est affûté.

— C'est donc vous…

— Que voulez-vous dire ?

— Vous devez faire partie des trois témoins gênants qu'ils n'ont pas su arrêter.

Une bouffée de chaleur embue un tantinet la visière de mon casque. Il poursuit :

— Vous auriez dû vérifier qu'ils étaient tous morts avant de fuir. Que voulez-vous ?

Mon sang ne fait qu'un tour.

— L'A-Reine, Pharmalib, vous ? Ça vous éclaire ?

Sa fossette se soulève.

— Le jour du jugement dernier…

— En quelque sorte, oui !

Il expire avec calme.

— Je vais vous conter une histoire.

Le diplomate se racle la gorge. Bassem a ce grain dans la voix qui donne à ses paroles des allures de contes pour enfants.

— Il était une fois un père, sa femme et sa fille qui quittèrent le Liban, fortune faite. Son argent lui permit d'obtenir un poste de diplomate au cœur de l'Europe et ainsi fuir la radicalisation galopante du Moyen-Orient. Les premières années furent très belles mais elles connurent un arrêt brutal avec le viol de leur fille à l'occasion d'un concert dans une salle mythique de votre ville.

Son intonation ne varie pas d'un iota.

— Le père se persuada que ce n'était qu'un cauchemar à oublier et réussit à convaincre ses deux femmes de faire pareil avec cette histoire.

Il marque un temps d'arrêt.

— Aveugle, il ne vit pas la détresse de sa fille. Il se persuada qu'il fallait aller de l'avant, qu'il fallait avancer… Ce qu'il ne réalisait pas, c'est qu'il avançait seul.

Sa longue inspiration retient ses larmes.

— Sa fille mit fin à ses jours trois mois plus tard. Lorsque sa femme découvrit le drame, elle s'ôta la vie à son tour.

Un nouveau moment de silence s'installe. Malgré toute la haine que je porte à ce type, je ne peux m'empêcher d'être touchée par cet aveu.

— Le père sombra, il se noya dans la souffrance et connut une détresse sans limites. Et c'est à ce moment qu'ils sont intervenus, lorsque celui-ci était au plus mal.

— Qui, ils ?

Son regard semble amusé.

— Les fanatiques du sacro-saint Coran qui prennent un malin plaisir à le dénaturer pour mieux prêcher leurs bonnes paroles !

Avec insistance, je martèle :

— Oui, mais qui ?

Un sourire désabusé aux lèvres, il continue :

— Si vous avez réussi à me trouver, c'est que son nom vous a sûrement été cité. Il est l'Iblis*, le diable en personne.

— Issam Abu Madi ?

Il rigole.

— Si vous pensez qu'Issam est un homme, alors vous n'avez rien compris…

J'appuie un peu plus le canon sur sa nuque. Il s'explique :

— Issam Abu Madi n'est qu'une chimère, un mythe, une façade pour contacter le monde extérieur. Ce n'est qu'un pseudo, un nom sans visage derrière lequel se cachent les instigateurs du chaos. Moi, je n'en connais qu'un : Ahmed Hamza Al Souali.

Mon casque camoufle ma surprise. Je l'incite à continuer.

* Dans l'islam, Iblis est le nom du diable.

— Il m'a recruté lors de mon deuil, au Liban. Au début, son discours n'était que compassion. Ses paroles amicales tissèrent notre relation. Ensuite, après m'avoir tant vanté ses bienfaits, il m'invita à rejoindre Pharmalib et à prendre des parts dans son actionnariat. Conquis par leur bienfaisance, je le fis sans hésiter. Puis le temps passa et le discours d'Ahmed se radicalisa de plus en plus. J'étais toujours ivre de colère et de rage et ses mots firent mouche… Non pas dans ma foi, mais dans mon esprit de vengeance.

Il marque une pause et m'indique le paquet de cigarettes dans le cendrier. Devant mon accord, il abaisse un peu sa vitre et fait rougir le tabac avec l'allume-cigare.

— Pendant des mois, je suis rentré dans son jeu : mosquées, prières, rites religieux. Il croyait dur comme fer en ma dévotion. Mais il a confondu foi et désir de vengeance.

— Où est-ce que votre prétendue reconversion à l'islam radicalisé a-t-elle eu lieu ?

Il m'adresse un sourire provocateur avant de tomber dans l'ironie :

— Vous ne connaissez pas Molenbeek ? Avant les attentats de Bruxelles et de Paris, tout ceci était d'une aisance déconcertante. Une fois qu'il m'eut estimé converti, il me parla de la face cachée de Pharmalib et me servit ma vengeance sur un plateau.

Mon cœur se soulève. Je l'agresse :

— Quelle face cachée ?

— Les usines et laboratoires en Irak et Afghanistan sont clean du fait de la présence américaine… Mais en Libye et en Syrie, c'est un no man's land.

— C'est faux, la France surveille la Libye !

Il souffle la nicotine, un sourire narquois aux lèvres.

— Ils y font pourtant ce qu'ils veulent ! D'une main, ils fournissent des médicaments, financés par les gouvernements et les ONG, aux populations islamiques défavorisées et aux victimes de guerre. De l'autre, ils alimentent leurs frères djihadistes avec les fruits de leurs recherches.

— Quelles recherches ?

— Vous avez entendu parler du Captagon, je présume ?

Je marque une pause pour rassembler mes souvenirs avant de répondre :

— C'est un produit dopant qui contient entre autres de l'amphétamine ?

— Oui, Pharmalib a investi massivement pour améliorer ce stupéfiant.

— Dans quel but ?

— Pour nourrir de courage les soldats de la guerre sainte !

Le raisonnement chemine dans mon esprit alors que Bassem poursuit.

— Qui n'a jamais souhaité la mort de quelqu'un ? Qui n'a jamais voulu tuer sans se salir les mains ? C'est sur base de ce postulat que Pharmalib a développé une drogue appelée « Silah Alnabii », l'arme du prophète. Elle permet de faire rejaillir le côté sombre de chaque homme et d'éradiquer tout sentiment de peur. Cerise sur le gâteau, cette drogue entraîne une perte de mémoire. Et si vous combinez endoctrinement et Silah Alnabii, vous obtenez des terroristes parfaits.

Une colère incontrôlable bout en moi.

— Mais pourquoi Charleroi ?

— Dans toute recherche, il faut des tests, des cobayes…

Le puzzle s'assemble, toutes les pièces s'imbriquent les unes aux autres.

— Ils voulaient un test grandeur nature pour leur drogue et moi, je voulais ma vengeance. Je me moque de leur idéologie, tout ce qui m'importait, c'était de plonger cette ville crasseuse dans le désarroi. Réduire à néant sa reconstruction. Laver l'honneur enlevé à MA FILLE !

Je pousse mon canon sur sa nuque pour qu'il se calme.

— Et qu'en est-il d'Aziz, mon collègue musulman pratiquant assassiné en pleine rue ? Qu'en est-il des fidèles et de leurs enfants qui passaient par l'A-Reine ce soir-là ? La vérité, c'est que vous vouliez cultiver la peur, peu importe le prix. Mais c'est votre aveuglement et votre couardise qui ont tué vos femmes ! Et ce n'est pas la vengeance qui vous a guidé… C'est votre lâcheté !

D'un geste vif, il se tourne pour me faire face. Mon bras affûté suit son mouvement. La bouche de mon Beretta s'aligne sur son visage.

Un rictus défigure son faciès.

— Je vous l'ai dit tout au début, vous auriez mieux fait de vous assurer que vous ne laissiez que des cadavres derrière vous à Baalbek.

J'arme le chien de mon arme. Son regard se noircit.

— On verra si c'est la vengeance ou la lâcheté qui guidera vos actes…

Il marque un temps d'arrêt et commence à épeler mon prénom distinctement.

— C-L-A-I-R-E…

Sa menace me percute. Mon doigt glisse sur la détente. Un bruit sourd efface la dernière lettre de mon prénom et imbibe de rouge le ciel de toit de sa berline allemande.

25 - ŒIL POUR ŒIL ET LE MONDE FINIRA AVEUGLE

La vie a une fin, la vengeance n'en a pas…

Le plan avait fonctionné à merveille. Bassem Tahar vivait dans une villa un peu reculée près de Watermael. Réglé comme une horloge suisse, il rentrait chez lui à 21 heures précises. Comme Jérôme me l'avait indiqué, son portail manuel m'offrait une fenêtre pour me glisser à l'intérieur de son véhicule.

Toute de noir vêtue, je ressemblais à une véritable tueuse à gages avec mes gants en cuir scotchés à mes manches et mon casque de motard à visière fumée. En voyant mon look et mon flingue braqué sur sa tempe, Tahar s'était laissé guider dans les tréfonds du Bois de la Cambre.

Quelques heures plus tard, je me retrouve dans un coin perdu du Brabant Wallon à regarder les flammes consumer les preuves. Je ressasse sans cesse ses dernières paroles. Même s'il a tout avoué, sa confession ne me soulage pas. La délivrance que je pensais trouver au bout de ce voyage est étouffée par la laideur de cette vengeance. Mon cœur pèse autant que mon flingue et je ne saurais dire s'il est alourdi du poids de ma lâcheté ou de ma folie.

Son monologue résonne encore dans le creux de mon oreille. Je termine de nettoyer mon casque à l'essence. Il va rejoindre le bûcher, tout comme moi tôt ou tard. Je grimpe dans le vieux tacot équipé de plaques volées laissé par Jérôme après m'avoir déposée à Watermael et prends la direction de Charleroi pour récupérer ma moto, laissée dans la casse recommandée par William.

*

J'entre à pas de loup dans l'appartement. William, baby-sitter d'un soir, s'est endormi dans le divan. Le cadavre d'un Château Lagrange les Tours trône sur la table du salon.

J'ouvre mon PC portable avec délicatesse et constate un nouvel appel en absence sur Skype d'Aaron. J'essaie de rappeler, en vain. Je maudis ces foutus congrès. Mes jérémiades sortent le vieux sioux de son sommeil de guerrier.

— Ça y est ? C'est fini ?

Je secoue la tête. Les lettres de mon prénom épelées par Tahar dans la pénombre de mon anonymat transpercent mes certitudes.

— Ce ne sera jamais fini…

Comme une petite fille, je m'allonge à ses côtés, dos à lui. Je me blottis dans ses bras et éclate en sanglots. Sa main rugueuse s'étale dans mes cheveux. Il tente avec maladresse de me consoler. Les larmes coulent en abondance dans ses mains immenses, mais pourtant, trop petites. Les corps d'Aziz, d'Erik, de Ben Sallah, de Cynthia Dellecho et de Bassem Tahar défilent. Mes pleurs sont un aveu d'impuissance : j'ai beau forcer le cours des choses, rien de ce que je fais n'adoucit ma peine. Au bout du périple, je me rends compte que me salir les mains n'apaise rien, ni les souffrances des victimes et de leur famille ni même les miennes… Pas plus que la rage et la colère ne m'ont rendu Eve.

*

Ce matin, la grisaille règne en maître à Charleroi. William a déposé Lisa à l'école avant de rejoindre ses pénates. La sonnerie de la porte d'entrée retentit. Renaud franchit le seuil d'un pas lourd. Mon salut reste lettre morte. Il se jette sur une chaise.

— Vous vous êtes bien foutus de ma gueule !

J'ai à peine entrouvert mes lèvres qu'il me les scelle :

— Ta gueule, Claire, c'est moi qui parle !

Renaud sort un dossier de son cartable en cuir usé par les années. Il commence à feuilleter des coupures de presse et les énonce à voix haute :

— « *Un citoyen français torturé au Liban ! Le corps calciné d'un homme, à la double nationalité française et algérienne, a été retrouvé sur un chantier ravagé par les flammes. Les premiers éléments indiquent qu'il aurait été victime de sévices multiples. Son identité n'a pas encore été confirmée par les enquêteurs.* » Allez, au hasard, je parie sur Fatih Ben Sallah !

Le boss me jette la première série d'articles au visage et passe aux suivants :

— « *Fusillade à Baalbek ! Douze cadavres ont été retrouvés dans une villa située dans la périphérie de Baalbek. Le corps brûlé de la journaliste Cynthia Dellecho a été identifié parmi les victimes. Les coupables ont réussi à prendre la fuite. Selon une source bien informée, les autres victimes étaient chargées d'assurer la protection de la journaliste qui était régulièrement visée par des menaces de l'État Islamique.* »

Le second dossier subit le même sort que le premier. Le troisième, qui a comme en-tête EU Passenger Name Record, m'est glissé sous les yeux.

— Pendant ce temps-là, j'ai deux agents qui profitent de leurs congés pour partir en vacances. Et j'te l'donne en mille : Beyrouth au départ de Bruxelles via Rome à l'aller et bizarrement Larnaca-Bruxelles pour le retour ! Le tout avec un ancien para-commando ! J'ai vraiment une tête de con ?

Il se redresse comme une furie et retire son veston couleur charbon qu'il balance sur le dossier de la chaise.

— T'as foutrement intérêt à être convaincante !

J'avale ma salive et adopte un ton adéquat. Vu sa colère, légitime, rien ne sert d'ajouter de l'huile sur le feu. En général, Renaud veut d'abord comprendre avant de trancher. Mais quand il inverse le processus, il y a lieu d'être diplomate.

— Écoute, Renaud, je ne vais pas nier. Mais tu veux quoi ? Les résultats ou un plaidoyer ?

Il fulmine. Sa respiration nasale se rapproche de celle d'un taureau sur le point d'embrocher le matador.

— Des résultats ? De quels résultats parles-tu, Claire ? De ceux d'une mission non officielle obtenus par deux abrutis qui ont un simple badge de la police belge ?

Une fois la diplomatie écartée, j'adopte la position d'un rampant.

— Bon, OK. Alors oui, on a rencontré Fatih Ben Sallah. Oui, on a vu Cynthia Dellecho. Mais nous…

La sonnerie Skype de mon PC nous interrompt. Je me précipite. Mon cœur palpite quand je vois le nom d'Aaron apparaître à l'écran.

— Je dois répondre, c'est Aaron… Je ne l'ai pas encore eu depuis son départ à Athènes.

Je réponds à l'appel et son visage apparaît à l'écran. Mon regard se fossilise. Les bras m'en tombent. En état de choc, je m'affaisse sur une chaise. Renaud se précipite dans mon dos.

La physionomie du visage d'Aaron est métamorphosée par les coups reçus. Ses lèvres sont déchirées. Son œil droit est clos par les boursouflures. Chaque parcelle de son visage est tuméfiée. La souffrance qu'il affiche m'empêche de prononcer son prénom correctement. Je sens la main de Renaud sur mon épaule. De son autre main, il beugle dans son téléphone. Aaron essaie de me parler, mais ses cordes vocales n'émettent aucun son. Tirée en arrière par sa crinière, sa tête bascule tout d'un coup. Une lame se glisse entre l'objectif et sa gorge.

Le temps ralentit les mouvements du couteau. Je vois ses muscles et ses articulations se crisper. La pièce dans laquelle je me trouve se floute tandis que son sang coule. Le sol se met à trembler sous mes pieds. Je m'enfonce dans ma chaise. Ma tête est devenue si lourde que je dois la maintenir avec mes mains. Je hurle son prénom à la mort.

Sa bouche reste béante. Son corps ne tremble plus, les spasmes ont pris fin.

Une voix limpide et hors cadre prolonge mon enfer :

— Claire, la vie a une fin, la vengeance n'en a pas.

LIVRE II

BEN CHOQUET

PARTIE I

RETOUR AUX SOURCES

Juin 2021

1 - ENFER ET PARADIS

Parler des morts est le meilleur moyen de les garder en vie dans nos mémoires et chaque fois, je sens mon âme sœur revivre un court instant.

Assise dans un rocking-chair sous le porche arrière, j'aperçois la tignasse foncée de Clément se dévoiler à l'horizon. Un peu en retrait, Lisa lui demande de l'attendre mais les gestes de ce dernier en direction de sa sœur témoignent de sa hâte. Côte à côte, main dans la main, Clément et Lisa avancent vers le ranch. Le coucher de soleil transforme leur silhouette en géant. En arrière-plan, Alex apparaît à son tour. Perché sur sa monture et enfoui sous son chapeau de cowboy, il surveille les enjambées des deux comparses. Tout est calme à l'horizon.

L'impatience finit par l'emporter. Sous le regard attentif d'Alex, Clément abandonne Lisa pour se précipiter dans ma direction. Ses enjambées vacillantes me font toujours chavirer. Je l'accueille à bras ouverts et de tendres baisers accompagnent l'étreinte. Comme à son père, autrefois, le bout de mes doigts parcourt son visage de haut en bas.

Enfin, il me quitte pour aller à l'intérieur. Avant de s'élancer à son tour, Lisa fait vibrer les alentours d'un « maman » que l'écho relaie dans la plaine vallonnée. Après quelques câlins, elle rejoint son frère dans nos pénates.

Alex arrive au galop sur Big Boy, sa monture à la robe noire. Ce presque quinqua à l'allure sèche est sculpté dans la roche. Son stetson assorti à sa chevelure blond foncé contraste avec sa barbe couleur rouille. Pour ce vétéran des Seals, être un cowboy est sa deuxième vocation. Amoureux du ranch et seul employé, il y resta fidèle même quand une citadine béotienne comme moi en devint la propriétaire. Outre ses capacités à gérer le ranch, son passé a le don de me rassurer et garantit une certaine sécurité des lieux.

*

Le hurlement des coyotes accompagne l'histoire du soir de Clément. Comme à l'accoutumée, ce dernier me montre la photo de son papa sur la table de nuit afin que je lui raconte une anecdote sur Aaron. Les mots comblent un tant soit peu son irremplaçable absence. Clément serre la photo dans ses bras. Parler des morts est le meilleur moyen de les garder en vie dans nos mémoires et chaque fois, je sens mon âme sœur revivre un court instant. Néanmoins, dès que la porte de la chambre se referme, le manque d'Aaron reprend le dessus.

Après un moment d'attente dans le couloir, histoire de reprendre mes esprits et de vérifier que le marchand de sable est bien passé, je rejoins Lisa en bas.

Lisa grandit à vue d'œil. Perdre d'abord son père puis Aaron quelques mois plus tard a été dur à encaisser pour elle mais ce nouveau départ l'a aidée à tourner la page. Les écrins de verdure à perte de vue et les animaux du ranch sont de bons remèdes pour un enfant. Lisa s'est acclimatée plus vite que moi à ce nouvel environnement. Même les rudes hivers du Colorado n'ont pas eu le don d'altérer son intégration. Plus émerveillée par les robes blanches qui recouvrent les terres que par les températures abyssales qui les accompagnent, elle me rappelle sans cesse que le verre n'est pas seulement à moitié vide, il est aussi à moitié plein.

J'aperçois son ombre familière sous le porche et me dirige vers elle.

— Ton infusion est prête, m'an !

Au fil des ans, son français s'est teinté d'un accent américain. Je dépose un baiser sur son front et m'assois à ses côtés sur le banc suspendu.

— Merci, ma chérie.

Elle se blottit contre moi pendant que nous dégustons nos breuvages fumants. Lisa me parle, tantôt en anglais, tantôt en français, de son cheval. Si la journée, nous nous fondons dans notre nouveau décor en utilisant l'anglais, nous essayons de converser en français dès que le soleil est couché. L'oreille peu attentive, mon regard divague au loin. Lisa me rappelle à l'ordre.

— Tu m'écoutes, maman ?

— Oui, tu parlais de la brebis galeuse du troupeau qui vous a donné du fil à retordre à Alex et toi au moment de rentrer le bétail.

Elle se redresse et s'assoit sur mes genoux. Ses yeux remplacent l'horizon.

— Ce n'était pas une brebis, mais une vache !

Nous éclatons de rire. Sa voix prend un ton plus sérieux.

— Pourquoi parles-tu d'Aaron à Clément tous les soirs ?

L'émotion fait vibrer mon corps. La chair de poule m'envahit.

— Simplement parce que c'est son papa, Lisa.

— Oui, mais il ne l'a pas connu…

Une grande respiration m'aide à garder le contrôle.

— Justement, ce n'est pas parce qu'il ne le connaîtra jamais qu'il ne peut rien savoir sur lui. Mais comment sais-tu que je lui en parle tous les soirs ?

La gêne l'envahit.

— Ben… euh… je vous écoute par le mur de ma chambre. Mais pourquoi tu continues si ça te rend triste ? Parce que je le vois quand tu redescends, tu sais ?

Je colle Lisa contre mon torse, une main perdue dans ses cheveux.

— À chaque instant, je pense à lui. Si parler d'Aaron le fait revivre, son absence est d'autant plus lourde juste après. Mais pourquoi me poses-tu la question ce soir ? Et pourquoi ne viens-tu pas avec nous ?

— Clément a prononcé le prénom d'Aaron aujourd'hui et ça m'a fait tout drôle.

Elle se détache de mon torse.

— Et puis, je ne veux pas vous déranger.

La naissance des sanglots fait dérailler ma voix. C'était la peur que les questions de Lisa sur son propre père restent sans réponse qui m'avait poussée à agir de la sorte.

— J'ai été maladroite, je suis désolée. Demain, tu viendras avec nous. Et puis, tu as sûrement quelques histoires sur Aaron à raconter à ton frère.

Je laisse Lisa s'endormir contre moi, bercée par le balancement du banc suspendu.

*

Les enfants étant couchés, je savoure ma première cigarette de la journée. Un bourbon mielleux du Tennessee l'accompagne. Assise dans mon bureau, je consulte, comme chaque soir, les sites Internet des quotidiens de la presse américaine.

Le bilan en début de mandat de la nouvelle présidente démocrate est globalement satisfaisant. Obligée de nettoyer les écuries à grandes eaux après le cataclysme et les divisions de l'homme à la houppette folle, elle ressoude le pays petit à petit.

Le président sortant résuma son règne à deux faits majeurs : une révolution ethnique comme au temps de JFK ainsi qu'un conflit armé avec la Corée du Nord. Le 7 décembre 2019, jour anniversaire de Pearl Harbor, fut à nouveau marqué d'infamie.

Malgré des accords de paix, le dictateur nord-coréen décida de frapper Guam de plein fouet avec ses missiles balistiques. L'île fut ravagée sur sa totalité ou presque. L'attaque, d'une puissance équivalente à celle de Hiroshima, tua les deux tiers des habitants de ce paradis. La réponse du cousin de Picsou fut immédiate et stratégique. La guerre fut déclarée et le siège de Pyongyang dura deux cents jours. Six mois de pilonnages navals et aériens intensifs pendant lesquels la Chine, la Russie et le pays de l'Oncle Sam s'allièrent face à Kim. Repliés sur eux-mêmes, les Nord-Coréens n'eurent pas d'autre choix que de rendre les armes. Aujourd'hui, si l'unité était de nouveau de mise grâce aux origines afro-américaines de la résidente du 1600 Pennsylvania Avenue, l'économie peinait à redémarrer par faute de décisions fiscales ou encore de la guerre sur le continent asiatique.

Je bascule sur les quotidiens belges. La cohabitation des partis traditionnels avec les partis radicaux après leurs succès probants aux élections de 2018 et 2019 est compliquée. Les attentats répétitifs entre 2015 et 2018 avaient fini par instaurer un climat de peur. Et les partis d'extrême avaient été la réponse, aussi mauvaise soit-elle, d'une partie de la population. Je m'intéresse ensuite à l'évolution de Charleroi Métropole. Du plan CATCH* aux coups de pelles de Charleroi District Créatif, la ville est sur le sentier de l'essor autrefois connu dans les Golden Sixties.

Un article attire soudainement mon attention : « *Chimay : un homme retrouvé calciné dans sa maison.* » L'accès étant réservé aux abonnés, seules quelques lignes et une photo sont disponibles. Les lieux me semblent familiers, mais l'heure tardive, le whisky et mes insomnies chroniques ruinent ma concentration. Le décor noirci par la suie déforme l'endroit photographié et n'aide pas ma mémoire.

---

* Plan visant à améliorer la croissance de l'emploi à Charleroi suite au séisme provoqué par la fermeture de Caterpillar.

J'embrase une nouvelle cigarette et repousse mon verre de bourbon de la main. J'effectue une recherche sur le sujet, mais à chaque fois la même photo réapparaît. Finalement, la fatigue triomphe et m'emporte.

2 - FUNÉRAILLES

Un fauve me ronge les entrailles. Il a pour nom vengeance et haine.

La vie a une fin, la vengeance n'en a pas… Les mots résonnent dans ma tête. La folie s'empare de mes sens. Renaud hurle des ordres dans son smartphone. Je tente de rappeler Aaron en vidéoconférence mais les sonneries se meurent dans le vide. L'image de son corps inerte et tuméfié se pose sur chaque écran, sur chaque mur de l'appartement. Je me lève et marche dans le néant. Tout semble pourpre autour de moi. Je saisis la crosse du revolver planqué dans un tiroir. Mon pouce arme le chien du six coups, le canon sur ma tempe. Deux mains fermes me désarment. Elles me serrent fort et nichent ma tête contre une épaule. Les yeux hagards, l'immobilisme est ma seule réaction.

Le temps n'existe plus. Des pas brisent le silence. Les mots sonnent creux comme s'il s'agissait d'une langue étrangère. Puis, l'obscurité succède à un léger pincement dans le bras, fait par une aiguille. Des images subliminales s'incrustent dans le noir avant de disparaître. L'enfer m'accueille.

À plusieurs reprises, je me réveille dans une chambre d'hôpital sous les regards de Jérôme, Hans, Renaud et William. À chaque fois, l'absence d'Aaron me replonge dans la folie avant que les ténèbres ne m'emportent à nouveau.

Mes paupières s'éveillent, le décor a changé pour faire place à des murs capitonnés. Le couvercle du cercueil est ouvert. Mon corps y est allongé en suspension. En dessous, un trou béant m'attend. Aaron me fait signe de le rejoindre. Je me laisse glisser, guidée par ses appels. Mais une douce main m'empêche de filer. Une voix d'enfant remplie de trémolos me ramène dans le monde des vivants. Elle me supplie de ne pas l'abandonner. Son ton se fait plus ferme et m'ordonne de revenir.

Je sors un pied de la tombe. La vie ne reprend pas son cours pour autant. Les murs de la pièce ne cessent de se rapprocher. Aucune larme ne vient s'écraser sur mes joues. Un fauve me ronge les entrailles. Il a pour nom vengeance et haine. Mes pas usent la moquette. Le cendrier déborde. Je ressasse sans cesse le fil de l'histoire. Le fauve me dévore le bide. Il a pour nom culpabilité et tristesse. Les larmes sont sèches. Les dernières images d'Aaron envahissent mon esprit. La sécheresse disparaît. William tente de me consoler. Lui-même inconsolable, il n'a aucune crédibilité. Jérôme joue les gardes-chiourmes et s'occupe de Lisa. Elle me réclame corps et âme, mais je n'ai pas le courage de l'affronter. Le fauve me consume de l'intérieur. Il a pour nom lâcheté et peur. William abandonne les mouchoirs pour la cravache. De force, il m'oblige à me confronter à Lisa. À nouveau, l'ange blond agit. Je sors un deuxième pied de la tombe.

Nous sommes planqués tous les quatre dans une résidence secondaire de la famille de Renaud. Ce dernier n'a pas lésiné sur les moyens de sécurité. Les trois adultes enfilent leur costume d'acteur pour le bien du quatrième mousquetaire. Lisa me maintient dans le monde des vivants, elle nous y garde tous. Un seul petit ange blond se bat contre nos démons et éloigne la folie.

Nos regards fuient. Jamais nous ne croisons nos iris, même quand nous discutons. Personne n'aborde ce qu'il s'est passé. Les seuls moments de réalité sont les repas. Nous nous efforçons pour Lisa.

Le temps s'est effacé. Cela fait une semaine, peut-être deux que nous sommes ici. Enterrer Aaron sans corps est impossible. Malgré la pleine coopération belgo-grecque, l'enquête ne donne rien. Aaron était bien arrivé en Grèce et enregistré à son hôtel, mais il n'y était resté qu'une nuit avant de disparaître. Jamais il ne s'était rendu à son colloque.

Renaud nous livre ce compte-rendu cynique une fois que Lisa est au lit. Le commissaire aborde la mise sous protection des témoins. William et Jérôme la refusent. De mon côté, l'avenir n'est qu'un gouffre, un néant qui ne me retient nulle part.

Renaud joue de son influence. Témoin de la scène, il me permet de mettre sous terre un cercueil vide afin de commencer notre deuil. L'enterrement d'Aaron se déroule en comité restreint. Le ciel l'accueille sous des trombes d'eau. Le monde devient encore plus gris sans le docteur Eyck. Je dépose sur ces quatre planches creuses une pochette avec son ultime cadeau. Jérôme et William, dévastés, nous quittent dans la foulée du dernier coup de pelle. Ni au revoir ni adieu, juste des larmes perdues dans la pluie.

Lisa et moi retournons dans nos pénates provisoires. Je décline la proposition de mise sous protection. Renaud accepte de me fournir une nouvelle identité, les accords pour Lisa et le transfert sécuritaire non traçable de mes fonds. Je lui remets mon passeport belge, mais garde mes papiers canadiens, héritage de ma génitrice. Il embarque Lisa avec lui. L'ange blond doit voir une dernière fois ses grands-parents.

Je regagne ma demeure provisoire encadrée par ma sécurité rapprochée. Le crépitement du feu en fond sonore accompagne les craquements de la vieille bâtisse. Les remords sont plus forts que les regrets. D'une main, je caresse mon ventre et le dernier présent d'Aaron. Notre amour est à sens unique. Mes actes lui ont enlevé la vie. Mes gestes ont ruiné jusqu'aux adieux qu'il méritait. Mais même réduit au silence éternel, Aaron trouve encore les mots pour me faire avancer et m'ôter l'envie abjecte de le rejoindre. Son héritage charnel restera son empreinte sur le monde.

*

Ma tête se redresse. Les lettres du clavier sont imprimées sur ma joue. L'écran quitte son mode veille. Ma vision s'éclaircit et fixe la photo de cette demeure chimacienne. Les souvenirs de mon enfance refont surface. Le chalet aux boiseries vitrifiées, mon premier fusil de chasse, les médailles militaires : le diaporama se met en route. Le jour se lève et pourtant la pénombre perdure. Très vite, mes pensées replongent dans une brutalité disparue il y a presque trois ans…

3 - CHARLERWÉ

Aujourd'hui, le désastre industriel provoqué par Caterpillar n'est plus qu'un souvenir douloureux pour les nostalgiques au « sang jaune dans les veines ».

Abandonner Clément et Lisa n'est pas facile, leur mentir est encore plus compliqué. Si le bas âge de Clément le confine à l'insouciance, Lisa a déjà trop souvent fréquenté les funérariums pour posséder encore une once. Pourtant, je ne veux en aucun cas la confronter, à nouveau, à la grande faucheuse. Je prétexte dès lors des obligations administratives. La seule chose qui me rassure et maintient ma sérénité, c'est que je sais que tous deux sont sous la garde et la surveillance d'Alex et de son épouse qui se sont installés au ranch.

Après plusieurs heures de trajet et de nombreuses escales pour semer ma trace, j'arrive à l'aéroport de Charleroi aux aurores. Sa croissance continue et ses vols transatlantiques s'accordent avec l'essor de la région. Un taxi me fait traverser l'Aéropole dont la renommée a de loin dépassé les frontières du territoire. Point d'orgue de la recherche dans les sciences du vivant et de la biotechnologie, il en est le symbole du renouveau économique. Aujourd'hui, le désastre industriel provoqué par Caterpillar n'est plus qu'un souvenir douloureux pour les nostalgiques au « sang jaune dans les veines »*.

Le chauffeur me dépose à l'hôtel Aéro 44. J'y prends une chambre discrète, située près des sorties de secours.

Requinquée par un bon bain, je sirote une boisson bien de chez nous au bar et parcours la presse. Les articles complets ne dévoilent rien de plus que les informations en ma possession. Le serveur m'accoste pour me proposer une autre bière.

— Non, merci. Par contre, où pourrais-je passer un appel ?

Surpris par ma question préhistorique, il m'indique de voir avec la réception. Je règle cash ma consommation, comme tous mes frais depuis mon arrivée afin de ne laisser aucune trace. Quelques instants plus tard, le réceptionniste cède à mon sourire et me laisse utiliser le téléphone.

— Police de Charleroi, j'écoute ?

— Bonjour, je souhaiterais parler au commissaire divisionnaire Renaud Modaens, s'il vous plaît.

Un silence bref s'installe.

— Monsieur Modaens ne travaille plus ici. C'est monsieur Sébastien Remy qui est commissaire divisionnaire maintenant. C'est à quel sujet ?

Je reste sans mot. La voix au bout du cornet s'active.

— Madame ?

— Heuh, ça ira, merci… C'était personnel.

Je raccroche. J'avais beau suivre l'actualité de Charleroi à des milliers de kilomètres, cet élément était passé à la trappe.

Mes pas me guident à quelques centaines de mètres de l'hôtel. Heureusement, tout n'a pas changé, le New Vintage et son cadre digne des quartiers branchés de Manhattan m'accueillent chaleureusement pour m'offrir une cuisine et des plats typiques de chez nous. Une cervelle de veau meunière et des rognons à la moutarde viennent enivrer mes souvenirs gustatifs.

---

* Expression tirée du livre *Du sang jaune dans les veines : l'histoire de Caterpillar Belgium,* Francis Groff, Les Éditions Acacia.

Je décide d'appeler le nouveau commissaire divisionnaire, Hans, et passe à nouveau pour une archaïque en demandant l'utilisation d'un téléphone fixe.

Un ton sec dissimulé par une bouche pleine me répond.

— Vous avez vu l'heure ? C'est l'heure du lunch, bordel !

Mon rire éclate. Le légendaire tact de Hans n'a pas changé avec les galons.

— Hans, c'est Eve Eyck à l'appareil.

— Pardon ? À qui ai-je…

Sa déglutition se perturbe. Il avale de travers. Après une quinte de toux bruyante, je l'imagine postillonner en me répondant.

— Putain, une revenante…

— Je ne vais pas te déranger longtemps, je cherche juste à joindre Renaud.

Son ton s'assèche davantage. La rancune est tenace. L'amitié était un mot fort pour lui. L'abandonner était pire qu'une trahison.

— T'es en Belgique ?

— Oui, peut-on se voir avec Renaud ?

Il ricane dans un mélange d'amertume et de plaisir.

— OK. Ce soir, 20 heures à la Villa Castelli.

J'éteins aussitôt le GSM basique et termine mon repas par une douceur sucrée.

*

Après un repos salvateur, un taxi me conduit dans le centre-ville carolo. Un boulevard Jacques Bertrand verdoyant m'offre un premier panorama des projets de redynamisation de la Ville Haute. Le Palais des Expositions rénové, le Centre de Congrès flambant neuf et le Palais des Beaux-Arts remis au goût du jour trônent sur une place du Manège revitalisée et arborée. À son extrémité, le Campus des Sciences, des Arts et des Métiers offrira à Charleroi, à la rentrée, sa première véritable université avec le bâtiment Zénobe Gramme.

En parallèle, le lifting de l'Université du Travail*, qui n'a d'université que le nom, redonne un coup de jeune à cette artère et à la Ville Haute tout entière.

Un crochet vite fait par l'avenue de Waterloo avec un passage devant le restaurant Chez Duche et le Monument aux Martyrs qui lui fait face me remémore les premières cicatrices du *No Fear*.

Le taximan s'engage à présent sur le petit ring et me permet d'apprécier les avancées des différents projets privés. Le quartier de la Broucheterre a fait table rase et laisse place au chantier du 5e ÉLÉMENT, ce nouveau quartier qui abritera le siège de la Sambrienne** et de nouveaux immeubles d'habitations durables. Je découvre ensuite les premières tours du Left Side Business Park qui entourent une marina ancrée au bord de la Sambre. Au loin, j'aperçois les tours jumelles River Towers. À leur manière, elles gomment aussi les traces du *No Fear* puisqu'elles remplacent le chancre de la Tour Inter-Béton.

Je demande ensuite au taxi d'effectuer un crochet par le cimetière de Mont-sur-Marchienne et de laisser le moteur allumé.

Je parcours les allées bordées de sépultures et me dirige vers la dernière demeure fictive d'Aaron avec son cercueil toujours vide. Sa tombe longe celle d'Eve. La surprise est de taille. Malgré mon départ, l'entretien de celles-ci est impeccable. Je m'accroupis et dépose une main sur chaque pierre, encore chaude des rayons du soleil. La mâchoire serrée, j'entame un dialogue en sourdine. Je leur parle de Lisa et de Clément, de

* L'Université du Travail Paul Pastur (UT) est une institution scolaire implantée à Charleroi. Elle comprend trois écoles d'enseignement secondaire, quatre écoles de promotion sociale et une haute école composée de six catégories. Établissement de la Province du Hainaut, il ne s'agit juridiquement pas d'une université et l'UT ne décerne pas de diplômes en son nom.
** Société de logements de service public.

notre nouvelle vie aux USA. Avant de me redresser, je glisse une rose sur chaque tombe : une blanche sur celle d'Eve, une rouge sur celle d'Aaron.

Je poursuis ma route et vais fleurir le caveau de la famille de Lisa. Sur le chemin du retour, les pierres tombales de mes parents apparaissent dans mon champ de vision. J'hésite un instant mais mes pas continuent sur le sentier.

Je remonte dans le taxi et nous quittons la périphérie carolo en direction de la campagne. Lorsque je descends du véhicule, arrêté sur la place Communale de Jamioulx, un frisson estival m'envahit. Le regard perdu sur le mur de pierres anciennes et de briques du restaurant Villa Castelli, je m'allume un clou de cercueil pour étouffer ma nervosité naissante. Malgré la nicotine, mon sang se glace, ma peau se vallonne avec la chair de poule. La porte vitrée de l'établissement me renvoie mon malaise intérieur. Et si j'avais tort ?

4 - RETROUVAILLES

On dit que seuls les coups durs révèlent la vraie nature des gens et la nature n'est pas toujours bien faite…

Le serveur de ce restaurant gastronomique aux saveurs du Sud me guide vers la mezzanine boisée et vers mes convives qui sont déjà sur place.

Renaud et Hans me dévisagent. Mes lunettes de soleil glissent sur mon crâne. Leur mine pantoise m'amuse. Avec sa gouaille éternelle, Hans me tance.

— On peut dire adieu au doux surnom de rouchatte… Comment faut-il t'appeler maintenant ?

Ma métamorphose physique laisse mes anciens collègues bouche bée. Ma longue chevelure rousse lisse a fait place à un carré dégradé auburn. Ma peau blanche s'est teintée d'un léger bronzage mat qui camoufle mes taches de rousseur. Ma silhouette sportive d'autrefois s'est affinée et agrémentée d'une musculature sèche de cowgirl. Seul le décolleté est resté aussi fourni, au plus grand plaisir du regard furtif de Hans. Mes fossettes se creusent pour esquisser un sourire.

— Tout dépend. Si ce sont des amis intimes, Claire fera l'affaire.

Sans se lever, Hans m'invite à m'asseoir.

— Ce sera Claire, alors.

Renaud se lève et l'accolade qu'il me donne contraste avec la distance que maintient Hans.

Je prends place face à eux. Hans siffle son verre de whisky d'un trait et embraie.

— Me fallait bien ça ! Bientôt trois ans, putain, trois ans sans aucun signe de vie !

Son ton amer me lasse. Mon regard se tourne vers Renaud.

— Ça va, Renaud ? Tu es bien silencieux… Alors comme ça, tu as quitté la Tour Bleue ?

Il reprend quelques couleurs.

— Oui, ça va, excuse-moi… J'ai eu du mal à te reconnaître. Les images se figent dans l'esprit, on pense retrouver un visage familier et puis te voilà. Métamorphosée, mais pas seulement physiquement. Tu sembles presque en paix avec toi-même, on dirait…

Ma langue tourne sept fois dans ma bouche.

— Si je n'avais pas eu Lisa, j'aurais basculé dans la folie, mais c'est un ange et un ange, ça vous protège.

Hans me coupe presque la parole.

— Et où étais-tu passée ?

Mes mains se font plus fermes sur la table.

— Tu comptes me bouffer le nez toute la soirée ?

Sa réaction ne me surprend pas vraiment. Partir sans un au revoir et tirer du jour au lendemain un trait sur notre amitié n'avait pas été chose facile, que ce soit pour lui ou pour moi. Mais notre complicité avait été ruinée par mon obstination. En outre, Hans admirait Aaron aussi bien en tant qu'homme qu'en tant que chirurgien. Il était celui qui avait réinsufflé la vie dans le cœur de son fils. Mes doigts relâchent la pression, mais mon ton reste ferme.

— Je sais que tu m'en veux aussi bien pour tout ce qu'il s'est passé que pour avoir fui sans laisser de trace. Mais ça fait une éternité, ne profiterions-nous pas du moment présent ?

Son regard s'éclaircit.

— Désolé, je ne réalise pas encore que tu sois là. Ça fait si longtemps, qu'es-tu devenue ?

Ma main se décrispe complètement.

— Grâce à Renaud, j'ai pu obtenir des papiers afin de prendre un nouveau départ sous une autre identité et j'ai pu refaire ma vie. Suis devenue une campagnarde…

Je dis la vérité mais dissimule aussi intentionnellement certaines informations. Si Renaud m'avait aidée à changer de nom, avec ma double nationalité belgo-canadienne, j'avais à nouveau modifié mon patronyme au Canada. Cela avait été plus compliqué pour Lisa, mais le décès de ses grands-parents avait facilité les démarches d'adoption, elles aussi pilotées par Renaud.

Je souris de plus belle.

— Mais que dire de vous ? Je m'absente, et bam, Hans est devenu le grand patron et toi, Renaud, c'est à peine si on te connaît au commissariat.

D'une main courtoise, Hans cède la parole à Renaud.

— Ne fais pas ton timide, vas-y.

Un certain malaise règne entre les deux hommes. Autrefois, bien qu'ils se rentraient parfois dedans, Renaud restait le boss en toutes circonstances. Si son charisme pragmatique suffisait à asseoir sa hiérarchie, ici, il fuit Hans du regard et s'aplatit presque devant lui.

— Ce qui s'est passé en 2018 nous a tous secoués. Après m'être senti inutile pendant des mois, j'ai préféré partir et ai recommandé Hans.

Interloquée, je surenchéris.

— Toi qui recommandes Hans…

— Oui…

Le regard évasif, il ne s'épanche pas plus sur les raisons de ce choix. Mauvais acteur, Hans dissimule sa rancune derrière un ton faussement amical. Sa phrase fuse tel un harpon quand il m'aborde au sujet de William et Jérôme.

— Je n'en ai aucune idée. Ils ont disparu après l'enterrement d'Aaron. Depuis lors, rien. Néanmoins, tout comme vous, ils n'ont pas eu vent de ma fuite. Et en plus, je m'étais brouillée avec William.

Je saisis le menu pour occuper mes mains. Je cache toujours les raisons de ma présence.

— Et toi, Renaud, que deviens-tu ?

Hans le coupe d'un ton moqueur.

— C'est un col blanc !

Renaud semble éteint devant les attaques du nouveau commissaire. Si physiquement, il n'a pas changé, il est devenu un adepte du costume-cravate, comme l'indique l'usure des manches au niveau du coude.

— Après avoir démissionné, j'ai eu besoin de me ressourcer en famille, de faire le point. Les élections fédérales de 2019 ont offert des débouchés et j'ai été recruté par le Ministre de l'Intérieur et de la Sécurité. Je suis maintenant un des directeurs de cabinet en charge du terrorisme…

Hans ne laisse pas finir Renaud et passe à l'attaque.

— Et si on arrêtait de tourner autour du pot, Claire ? Tu es revenue pour le corps chez William, non ?

Je hoche la tête de manière affirmative.

— Eh bien, ça aurait été plus facile pour toi d'envoyer un e-mail. On a bien trouvé un macchabée dans son chalet mais impossible que ce soit ton oncle. William est un fantôme, il n'avait ni compte en banque, ni crédit, ni abonnement excepté pour l'eau et l'électricité, mais les compteurs ont été scellés depuis longtemps faute de paiement. Son chalet était devenu un squat.

Il se rince le gosier avec les glaçons fondus de son whisky.

— Le seul truc qui me turlupine, et encore, ce n'est pas ma zone et j'ai d'autres chattes à fouetter, c'est que la mort n'a pas été provoquée par le feu, mais par des lésions multiples. Après ça, aucune empreinte. La mâchoire du macchabée est fracassée à plusieurs endroits et rend toute comparaison dentaire impossible. Et niveau ADN, ça n'a rien donné non plus.

Surprise, je réagis instantanément.

— Et comment sais-tu tout cela si ce n'est pas ta zone ?

— La photo de la cabane de William a fait le tour de la presse et j'ai une très bonne mémoire visuelle. Et contrairement à toi, je n'oublie pas les gens.

Je prends sur moi et ravale ma fierté.

— Penses-tu que je puisse voir le corps et ainsi en avoir le cœur net ?

Le visage coléreux, il se tend sur ses guiboles. Sa veste vient recouvrir sa carcasse.

— Ça fait plus de deux ans que t'es partie ! Et tu réapparais pour te servir des gens, comme tu l'as toujours fait. Tu m'excuseras, mais j'ai des trucs plus importants à gérer. Et moi, j'ai une famille dont je m'occupe, Claire.

Son intonation insiste sur la dernière partie de sa phrase. Son attaque me pousse à réagir avec calme vu ma requête.

— Tu n'as rien perdu de ton tact légendaire… Mais par contre t'es devenu un sale con !

Je me redresse pour lui faire face. Sa carrure de judoka ne m'a jamais impressionnée. À mon tour, le chantage affectif se glisse dans nos échanges.

— Si t'as un fils dont tu dois t'occuper, rappelle-toi à qui tu le dois !

Hans a toujours beaucoup aboyé et grogné, mais mordait rarement. L'odieuse répartie a porté ses fruits, il est remis à sa place.

— Très bien, considère que ce sera ma dernière faveur… De toute façon, tu disparaîtras de nouveau après, je présume.

Sans une autre syllabe, le commissaire divisionnaire nous quitte sans nous saluer. La colère bouillonne en mon for intérieur mais la voix rassurante de Renaud vient briser la tension.

— Claire, cela fait longtemps que nous ne nous sommes pas vus. Profitons un peu du moment et ne le laissons pas pourrir par quelqu'un qui n'en vaut pas la peine.

J'acquiesce d'un sourire. À présent en tête à tête, nous passons commande. Nous nous délectons de notre menu trois services. Des culurgiornes de Sardaigne précèdent un thon rouge mi-cuit accompagné d'un pesto de salicornes. Nous échangeons sur des sujets anodins. Renaud me parle de sa famille, de l'évolution de la région, du pays, mais l'arrogance et l'agressivité verbale de Hans créent, à certains moments, quelques absences.

Alors qu'un tiramisu aux fraises garnit nos assiettes et que le vin a étanché mon ancien collègue, je me jette à l'eau, la voix déterminée.

— Pourquoi es-tu parti, Renaud ? Et que s'est-il passé avec Hans ?

Sa main replace ses cheveux dans le bon sens.

— Je n'avais plus la foi après les événements de 2018. Je devais subir un système qui nous avait abandonnés. Je suis resté uniquement pour bénéficier des connexions que j'avais et t'aider. Quand tu as eu disparu pour de bon, j'ai démissionné.

Émue, ma main glisse sur la sienne.

— Je n'oublierai jamais ce que tu as fait pour moi, Renaud… Mais tu ne m'as pas dit pour Hans.

Son ton devient âpre.

— On dit que seuls les coups durs révèlent la vraie nature des gens et la nature n'est pas toujours bien faite…

Voulant éviter les sujets qui fâchent, il noie le poisson.

— Mais et toi, Claire ? Après avoir mis autant d'énergie à t'effacer, tu reviens pour un corps calciné retrouvé dans un squat ?

— Oui, William est mon oncle. Ma seule famille. J'ai besoin de savoir…

— Et tu n'as pas l'impression de te jeter dans la gueule du loup ?

— C'est pour ça que je t'ai fait livrer un colis, Renaud.

Le verre de rouge de Toscane se vide. J'accepte volontiers une dernière repasse.

— Je présume que tu l'as ouvert ?

Le pied du verre tournoie entre ses doigts.

— Oui.

— Tu ne me demandes pas pourquoi il contient une arme et un kevlar ?

Son regard se lève en ma direction.

— Un kevlar et une arme pour quelqu'un qui a vu ce que personne n'aurait jamais dû voir… Pas besoin de m'expliquer, mes certitudes me suffisent.

Nous quittons l'établissement et marchons jusqu'à sa voiture. Le temps de terminer mon digestif nicotiné, je taquine Renaud.

— Si j'avais su que tu étais devenu directeur d'un cabinet ministériel, j'aurais évité de te demander de jouer au coursier.

Son sourire en dit long. La portière se déverrouille mais avant de grimper, nos regards se croisent au-dessus du toit.

— Tu n'as pas idée à quel point la gastronomie locale m'avait manquée.

L'ancien commissaire s'installe au volant et se tourne vers moi.

— Et si tu me disais vraiment pourquoi tu es revenue, Claire ?

Je soutiens son regard.

— Pour William. Et pour savoir si c'est lié à Pharmalib ou pas !

5 - SOURCES TARIES

Nous roulons en direction de la Botte et voyons les Lacs de l'Eau d'Heure briller de mille feux sous les rayons du soleil.

Hans n'a pas traîné. Douze heures à peine après nos retrouvailles gâchées par son caractère, rendez-vous est donné dans le Sud-Hainaut. Nous roulons en direction de la Botte et voyons les Lacs de l'Eau d'Heure briller de mille feux sous les rayons du soleil. En cette après-midi, le thermomètre s'affole. Les acrobates et débutants se régalent en ski nautique du côté du Ry Jaune. Un peu plus loin au lac de Falemprise, ce sont les touristes qui profitent des envolées du mercure. Après avoir contourné Cerfontaine, les paysages verts et boisés se succèdent jusqu'à destination.

Nous sortons de la voiture. Une cancérette jaillit de mon paquet. Je fais rougir le bout et la décolle de mes lèvres.

— J'ai beau passer en boucle ce que Hans m'a dit, je redoute quand même l'instant.

Le goudron noircit mes poumons. Renaud m'indique que Hans nous attend à l'intérieur.

— Il peut bien patienter quelques minutes ! Tu sais, ça fait un moment que les cadavres ont quitté ma routine.

Nous marchons vers l'entrée. Mon mégot se meurt dans le cendrier. Hans nous accoste, nerveux.

— On y va ? J'ai un rendez-vous important dans nonante minutes à Charleroi.

Si son manque de tact m'était familier, son impolitesse s'ajoute à son attitude négative depuis nos retrouvailles.

— Bonjour, Monsieur le Commissaire, désolée pour ce retard.

D'un mouvement de tête, mes mots s'adressent à Renaud.

— T'étais plus relax quand c'était toi le grand patron, non ?

Hans marmonne entre ses dents sans pour autant nous saluer.

— J'ai fait tout le nécessaire, le légiste nous attend.

Nous pénétrons dans la chambre froide. Le spécialiste des macchabées et un inspecteur de la zone de police de la Botte du Hainaut nous y accueillent. Le cadavre calciné repose sur une table, emballé dans une housse mortuaire.

Le médecin me dévoile la tête carbonisée et m'indique que c'est pareil sur l'entièreté du corps. Incommodé par la vue de ce corps impossible à identifier, Hans rompt le silence d'une voix agacée.

— Je te l'avais dit… On ne peut rien en tirer !

Sans prendre la peine de lui répondre, j'interroge le policier à voix basse.

— Il n'avait aucun effet personnel sur lui ?

Ce dernier dépose sur une table une montre emballée dans un sac transparent. Le médecin apporte un complément d'explication.

— Son corps a été retrouvé nu sans trace de tissu ni objet. Juste les restes en céramique de cette montre.

Mes yeux concentrés se fixent sur la toquante. J'inspecte les résidus au travers du sachet. Hans brise à nouveau le silence.

— T'as fini, on peut y aller ?

Renaud fulmine et le fusille du regard, mais reste pantois devant son dédain. D'une voix posée, je m'adresse au médecin.

— De quoi est-il mort ?

Le légiste interroge Hans pour avoir son approbation avant de me répondre.

— De lésions multiples et profondes à l'arme blanche.

La housse se referme sur ce faciès de cendres. Nous quittons tous trois la pièce après avoir remercié le personnel. À peine à l'air libre, la nicotine rougit de nouveau. Hans nous devance d'un bon mètre et me tance, sans même se retourner :

— Alors, t'es rassurée ? À part perdre mon temps…

Renaud sort de ses gonds.

— Maintenant, ça suffit, tu vas te taire !

Après un demi-tour à pas d'éléphant, ils se font face. Je casse la tension dans son élan.

— C'est bien William…

La mâchoire du commissaire semble se décrocher.

— Comment peux-tu le savoir ? Et surtout pourquoi n'as-tu rien dit ?!

Je tente de maîtriser mes émotions avec ma respiration.

— La montre, je lui avais offerte après Sydney. Un W est gravé avec des anneaux olympiques.

Renaud glisse une main réconfortante dans mon dos.

— Pour le reste, ta rancœur ronge ton intellect, mon pauvre ami !

Hans ravale son agressivité latente.

— Qu'attends-tu de moi ?

— Que tu me laisses l'enterrer dignement et que tu m'intègres à l'enquête !

Le commissaire glousse comme un dindon avant de tourner les talons.

— Je vais voir ce que je peux faire.

*

Alors que nous nous dirigeons vers Charleroi, mes sanglots viennent briser le silence. Renaud s'arrête quelques centaines de mètres plus loin, sur un chemin en terre.

Il déclipse la boucle de sa ceinture et me tend un mouchoir.

— Tu as dit l'autre soir que vous vous étiez brouillés avec William avant qu'il ne disparaisse… Tu veux en parler ?

Le bout de tissu éponge mes larmes.

— Ce soir-là, nos mots ont dépassé nos pensées. Son dernier « je te l'avais bien dit » a été celui de trop. Dans la détresse et la souffrance, je n'ai rien trouvé de mieux à lui répondre que tout ça, c'était de sa faute ! Qu'au lieu de me mettre un fusil de chasse dans les mains à mon adolescence, il aurait été préférable qu'il ne s'occupe pas de moi.

Renaud m'entoure de ses bras. Ma tristesse est aussi la sienne. Il est rongé par le regret de ne pas avoir vu clair après l'attentat de l'A-Reine, de ne pas être intervenu, de ne pas avoir assumé son statut de chef. Un rôle qui consiste d'abord à nous protéger de ce monde où les flics se situent entre les morts et les vivants.

— Que comptes-tu faire, Claire ?

Une lente et profonde respiration m'aide à retrouver ma sérénité.

— Je vais aller à la mer du Nord en attendant de pouvoir l'enterrer. C'était là un des seuls endroits en dehors de son repaire à Chimay où il m'emmenait de temps à autre. Après, j'espère que je pourrai intégrer l'équipe pour l'enquête.

Il s'enfonce dans son siège.

— Ne compte pas trop là-dessus par rapport à Hans…

Sa phrase inachevée laisse planer une pensée âcre.

— Que s'est-il passé avec Hans ? J'ai beaucoup de mal à croire que tu l'aies recommandé…

— Et pourtant si, je l'ai fait, mais contraint et forcé !

Ses joues rougissent de colère, mon ancien chef poursuit.

— Je présume que tu lui avais parlé du Liban ?

Confuse, ma réponse le lui confirme.

— Il savait que nous partions, mais il n'a jamais eu vent des faits.

— En tout cas, il a vite compris et compilé, à l'époque, les mêmes articles de presse que moi. Après, les déductions ont été faciles, surtout avec l'exécution d'Aaron.

Son ton reste serein.

— J'ai tout camouflé, je n'ai parlé de rien au sujet du Liban ni de Pharmalib et ce, pour te protéger. En plus, aucune preuve tangible n'existait ni de notre côté ni du côté libanais, ce n'était qu'une coïncidence ! En outre, après l'A-Reine, aux yeux de l'opinion publique et de la presse, tu étais la super flic ! Celle qui avait sauvé des dizaines de personnes de l'enfer ainsi qu'une enfant. Après l'attentat, tu éclipsais les terroristes de la une des journaux. Alors, quand les médias t'ont érigée en martyre après le meurtre d'Aaron, j'ai laissé couler et ai menti par omission. Après tout, vous avez été assez professionnels, que ce soit au Liban ou pour le suicide déguisé de Bassem Tahar, mais…

Ses paumes de main martèlent le volant en cuir de sa berline.

— En agissant de la sorte, j'éclipsais aussi Pharmalib de l'équation et je noyais l'enquête au sujet de ton mari.

— Et par rapport à Hans, tu vas enfin me cracher le morceau ?

Il répète son prénom à plusieurs reprises. L'amertume l'emporte sur le secret.

— Hans s'est servi de toute cette histoire pour son propre avancement. Entre la manipulation pour justifier ton absence après l'A-Reine et taire vos actes au Liban, il me tenait et j'ai plié. Il a tout d'abord été promu à ton poste laissé vacant et puis, après avoir réussi les examens avec brio et été recommandé par une lettre signée de ma main, il a pris ma succession une fois ma démission effective.

Je bafouille.

— Tu… Tu as donc dû partir à cause de moi…

Il rétorque aussi sec.

— Je ne dirais pas à cause de toi, mais pour toi ! De toute façon, ça n'enlevait rien à mon ras-le-bol du système. Tu sais, nous étions de simples collègues…

Ses cordes vocales se mettent à trembler.

— Mais l'exécution d'Aaron, je l'ai aussi vécue en direct. Ce n'était pas ma famille, mais ça n'empêche que ce genre d'image bouleverse et quand ça touche à votre entourage, ça vous change au plus profond !

Sa détermination reprend le dessus.

— Faire appliquer la loi devant de telles atrocités n'avait plus aucun sens tandis qu'agir pour donner les moyens de lutter contre les ténèbres, cela me semblait plus utile, bien plus utile.

Ma main glisse sur la sienne.

— Tu es quelqu'un de bien, Renaud. Je ne pourrai jamais assez te remercier pour tout ça.

Le moteur de son Allemande vrombit.

— Je vais t'accompagner à la mer. Je vais aussi mettre la pression sur Hans pour que tu puisses enterrer William, mais c'est tout. Tu n'es plus flic, Claire, et tu as une fille qui t'attend !

Lui mentir au sujet, entre autres, de Clément provoque un sentiment de culpabilité aussi intense que ce que son amitié représente pour moi.

6 - LES GÉANTS NE MEURENT JAMAIS

Ce n'était pas ma main qui avait ôté le sourire de l'homme que j'aimais, mais c'était tout comme.

Nous passons une première soirée et une journée sympathiques sous le soleil de la côte. Les aînés et quelques couples avec enfant en bas âge sont les seuls à peupler les digues avant que les juilletistes ne débarquent pour envahir la plage.

Nous parlons de la pluie et du beau temps, des différents projets carolos qui transforment la ville. De l'évolution politique à deux vitesses du pays avec d'une part la gauche radicale au sud et d'autre part la droite extrême au nord qui rend le confédéralisme inévitable à terme.

Les reflets rouges du soleil miroitent sur la marée haute. Notre table est la dernière à peupler la terrasse de cette brasserie populaire située à quelques encablures de l'horloge de Coxyde. La digue s'est vidée de ses passants et les anciens ont pris place à l'intérieur des restaurants.

Renaud semble préoccupé. Je décide de briser la monotonie de la conversation.

— T'as l'air d'être là sans vraiment l'être... Tu n'étais pas obligé de m'accompagner, tu sais.

— Claire, est-ce que tu suis un peu l'actualité ? Je ne peux pas m'empêcher de me demander dans quelle mesure Pharmalib est impliquée. Les attentats se sont tassés de manière spectaculaire en Europe. La Syrie et l'Irak sont débarrassés de l'État islamique. Mais par contre, leurs positions se sont renforcées en Libye et s'étendent maintenant sur le Niger, le Tchad et le Soudan… en attendant l'Égypte !

Ma cigarette coulisse entre mes phalanges.

— Tu crois que je ne sais pas tout ça ? Je ne vis pas sur une île déserte. De plus, on sait qu'ils peuvent compter sur l'effet du *No Fear*.

Défait dans ses deux bastions historiques, tout le monde pensait Daesh éradiqué. Ensuite, quand le conflit américano-nord-coréen a éclaté fin 2019, tranquillement à l'abri des regards médiatiques rivés sur les deux mégalomanes, ils ont progressé dans des pays riches en ressources pétrolières et minières. Bassem Tahar me l'avait confirmé : le *No Fear* n'était pas une arme pour les terroristes, mais pour les soldats de leur guerre sainte. Une bouffée toxique envahit mes poumons.

— J'ai tiré un trait sur Pharmalib et j'espère que c'est réciproque…

Une chair de poule parcourt mes bras. Renaud ressent mon malaise. Pharmalib ravive des souvenirs mortels, des images impossibles à oublier. À cœur ouvert, nous crevons l'abcès, nous prononçons le prénom interdit : Aaron. Deux syllabes pour deux paires d'yeux embués. Cette thérapie impromptue au détour d'un repas improvisé me renvoie vers mes actes et ma culpabilité. Ce n'était pas ma main qui avait ôté le sourire de l'homme que j'aimais, mais c'était tout comme. Ma vendetta et mon obstination étaient les seuls coupables de cette barbarie. Pour la première fois depuis mon retour aux sources, mes paroles collent à ma pensée. La haine domine la tristesse. La colère subroge la douleur.

— Mais je n'ai même pas eu le temps de me haïr longtemps, Renaud. Avec Lisa et le dernier cadeau qu'Aaron m'a fait…

Mes propos restent évasifs, mais Renaud comprend à demi-mot.

— J'aurais pu continuer à faire brûler le monde, mais je devais assumer mes actes. Cela impliquait d'arrêter ma quête du juste par amour et par respect pour lui.

La sonnerie de son téléphone interrompt nos palabres.

— C'est Hans !

Son doigt glisse sur l'écran afin de prendre l'appel.

Secouée par mes aveux, je siphonne d'un trait le reste de mon verre et enchaîne avec un autre clou de cercueil. Le dialogue entre Renaud et Hans est à sens unique. De simples affirmations émanent de Renaud avant que la conversation ne se taise complètement.

— Il s'est démerdé. Tu peux enterrer William, mais à une condition, tu quittes le territoire dans la foulée et hors de question d'enquêter. C'est ce que tu as de mieux à faire et de toute façon tu peux compter sur moi si jamais je dois t'informer d'un danger quelconque.

*

Quarante-huit heures se sont écoulées. Hans avait rangé son costume d'aigri et m'avait permis d'enterrer mon oncle. La juge n'avait émis qu'une seule restriction : William devait être inhumé et non incinéré. En effet, si les causes de sa mort, provoquée par les nombreuses lésions, étaient connues, les circonstances demeuraient un mystère. Un avis de décès fut publié dans la presse locale afin que ses frères d'armes puissent lui rendre un dernier hommage.

Un temps maussade nous accueille au cimetière. Les visages gris qui peuplent les âmes présentes me sont pour la plupart étrangers, à l'exception de mes anciens collègues. En effet, vu mon passé, Hans n'a pas lésiné sur la sécurité.

Deux anciens de Flawinne, aussi sculptés que William l'était, prennent la parole. Ils saluent, tour à tour, son caractère bien trempé ainsi que sa générosité. Les éloges funèbres sont à l'image de la foule : peu nombreuses, mais sincères. Elles témoignent de la manière dont il a vécu. Le panégyrique du para-commando souligne son manque d'empathie pour le genre humain, mais insiste sur son sens du sacrifice pour ceux qu'il aimait.

À ma grande surprise, il enchaîne sur sa deuxième vie, celle d'oncle. Le para retraité parle de moi comme de la fierté de William. En imitant ce dernier à la perfection, il narre mes récits olympiques. Chaque extrémité de mon corps palpite d'émotion. Les larmes glissent sur mes joues. Ma main agrippe celle de Renaud.

Alors que son oraison funèbre se conclut, le maître de cérémonie invite quiconque pour une dernière parole. Mes doigts lâchent leur emprise sur la main ferme de Renaud. Sous le regard médusé de Hans, je m'avance vers la tribune. Ma bouche s'approche du micro. Quelques mots d'un texte d'Aaron refont surface.

Il y a meurtrir, il y a bonheur
Comme dans le pire et le meilleur

Il y a plaisir, il y a douleur
Comme dans le pire et le meilleur

Il y a adoucir, il y a malheur
Comme dans le pire et le meilleur

Il y a haïr, il y a douceur
Comme dans le pire et le meilleur

Il y a rire, il y a pleurs
Comme dans le pire et le meilleur

Il y a maudire, il y a splendeur
Comme dans le pire et le meilleur

Il y a faiblir, il y a sauveur
Comme dans le pire et le meilleur

Il y a épanouir, il y a peurs
Comme dans le pire et le meilleur

Pour la famille, on ouvre son cœur
Jamais d'adieu juste à tout à l'heure

Car si le chagrin la fait s'unir
Son affection nous aide à grandir

Une fois mon émotion maîtrisée, quelques mots concluent mon intervention.

— Tu étais mon père de sang et de cœur. La vie nous a séparés, mais sûrement qu'un jour, on se retrouvera de l'autre côté. Claire, ta nièce, ta fille, la seule femme à qui tu consacras ton existence.

Le souffle court, mes pas me guident vers Renaud. Alors que le cercueil s'enfonce sous terre, son épaule m'accueille avec chaleur.

La poignée de familiers de William vient me saluer. Deux d'entre eux parlent de moi comme s'ils me connaissaient personnellement. Le regard ébène du plus grand des deux me captive. Aussi déstabilisants qu'émouvants, leurs bons mots réchauffent les sentiments. Leur gabarit, leur posture, leur forme physique laissent deviner ce côté militaire que William entretenait également. Ils abordent des parties de chasse, des soirées à scruter mes résultats olympiques, ma vieille pétoire qui trônait tel un trophée au-dessus de sa cheminée. L'un d'eux ne peut s'empêcher de me poser l'éternelle question sur ma retraite anticipée. Seul un sourire en coin lui répond.

En compagnie de Renaud, je regagne sa voiture. Hans nous y attend le regard sévère. Sa position désinvolte laisse présager un sermon.

— Putain, j'fais le nécessaire pour que tu puisses l'enterrer et toi tu viens jouer les vierges effarouchées avec ton discours à deux balles ! Te manquait plus qu'une cible autour du cou !

Je lui marche sur les pieds, monte dans la voiture et claque la portière. Renaud s'installe derrière le volant alors que Hans se glisse sur la banquette arrière.

— Ça te trouerait le cul de me répondre ?

Le rétroviseur facilite nos échanges revolvers.

— Je te remercie pour ce que tu as fait, mais j'avais besoin de prendre la parole. En plus, je vois pas pourquoi tu t'énerves, entre tous tes flics en civil et les ex-militaires, j'étais protégée, je pense !

Ses jappements futiles m'agacent.

— Je te parle pas de sécurité ! Je me suis mouillé pour toi, pour que tu puisses enterrer ton oncle ! Tu n'existes plus, je te rappelle, et toi tu te pointes comme une fleur et fais exploser ton anonymat. J'ai l'air de quoi moi ? Suis plus flic, suis com…

Je fais volte-face et l'affronte de visu.

— Oui, l'information est bien passée, Monsieur le Commissaire ! À ce que je sache, ça ne t'a pas posé de problème de te servir des autres pour ton avancement. Donc maintenant, ferme-la et oublie-moi. Comme tu l'as exigé, demain, je ne serai plus qu'un lointain souvenir.

Son regard mitraillette se tourne vers Renaud. Sans plus attendre, il quitte l'habitacle dans un vacarme assourdissant. Renaud sature du comportement de son successeur.

— Je crois que c'est la seule chose pour laquelle je t'en veux ! À cause de toi, tous nos anciens collègues doivent se bouffer ce gros con !

Rares sont les fois où mon ex-boss se lâche. Je pouffe d'un rire contagieux. Nous relâchons tous deux la pression. Après quelques instants, la réalité reprend le dessus.

— J'ai une dernière faveur à te demander. J'aimerais passer par le boulevard Tirou. Je souhaiterais embarquer quelques affaires à l'appartement.

7 - C(R)IBLÉE

Du meilleur, il ne reste que le pire.

Le boulevard Tirou s'ouvre devant nous. Une nouvelle construction en coin s'érige au-dessus de ce qui fut autrefois l'ancienne station-service. Ce *Flat Iron* carolo domine la toujours aussi ravissante place Saint-Fiacre et ses arbres majestueux. Les badauds se promènent, malgré la grisaille, sur la portion piétonne. L'artère principale a retrouvé toute la splendeur qui était sienne durant les Golden Sixties. Face au bâtiment de la RTBF, l'entrée de l'immeuble qui me servait de toit il y a quelques années me tend les bras.

Mes jambes lourdes franchissent la porte puis embraient sur les escaliers, au lieu de l'ascenseur, comme pour retarder les retrouvailles morbides. Renaud avait proposé de m'accompagner, mais je me devais d'affronter seule cet instant. Depuis l'exécution d'Aaron, je n'avais remis les pieds qu'une fois dans ce mausolée, lors d'un passage éclair teinté d'anxiolytiques, lorsque j'organisais ma fuite.

La porte s'ouvre sur la coursive extérieure qui mène à l'appartement avec comme paysage le mur de briques du parking du Moulin. Mes pieds glissent sur le béton dont la peinture verte s'est écaillée avec les ans. Je déverrouille le dernier rempart de cet appartement fantôme. Avant d'entrer, mon dos se colle au mur, ma respiration est rapide. Ouvrir cette demeure, c'est comme exhumer la dépouille d'Aaron. Je me ressaisis et franchis le hall pour atteindre le living. Les meubles couverts de draps blancs semblent flotter comme des spectres. L'odeur nauséabonde du renfermé est insupportable. Mes mains fermes écartent les rideaux et ouvrent les fenêtres. Les yeux clos, je m'accoude aux châssis.

J'inspire de longues bouffées d'air pour essayer de reprendre le dessus mais l'atrocité subliminale suggérée par les lieux me submerge. Je m'affaisse sur le sol, adossée au canapé. Sa présence envahit l'espace. Les sanglots éclatent, mes mains m'obstruent les conduits auditifs. L'antre de la folie me renvoie vers mes péchés. Puis, j'entends sa voix résonner. Douce, elle chasse petit à petit l'horreur mentale. Je sens ses doigts essuyer mes larmes et la chaleur de ses bras me réconforter, comme après avoir perdu Eve. Ce premier souvenir limpide d'Aaron depuis sa mort me fait sourire, aussi douloureux soit-il. Mes songes éveillés me renvoient vers l'homme qu'il était. Un mari, un amant, un ami. Un roc, un tendre, un confident. Apaisée, je quitte le salon pour récupérer quelques affaires d'Aaron pour les enfants.

La porte close du bureau d'Aaron me glace le sang. La paume de ma main glisse sur la poignée de ce portail vers l'au-delà. À peine pivote-t-elle que je la lâche. Un bruit strident s'échappe du chambranle. Les meubles sont aussi à l'état de fantômes. Seule une photo poussiéreuse trône au-dessus du mobilier couvert. Mes entrailles se nouent. Cette boule d'amour perdu remonte vers ma trachée au fur et à mesure que mes pas m'approchent de ce cadre. Une fois à hauteur de mon visage, mon souffle vient chasser les poussières qui enfument aussitôt mon regard.

La photo dans le cadre me replonge dans le film de cette journée, celle de notre union solennelle. L'émotion brutale que je ressens contraste avec le bonheur affiché sur ce cliché. Les souvenirs joyeux de ce moment me ramènent à la triste solitude veuve d'une complicité disparue. Les deux êtres qui unissent leur avenir sur ce bout de papier détonnent avec ce reflet solitaire. Mes paupières se ferment pour faire place à la joie évanouie. Les images de cette journée féérique défilent et effacent un court instant le manque du temps présent. Je revois William nous serrer dans ses bras. Une étreinte sincère qui témoigne de l'admiration pour l'homme qui vient d'épouser sa nièce et de l'amour qu'il porte à cette dernière. Je me remémore l'ouverture du bal. La mélodie raisonne dans mon esprit.

You are the strength,
That keeps me walking.
You are the hope,
That keeps me trusting.
You are the light,
To my soul.
You are my purpose,
You're everything[*]

Autour de nous, le monde n'existe plus. La complicité du moment transforme les spectateurs en silhouettes floues. Nos corps valsent à l'unisson. Sa chaleur me réchauffe les sens. Mes yeux s'ouvrent et un court instant, je reconnais la femme sur cette photo avant que la réalité ne me rattrape. À reculons, je quitte ce temple de sérénité. Du meilleur, il ne reste que le pire.

J'empile dans un sac quelques souvenirs qui aideront Clément à connaître son père. Avant de sceller les lieux, Aaron, debout dans le hall, me sourit.

*

* Traduction : Tu es la force, Qui me fait avancer. Tu es l'espoir, Qui me pousse à croire. Tu es la lumière de mon âme. Tu es mon but, Tu es tout. « Everything » (Interprète : Lifehouse. Auteur/Compositeur : Jason Wade).

D'un pas décidé, je rejoins Renaud qui est garé près de la place Saint-Fiacre. Les nuages menaçants ont été chassés par le soleil et les rayons estivaux réfléchissent sur les façades vitrées du boulevard Tirou. Éblouie par cette luminosité, je mets mon bras en pare-soleil et vois trois voitures passer devant moi, suivies d'une camionnette. Le van aux vitres teintées s'arrête pour me laisser traverser. Une fois les passages cloutés avalés, je pose le carton contenant les souvenirs d'Aaron au sol. Je suis en train de chercher mes lunettes solaires dans mon sac quand deux mains puissantes m'agrippent et me tirent en arrière. Aspirée par leur force, je me retrouve à l'arrière du fourgon et découvre le visage camouflé, l'un en rouge, l'autre en noir, de mes deux agresseurs. Je tente en vain de me dégager. Mes cordes vocales s'égosillent à appeler Renaud.

Les pneus crissent et le démarrage en trombe du van me fait vaciller. Mon dos s'encastre contre le châssis et m'arrache une douleur vive. Les portes de mon pénitencier mobile se referment. Pour s'extirper du boulevard Tirou, le chauffeur effectue des manœuvres brusques. Des bruits de tôles froissées se meurent avec la distance. J'essaie de saisir mon arme planquée sous mon gilet pare-balles, mais l'un des assaillants m'immobilise par les poignets. Mes jambes frappent dans le vide jusqu'à ce que son complice les muselle contre le sol métallique. Ils tentent de m'attacher.

Tout d'un coup, une voiture vient percuter l'arrière de mon cercueil ambulant et un des kidnappeurs bascule. Les gambettes libérées, j'assène un violent coup de genou dans le visage de mon tortionnaire et me dégage les mains. Sonné, il secoue la tête et perd son cache-visage noir. J'arrive à me redresser afin de ne plus être en position de soumission. Mes doigts flirtent avec la crosse de mon flingue tandis que l'homme au masque rouge me charge. Ma colonne se fracasse dans la porte arrière de la camionnette et mon crâne heurte la vitre. Ses phalanges se contractent sur ma gorge. J'essaie en vain de me libérer avec mes mains. L'air se raréfie. L'instinct de survie prend le dessus. La pointe de ma botte claque sur sa jambe tendue à hauteur de son genou. Le bruit des sirènes étouffe sa souffrance. L'homme décagoulé se redresse à son tour et sort un revolver. J'empoigne le col de l'autre agresseur et m'en sers comme bélier humain. Leurs corps s'entrechoquent contre la cabine du conducteur. Mon pistolet arme enfin mon poing. Le capharnaüm ambiant atténue une détonation. Mon kevlar encaisse le choc mais une douleur vive me fouette l'abdomen. Un genou au sol, mon canon cible la tête du chauffeur au travers de la vitre de séparation. De mon autre main, je saisis une sangle accrochée à la paroi du véhicule. Je reconnais la sortie du tunnel Hiernaux et son mur vert pâle. Sans réfléchir, mon doigt actionne la gâchette et colore le pare-brise d'un rouge vif émaillé de lambeaux crâniens. Sans pilote, la camionnette se transforme en boule de flipper et heurte une voiture sur la bande de droite. Nous frappons le mur sur le côté gauche. Secouée comme un prunier, j'ai l'impression que mes os se disloquent les uns après les autres. La vitesse se réduit au fur et à mesure. Mon flingue tente tant bien que mal de maintenir mes adversaires en respect.

Le brouhaha latent se tasse, dominé par les sirènes qui se rapprochent. Dès que le véhicule est à l'arrêt, je me redresse et écrase le poignet armé d'un des kidnappeurs. Son acolyte, inconscient, gît sur lui et l'empêche de bouger.

Les portes arrière s'ouvrent brusquement. Des hurlements m'ordonnent de lâcher mon flingue. Je m'exécute et me mets à genoux, mains derrière la tête. Je sens la texture de l'hémoglobine.

Une paluche ferme familière s'abat sur le sommet dégarni d'un des inspecteurs.

— Pas elle, bande d'abrutis, laissez-la et coffrez-moi les deux autres !

Sonnée et perturbée par cette poussée d'adrénaline, je titube un peu à la sortie du van. Le sang coule dans mon cou.

— Tu as l'art d'attirer les emmerdes ! Enfin, rien d'illogique puisqu'à l'enterrement, t'as crié sur tous les toits que t'étais de retour.

Mes mains sur mes genoux, je reprends mon souffle. Sans même le regarder, des mots agressifs jaillissent de ma bouche.

— Qu'est-ce qu'un commissaire divisionnaire débordé comme toi fout ici ?

Mon regard se dirige vers la voiture tampon. Je reconnais la berline de Renaud dont on essaie de l'en sortir.

— Comme je vois, tu n'as rien perdu de ta superbe quand il s'agit de semer les cadavres. Va te faire recoudre à l'hosto, ensuite tu viendras nous faire un petit coucou à la tour de police pour faire ta déposition !

8 - LE FEU AUX POUDRES

Un bref instant, le monde et ses emmerdes s'éclipsent.

Assise sur le lit des urgences de l'hôpital Notre Dame, une infirmière au visage familier nettoie ma plaie à la tête. Une poche de glace est posée sur mes ecchymoses dorsales, ma main en comprime une autre sur l'impact de balle stoppée par le gilet.

— Vous êtes une dure à cuire, vous !

Plongée dans mes pensées, sa remarque reste sans réponse. Alors qu'elle jette les emballages des pansements, elle poursuit :

— J'aurais besoin de vos papiers d'identité.

J'ôte la poche froide de mon abdomen.

— Je ne les ai pas sur moi.

— Pourrais-je juste avoir votre nom alors ?

Je laisse échapper un long soupir.

— Eyck, Claire Eyck…

Ses va-et-vient dans la pièce se stoppent net.

— Vous êtes l'épouse du docteur Eyck ?

Je me redresse sur mes pieds et pivote vers elle.

— Oui, c'est bien moi, Miriana.

Confuse, l'infirmière rougit.

— Je suis désolée, je ne vous avais pas reconnue, vous avez tellement changé.

Dès nos premiers échanges, j'avais reconnu son accent carolo teinté du sud de l'Italie tout comme sa silhouette longiligne et sa tignasse bouclée aux reflets d'or. Le temps n'avait pas eu d'impact sur la quinquagénaire. Un sourire se dessine sur mon visage pour tenter de briser son malaise.

— Moi, si, mais j'ai préféré ne rien dire… Ça fait si longtemps ! Tu ne travailles plus au bloc opératoire ?

Sans un mot, elle s'approche et me serre dans ses bras. Ses sanglots résonnent dans la pièce. Après quelques instants, Miriana recule.

— Excusez-moi, c'était plus fort que moi !

— Ne t'excuse pas.

Elle extirpe un mouchoir de sa blouse pour essuyer les traces de son émotion. Miriana était l'une des fidèles assistantes d'Aaron. Nous nous étions croisées à plusieurs reprises lors de soirées organisées dans le cadre de son boulot. Son franc-parler et son côté bon public m'avaient plu et nous avions tout de suite sympathisé.

— J'ai quitté ce service peu après la disparition du docteur Eyck. Son aura hantait trop les salles d'opération. En plus, personne n'est jamais venu récupérer ses affaires.

Je tourne le dos à Miriana, revêts mon jeans et ôte la blouse d'hôpital.

— Tu parles de sa tonne de paperasse !

Mon soutien-gorge glisse sur ma peau suivi de mon débardeur. Un rire étouffé émane de Miriana.

— Non, ça, c'était impossible de tout garder. Nous avons néanmoins conservé quelques objets.

Je m'assois pour enfiler mes bottes. Mon dos endolori rend la tâche difficile. Miriana, fidèle à elle-même, vient m'assister.

— Si vous voulez, on a une caisse avec ses affaires dans la tisanerie.

L'infirmière m'aide à me relever tandis que j'accepte sa proposition. Nous déambulons dans les couloirs de Notre Dame. D'ici deux ans, tous les hôpitaux du Grand Hôpital de Charleroi seront regroupés en un seul site situé aux pieds du Terril des Viviers à Gilly. Miriana m'explique en détail les contours du projet novateur de cet hôpital nouvelle génération.

Alors que nous vadrouillons entre les patients et le corps médical, des flashs de l'apocalypse post A-Reine m'envahissent l'esprit. Lisa en larmes dans sa chambre suite au décès de son papa. Hans, Jérôme et moi affectés par la fin tragique d'Erik. L'épuisement des médecins et infirmiers dans leur combat contre la mort et la fatalité. Soudain, une porte retient mon attention. Une plaque commémorative marque, en hommage, les lieux autrefois occupés par le docteur Eyck…

*

Ma main ferme ouvre la porte vert clair. Plongées sur l'écran, ses mirettes en scannent chaque pixel. Sans relever les yeux, il m'invite à m'asseoir. Obéissante à ses consignes, je prends place en silence. Son doigt glisse sur le moniteur et serpente sur ce qui semble être une artère. La nuit noire assombrit son bureau.

Le docteur décroche le combiné posé à sa droite. De garde, il donne ses injonctions pour que l'on convoque son équipe. Cette opération inopinée me conforte dans le choix d'être venue le déranger, vu les heures supplémentaires qui l'attendent. Toujours sans un regard, il engage enfin la conversation.

— Il est un peu tard pour une consultation, que puis-je pour vous ?

Amusée par le burlesque de la situation, je lui réponds d'un ton moqueur.

— Vous avez peut-être des yeux de chat pour examiner vos images médicales, mais votre odorat est aussi mauvais que celui d'un merle, Docteur !

Un rire fugace s'échappe de sa bouche. Ses mains essuient la fatigue de son visage. Il se redresse et contourne son bureau à l'aveugle. Penché au-dessus de moi, ses doigts écartent ma chevelure pour faire place à ses lèvres qui glissent dans mon cou. Dans le creux de l'oreille, son timbre de voix suave suscite en moi la passion.

— J'ai peut-être l'odorat d'un merle, mais j'ai l'ouïe aiguisée comme les dauphins.

Depuis quelques semaines, nos rendez-vous sont denrées rares. Il enchaîne les gardes comme on enfile des perles sur un collier, tandis que de mon côté, une série de braquages sanguinolents rythme mon quotidien.

— Ça fait du bien de te voir, Claire.

Ses bras appuient ses mots et m'enlacent.

— On dirait que tes braqueurs te font la vie dure. J'ai dû opérer d'urgence un enfant victime de leur sauvagerie…

Un long soupir marque mon impuissance.

— Depuis les tueries du Brabant, on n'avait plus connu ça. Ce sont des professionnels qui nous font passer pour des pantins. À croire qu'ils ont chaque fois deux coups d'avance sur nous. Mais je ne suis pas là pour me lamenter…

Aaron m'invite à m'asseoir sur la table de consultation. Face à face, mes doigts caressent ses mains d'orfèvre. Une bouffée de stress envahit chaque parcelle de mon corps. Un rictus nerveux exprime mon ressenti.

— Tu te souviens ? Il y a quelque temps, nous étions ici.

Il s'esclaffe.

— Comment oublier ? Mais, si je ne me trompe, nous n'étions pas dans la même position.

Mon regard évite de croiser le sien, ce qui provoque son hilarité.

— Tu ne vas quand même pas jouer les timides ! Si tu es venue pour un second round, je ne suis pas contre, mais vite car j'ai un patient qui m'attend.

Mes lèvres se tordent pour faire la moue.

— Non, non, je suis un peu nauséeuse…

Le cheminement ne met pas longtemps à faire tilt dans sa caboche de scientifique. Aaron bondit comme un enfant le matin de Noël.

— Noooooooooooooooooooon, ne me dis pas que…

Mes yeux se redressent et plongent dans les siens, débordants de bonheur.

— Si, de cinq semaines.

Débordant de joie, il exécute un petit pas de danse sur le carrelage de son bureau. Sa main m'invite à l'accompagner. Un bref instant, le monde et ses emmerdes s'éclipsent. Dans un mouvement de rock à quatre temps, il fait atterrir mon dos contre son torse. Son amour m'enlace. Ses doigts glissent sur mon ventre. De sa mémoire jaillit une de nos discussions du passé.

— Tu verras, ce sera une petite Eve…

*

Avec une caisse de vestiges d'un passé disparu sous le bras, je rejoins la sortie des urgences. Chaleureusement, Miriana me dit au revoir. Mon salut est, lui, synonyme d'adieu.

Je fais coulisser tant bien que mal une cigarette sur mes lèvres. J'ai à peine le temps de chercher mon feu qu'une main familière vient faire frémir le tabac.

— Tu vas bien ?

— Beaucoup mieux que ton Audi. J'espère que t'as une bonne assurance ! Et toi, pas trop secoué, Renaud ?

— C'est que de la tôle, Claire, rien que de la tôle d'une voiture de fonction. Sinon moi, ça va, quelques raideurs dans la nuque et à mon avis quelques belles courbatures demain, mais que veux-tu, on n'a plus 20 ans !

Nous nous dirigeons vers son véhicule de remplacement. Je lui explique la scène en détail. Si sa bouche reste béante, son front plissé indique la suspicion. À peine installé, son mélange d'émotions jaillit.

— Je ne sais pas ce qui est le pire. Tout ce merdier ou la manière dont tu y étais préparée. Quoi qu'il en soit, affine ta version pour Monsieur le Commissaire car tu as flingué un mec avec une arme que tu portais…

9 - DE L'AUTRE CÔTÉ DU MIROIR

Un retour à la maison sans plaque ni arme,
mais avec les mêmes cicatrices.

Sur le site de l'ancienne caserne de gendarmerie Defeld, la Tour Bleue brille de mille feux sous ce soleil de plomb. Avec sa double enveloppe de bois et de briques couleur police, elle domine la ville du haut de ses 75 mètres. L'esplanade, autrefois grillagée, a pu être dégagée suite aux travaux de renforcement de la sécurité.

Comme à l'habitude, Renaud m'accompagne. Franchir les portes du commissariat me procure une sensation étrange. Un retour à la maison sans plaque ni arme, mais avec les mêmes cicatrices. Sans forcer, je reconnais le personnel d'accueil. L'absence de réciprocité, au vu de mon changement de look, ne m'étonne cependant guère. D'un seul homme, nous nous dirigeons vers le niveau du commissaire divisionnaire. Nos pas nous guident de manière automatique dans ces lieux familiers.

Une fois arrivés à l'étage, les retrouvailles sont brutales. Sans sommation et malgré le courroux de Renaud, un inspecteur m'emmène dans une salle d'interrogatoire. Lassée des sautes d'humeur de Hans et fatiguée après mon *road trip*, je le suis sans broncher.

Pour la première fois, je m'installe dans cette pièce dans le rôle de l'interrogée. Cordial, le flic me propose un verre d'eau. Je décline poliment, mais ne peux m'empêcher d'ajouter un peu de piquant à la situation.

— Vous allez aussi me menotter ?

Son visage de jeune aspirant rougit. Sans un mot, il quitte le local sans fenêtre, mais doté d'un miroir sans tain. Comme tout bon suspect, je me relève et vais y coller mon regard pour tenter de voir au travers. La porte s'ouvre quelques instants plus tard.

— Claire, Claire, Claire… Six lettres synonymes d'emmerdes !

D'un geste, Hans indique à ses sbires de rester en arrière. Le prestige de sa fonction lui confère une aisance naturelle dans l'usage du pouvoir. Sans aucune réaction, nous nous installons face à face.

— On va commencer par les sujets qui ne fâchent pas, si tu veux bien.

Ses doigts boudinés font claquer un dossier sur la table alors que de l'autre main, il dépose son café.

— On n'a pas chômé depuis tes frasques.

Un rictus anime mon visage.

— Mes frasques ? C'est un malentendu, Monsieur le Commissaire Divisionnaire. Pourrais-je savoir la raison de ma présence dans une salle d'interrogatoire pour ce qui devait être une simple déposition ? Dois-je vous rappeler que c'est moi la victime ?

Il ricane. Son double menton vibre.

— L'enquête a pris une tournure intéressante quand les deux lascars m'ont expliqué que l'arme qui a fait feu sur le chauffeur du véhicule n'était pas à eux…

Ma contre-attaque verbale riposte, accompagnée d'un sourire provocateur.

— Et ça t'étonne ? Tu croyais vraiment qu'ils allaient te dire que le flingue avec lequel j'ai abattu ce gars était à eux ?

Franchement, Hans, pas la peine de faire ton numéro de flic avec moi.

Il taquine sa barbe naissante.

— En attendant, j'ai un cadavre perforé à la morgue, une arme avec uniquement tes empreintes dessus et deux dépositions contradictoires. Une enquête approfondie semble inévitable…

J'hallucine devant le burlesque de la situation.

— Soit t'es devenu exécrable comme enquêteur soit t'es très mauvais comédien pour faire mariner ton suspect ! T'as trouvé des empreintes sur les autres flingues ?

Le teint rosé de son visage s'éclaircit. La chaleur ambiante remplit son front de sueur. Il l'essuie avec le revers de la manche de sa chemise.

— Non, tu marques un point. Mais ce qui m'intéresse, c'est ça…

D'un geste habile, ses doigts extirpent des photos de William, Jérôme et moi. Elles ont été retrouvées dans l'appartement du chauffeur.

— C'était un gars bien de chez nous, même pas radicalisé. Une petite frappe qui après 2019 a disparu des radars pour réapparaître aujourd'hui. Il vivait dans un deux-pièces avec vue sur l'entrée de l'immeuble de ton ancienne résidence.

Sa voix se teinte d'ironie.

— Mais quand j'ai vu que ses deux acolytes étaient des réfugiés libyen et syrien, je me suis mis à espérer.

— Et tu as rêvé de quoi ?

Sa gorge rincée de café, il poursuit.

— Retrouver des photos souvenirs de votre périple libanais, bien sûr ! Tu sais, celui à cause duquel ton mari est mort…

D'un geste de la main, son café chaud atterrit sur sa chemise bleu ciel.

— Et ça, ça te rappelle quelque chose aussi ?

La paume de sa main s'écrase avec furie sur ma joue. Sans réfléchir, je riposte et saisis sa pomme d'Adam. Aussitôt, un nuage de flics envahit la pièce et me maîtrise rapidement. La voix autoritaire de Renaud met fin à la rixe.

— Ça suffit ! Écartez-vous de là !

Renaud s'interpose et fustige Hans du regard.

— Décidément, rien ne t'arrête, tu vas même jusqu'à confondre victime et suspect !

L'ancien commissaire divisionnaire brandit un papier sous les yeux de Hans.

— Vu l'historique de Claire, l'affaire a été transférée à la cellule antiterroriste de la police fédérale.

10 - VOLTE-FACE

Les dédales du quartier de la batellerie de Thuin m'aspirent pour me faire admirer les maisons des XIIe et XIIIe siècles.

Mise sous protection dans un hôtel en périphérie de Charleroi, je profite de ce temps pour redécouvrir les charmes de Thuin. J'emprunte le passage du Posty Bury, vestige médiéval, et prends quelques minutes pour observer les jardins suspendus qui fleurissent. Sur le versant sud de cette ville fortifiée, les raisins de la cuvée du Clos des Zouaves se gorgent de sucre. Sous un soleil de plomb, mes pas me guident ensuite vers la place du Chapitre, dominée par son beffroi moyenâgeux. Du haut de ses soixante mètres, la tour coiffée de sa flèche campaniforme surplombe les alentours. Je poursuis ma balade et longe les anciens remparts en direction du quartier des bateliers. Les yeux captivés par un film à la mémoire des mariniers, diffusé sur une borne numérique, j'y découvre l'histoire d'une région au travers de cette vie atypique. Les dédales du quartier de la batellerie de Thuin m'aspirent pour me faire admirer les maisons des XIIe et XIIIe siècles.

Un de mes gardes-chiourmes vient interrompre mon émerveillement. Nous devons regagner la Ferme de l'Apéro, mon refuge de charme.

Renaud est installé confortablement en terrasse, sa passion pour les bons vins est comblée par un cru millésimé. D'un geste, il me sert un verre afin de partager ce Côtes-du-rhône.

— Tout est réglé, Claire. Comme demandé, tu partiras demain pour le Canada.

Du pied de mon verre, je fais danser la robe soyeuse de ce divin nectar dans son ballon.

— Merci, Renaud. Comment as-tu fait pour que l'enquête soit transférée si vite ?

— J'ai pris mon téléphone et mes relations sont entrées en piste.

Je goûte ce millésime 2015.

— Très bon choix. Est-ce moi où tu ne me dis pas tout ?

— En effet, même si deux années de cave supplémentaires le rendraient excellent. Pour le reste, je pense qu'on est deux à ne pas tout se dévoiler. J'ai bien reconnu, à l'enterrement de William, le para-commando qui est venu livrer ton matériel chez moi.

Malgré son nouveau poste, son flair de flic ne l'a jamais vraiment quitté. Néanmoins, je décide de changer de sujet. J'allume une cigarette pour marquer une pause et enchaîne.

— Tu en sais plus sur les motifs de mon kidnapping ?

— L'enquête ne donnera rien. Les deux mecs sont muets comme des carpes. Ils semblaient être parfaitement intégrés, avaient un job, une famille, ils parlent correctement français. Ils vont enquêter sur leurs connaissances, leurs proches, mais ça prendra du temps.

— C'est lié à Pharmalib ?

Le ton de Renaud se durcit.

— Tu sais pertinemment que oui ! Claire, pense à Lisa ! Pars ! Quitte cette ville pour de bon et ne reviens plus. Tu avais disparu de la surface du globe. Recommence, puisque tu as eu ce que tu voulais !

J'avale la fumée de travers. Pour la première fois, mes envies de vengeance me trahissent.

— Ce que je voulais ?

— Tu as pu vérifier que c'était ton oncle et tu as pu l'enterrer, non ?

Confuse, j'acquiesce de la tête.

— Tu as probablement raison.

Mon ancien supérieur ricane.

— Si seulement c'était vrai !

11 - SOLEIL NOIR

Si l'A-Reine avait été des catacombes, la place Verte ressemble aujourd'hui à un charnier.

Attablée à une terrasse de la place de la Digue, sous un soleil à son zénith, je profite de mes derniers moments dans ma contrée natale. Un apéritif bien frais ouvre le temps de midi.

Mes deux gardes du corps me surveillent du coin de l'œil. Renaud passe la porte de la sortie pour piéton du parking souterrain. Ses enjambées rapides lui font traverser la place à toute allure. À ma recherche, son regard balaie la terrasse. Attifée d'une casquette noire, de lunettes de soleil et d'un foulard autour du cou, je remarque que mon camouflage de fortune porte ses fruits. Un geste de ma part l'aide à m'identifier. Renaud s'assoit face à moi.

— Bonjour, Renaud, tu sembles à la bourre ?

À peine m'a-t-il fait la bise pour me saluer qu'il embraie.

— Désolé pour le retard, je sors d'une réunion qui a duré une éternité.

— Pas de souci, mon vol n'est que tard ce soir.

D'un geste, il interpelle le serveur et se commande un rafraîchissement.

— T'es incroyable, n'empêche ! Je te dis de partir et tu décides de faire une escapade en ville.

— Oui, je sais, mais c'est un aller sans retour et je voulais profiter une dernière fois de Charleroi. Et puis, même toi, tu ne m'as pas reconnue tout de suite.

Il glisse une farde hors de sa mallette et me tend un dossier.

— Voici tout ce dont tu as besoin pour voyager. Tu as une autorisation spéciale pour embarquer et ils t'accompagneront jusqu'à la porte.

Sa mine inquiète m'interpelle.

— Et si tu me disais pourquoi tu as l'air si pensif ?

Son gosier rincé d'une gorgée, sa réponse s'évade de sa bouche.

— La situation s'assombrit encore plus en Libye, au Tchad et au Niger, mais tant que ça reste éloigné de chez nous, personne ne bougera le petit doigt. Et sans les Américains, qui sont trop occupés à remettre de l'ordre dans leurs propres affaires… Mais bon, tu connais le dicton, loin des yeux, loin du cœur…

Sa conclusion à double sens fait mouche. Ma main glisse sur la sienne. À peine ai-je ouvert les lèvres qu'une série de détonations assourdissantes me coupent la parole. La succession de déflagrations, à proximité, fige les lieux. Les visages qui nous entourent se crispent, déformés par la peur. Une colonne de fumée se dégage rapidement de la place Verte. Les cris et le bruit strident des alarmes avoisinantes accentuent le vacarme. Mes gardes du corps se rapprochent et m'encerclent. Le téléphone de Renaud sautille sur la table. Les terrasses bondées se vident en un instant. Certains fuient dans la direction opposée, d'autres foncent vers le lieu du drame. La cohue de la foule me ramène à l'A-Reine. L'horreur du passé me glace le sang. Renaud me sort de ma torpeur.

— Claire, je dois partir, tu m'entends ? Je dois partir !

La scène qui se déroulait jusqu'à maintenant au ralenti revient en vitesse normale.

— Hein, quoi ?

— Je dois partir, Claire…

Je me redresse. Il ordonne à mes protecteurs de m'amener directement à l'aéroport et indique que l'endroit est sûr.

Il me tourne le dos et s'en va avant de briser son élan pour faire demi-tour. Ses bras s'enlacent autour de moi et me serrent fort. Il murmure quelques mots dans le creux de mon oreille et me dit adieu. Ses longues enjambées l'éloignent ensuite à toute vitesse.

Sous le son des premières sirènes, mes deux gardes du corps insistent pour que l'on quitte les lieux à notre tour. Mon regard les fusille.

— Vous ne croyez pas que l'on serait plus utile là-bas pour aider plutôt que de fuir ?

À peine ma question finie, mes pas emboîtent mes mots pour me guider vers la colonne de fumée. Nous dévalons la place de la Digue pour emprunter la rue de Dampremy alors qu'une nouvelle détonation plus puissante encore retentit. Un de mes gardes m'ordonne de faire demi-tour. Désobéissante, je continue sur ma lancée et oblique vers la place Saint-Fiacre dont les pavés face à la chapelle du même nom sont couverts de morceaux de verre. Le boulevard Tirou apparaît sous mes yeux pour dévoiler les premiers stigmates de l'horreur. Une centaine de mètres nous séparent du centre commercial Rive Gauche dont le coin, visible de ma position, est léché par les flammes et noirci par la fumée. Les trottoirs ne sont qu'un tapis de vitres brisées. Je me faufile entre les fuyards, toujours poursuivie par mes deux ombres. À l'entrée du piétonnier, à quelques mètres à peine du lieu du drame, des corps désarticulés et enflammés jaillissent de l'entrée. Les premiers regards hagards et visages ensanglantés et noircis par la fumée nous font face. Tant bien que mal, nous longeons la façade du bâtiment pour arriver sur la place Verte. La façade vitrée du bâtiment n'est plus qu'une véranda ouverte. La place adjacente au boulevard Tirou s'est muée en cimetière peuplé d'écorchés, qui ont été projetés comme des graviers. Si l'A-Reine avait été des catacombes, la place Verte ressemble aujourd'hui à un charnier.

Quelques courageux aident les blessés à se mettre à l'abri. Deux hommes étouffent les flammes d'un corps devenu inerte. Une vieille dame tient son bras démembré de son autre main. Un enfant hurle près du cadavre de sa maman. Un père secoue une jeune tignasse blonde sans vie. Des gens s'évadent des sorties de secours comme des mineurs après un coup de grisou.

Au milieu de cette scène de guerre, j'aperçois un landau couché sur le flanc. Tous trois avec le même réflexe, nous nous dirigeons vers celui-ci. Véritable miraculé, un nourrisson hurle à la mort dans sa prison de tissu. Je le libère et l'enveloppe de mes bras pour le calmer. À plusieurs mètres de là, une jeune femme rampe à même le sol. Elle s'égosille à appeler son enfant. Je me dirige vers elle. Sa jambe est sectionnée sous le genou. L'un des inspecteurs chargés de ma protection la redresse et l'assoit sur les pavés tandis que l'autre lui fait un garrot de fortune avec sa ceinture. Je m'accroupis à hauteur de son regard. D'une voix calme, mon corps s'oriente pour qu'elle puisse voir le visage du chérubin.

— C'est votre enfant ?

Ses mains tendues répondent à ma question. Le nourrisson coulisse dans les bras de sa mère. Celle-ci fond en larmes. Le bonheur des retrouvailles relègue ses blessures physiques aux oubliettes. Au milieu de ce champ de bataille, le surréalisme d'un voyeur équipé de son portable me fait sortir de mes gonds. Furieuse, je me redresse, m'approche et envoie valser l'objet de ma colère d'un revers de la main. Mes grognements l'invectivent et lui ordonnent de trouver des secours pour notre patiente. Obéissant, il s'active sans sourciller.

Les lieux grouillent maintenant d'ambulanciers, de pompiers et de policiers. Ils arrivent de tous les côtés. Le voyeur revient accompagné de deux brancardiers. Avec le soutien d'un de mes gardes, nous les aidons à transporter la mère et son fils. Son collègue décolle son téléphone de son oreille.

— Il est préférable que nous partions.

— Hors de question !

Un bref instant, il reprend sa conversation puis me tend l'appareil.

— Prenez-le, Claire.

Surprise, je m'exécute.

— Claire, c'est Renaud. S'il te plaît, ne discute pas et va-t'en, fais-moi confiance !

*

Durant le trajet vers Zaventem, seules les informations diffusées par la radio perturbent le silence de mort qui règne dans la voiture.

Même le gyrophare ne nous aide pas à nous faufiler dans les embûches circulatoires créées par la panique ambiante. Le JT spécial de *La Première* fait état d'attentats à travers toute l'Europe : Saragosse, Varsovie, Oberhausen, Rotterdam, Vösendorf, Lyon, Milan, Portimão et Charleroi avaient été attaquées. La cible est à chaque fois identique. Ces salopards ont visé des temples du shopping bondés durant le temps de midi. À 13 heures, heure belge, les engins explosifs ont été activés. Pour tous, sans exception, les bombes furent déclenchées de l'intérieur. Les premiers bilans font état de victimes par milliers en Europe. Si d'habitude, ce sont les capitales qui sont touchées par ce genre de carnage, les terroristes s'en sont pris cette fois à l'un des symboles du capitalisme de notre société.

Une fois dans l'aéroport, nous constatons que l'effervescence qui habite en général ces lieux s'est muée en ballet silencieux et discipliné et ce, malgré la pléthore de vols européens annulés et des contrôles de sécurité accrus qui créent de longues files d'attente. Personne n'ose râler ou se plaindre, que ce soit par respect ou par consternation. Mon statut privilégié, garanti par les plaques des inspecteurs qui m'accompagnent, me permet de passer les obstacles sans trop de difficulté. Le fil des événements se voit interrompu par un flot de questions mental. Mon retour est-il lié, même de loin, à tout ce chaos ou est-ce purement le fruit du hasard ? Comment ont-ils pu arriver à synchroniser des attaques coordonnées d'une telle ampleur ? Le spectre de Pharmalib me suit-il à la trace ? Ont-ils reculé intentionnellement, afin de mieux sauter ensuite ?

Alors que je cogite sur les événements, l'un des inspecteurs me ramène à la réalité.

— Vous allez bientôt embarquer…

Mon oreille se tend vers la source des appels. Constatant que le vol vers Montréal est en effet annoncé, je me lève.

— Je fais un crochet par les toilettes, si vous permettez.

Comme deux chiens de garde, ils me suivent jusqu'à l'entrée de celles-ci. Je m'enferme dans l'un des W.C. Mes doigts pianotent sur mon téléphone.

Plan inchangé, on continue.

PARTIE II

DUO DE SOUS-MARINIERS

Mars 2021

12 - CASUS BELLI

Notre cible est le dictat d'une vendetta personnelle, une simple application du talion.

Deux ans que nous nous terrons dans le Wadi Rum, au sud de la Jordanie. Vingt-quatre mois depuis la mort d'Aaron que nous vivons reclus avec les Bédouins pour tenter de nous faire oublier. Mon vieil ami Casus nous avait trouvé, à Jérôme et moi, la planque parfaite.

Allongés dans les dunes, nous abattons les cibles une par une.

— T'as encore l'œil, William !

Durant ces deux années, j'ai fini par m'adapter à l'insolence amicale de Jérôme. Néanmoins, je ne manque jamais une occasion de lui rappeler que l'âge a peu d'emprise sur ma force. En guise de réponse, ma main écrase donc sa tête dans le sable fin.

— Tu devrais faire attention à ce que tu dis, gamin…

De la bave sableuse dégouline de sa bouche.

— T'exagères, le vieux, tu viens de rayer mes nouvelles lunettes de soleil !

Ses breloques à une poignée de dinars jordaniens ne valaient pas leur poids de plastique.

— Ne fais pas ta chochotte, je t'en offrirai d'autres. Des roses avec des petits cœurs, si tu veux.

Installés non loin du Liban, nous gardions Pharmalib à l'œil tout en demeurant planqués dans le désert. Casus avait activé ses réseaux pour retrouver le gourou de Bassem Tahar, Ahmed Hamza Al Souali, le présumé bourreau d'Aaron. Mais le Shabh*, comme nous le surnommions, s'apparentait à l'homme invisible. Jérôme me sort de mes pensées.

— Non, ça ira, grand-père, mes lunettes n'ont rien. À croire que tu n'as plus assez de force ! Allez viens, on rentre, le soleil se couche et j'ai la dalle.

Ma tête s'incline en signe d'approbation et je commence à ranger mon fusil de précision dans son étui. Nous quittons notre position et entamons notre marche retour vers le camp.

Ces deux années à faire profil bas me paraissent aussi longues qu'une vie. Nos loisirs se réduisent à nous maintenir en forme et à aiguiser nos compétences de terrain. Et notre seul contact avec le monde extérieur est limité à Casus. Jérôme et lui ont mis en place un système de communication crypté qui me dépasse complètement. Mais peu importe la complexité de l'outil, ce dernier ne nous sert pas à grand-chose pour le moment puisque nous sommes réduits à un rôle de spectateur.

Casus nous a tenus informés des évolutions de l'État Islamique. Tout le monde a savouré la défaite de Daesh en Syrie et a classé l'affaire. L'arrivée du conflit américano-nord-coréen a relégué les fanatiques religieux dans les tréfonds de la mémoire humaine. Car si deux cents victimes européennes d'un attentat ont toujours plus d'impact médiatique que deux cents Africains morts pour les mêmes raisons, la prise d'armes par deux pays domine tout le reste.

Coïncidence hasardeuse, la vague de violence djihadiste s'est également tassée de manière significative. Mais après avoir vécu cachés, les extrémistes religieux ont repris de plus belle dans des contrées inconnues pour la plupart des gens et inintéressantes pour les grands de ce monde. Veuve de son

* Fantôme en arabe.

despote et plongée dans le chaos, la Libye est redevenue une terre d'accueil sainte pour les rescapés de l'EI tout en ouvrant les portes du salafisme conquérant du Sahel.

Mais tout ceci n'est pas notre combat. En effet, nous ne sommes pas différents des autres, notre objectif est égoïste. Peu importe ce qu'il se passe dans le monde, notre cible est le dictat d'une vendetta personnelle, une simple application du talion pour ce qu'ils avaient infligé à Claire.

De manière générale, dans la vie, on dispose rarement d'une seconde chance. La mienne était venue d'une orpheline. Du haut de ses treize ans, elle chassa mes démons qui, déjà à l'époque, étaient synonymes de vengeance. Une infamie me rongeait les sangs. Alors que je remue le passé, Jérôme me sort à nouveau de mes tourments.

— Tu m'écoutes, William ?

Confus, je rétorque :

— Oui ! Enfin non, à vrai dire.

— Ouais, je constate ça, t'es complètement ailleurs.

Mon regard fuit vers le désert de sable que nous nous apprêtons à quitter pour pénétrer dans un des canyons du Wadi Rum. Je remplis mes poumons d'une grande bouffée d'air avant d'expirer mes mots :

— C'est l'anniversaire de Claire, aujourd'hui.

— Je sais. Tu crois qu'elle nous reconnaîtrait ?

Bien que son côté athlétique perdure, Jérôme a troqué son brushing et sa peau de bébé pour la queue de cheval et la barbe ronde. Son teint d'Italien, héritage de sa mère, s'acclimate sans souci au soleil du désert.

— T'es quand même passé d'Aldo Maccione à un Chabal bronzé !

— Toi, t'es resté fidèle à toi-même, Gimli !

— T'es trop con, il n'est pas chauve !

Jérôme se stoppe net et me retient par le bras.

— Alors là, grand-père, tu me sidères ! Toi, l'homme des cavernes, tu connais *Le Seigneur des Anneaux* ? Faut fêter ça !

Je ne peux m'empêcher de sourire.

— Bien sûr, tu me prends pour un homme des cavernes ? Pour ce qui est de fêter ça, t'as vu un bordel dans les parages ?

D'un sarcasme, il riposte.

— Toi, t'es vieux, ton zob fonctionne plus ! Mais moi, suis en pleine fleur de l'âge !

Il tombe sur ses genoux et invoque le ciel avant de se prosterner à mes pieds.

— Ça va bientôt faire au moins 8.000 jours que j'ai plus touché une femme.

Sa commedia dell'arte a le don de me faire sourire.

— Ah ben voilà, j'me disais bien que les durillons que t'avais n'étaient pas dus à l'entraînement au tir.

— Rigole, mais un jour j'vais te droguer, te raser, te mettre une perruque blonde et une robe et c'est toi qui vas prendre.

Une image à me filer la nausée se fige dans mon esprit même si très vite un fou rire prend le dessus sur cette vision grotesque. Ma main saisit la sienne pour l'aider à se relever. Plié en deux, il arrive à me faire basculer.

Après cinq minutes d'un fou rire aussi rare qu'une pils bien fraîche, nous admirons le coucher de soleil. Ses rayons transforment les lieux en planète Mars. Le décor ahurissant embellit un court instant, comme chaque soir, notre exil.

*

Nous nous délectons d'un zarb*, assis autour d'un feu de camp. Le thé à la menthe, aussi délicieux soit-il, commence à fatiguer mon gosier. Malgré de nombreux déploiements lorsque j'étais à l'armée, je sature de ce mode de vie. Pour Jérôme, c'est pire. Bien qu'également militaire, Jérôme n'avait jamais connu ça et vivre reclus en plein désert lui paraissait encore plus pénible. Chaque soir, depuis quelques semaines, j'avais droit au même laïus :

* Repas traditionnel bédouin cuit sous la terre.

— William, je rêve d'une mitraillette boulette de chez Robert La Frite* avec une bonne blonde bien fraîche. Et toi, si tu pouvais choisir un truc à manger, ce serait quoi ?

— Non, Jérôme, oublie, j'préfère ne pas jouer à ce jeu-là.

— Oh, grand-père, laisse-toi aller une fois dans ta vie.

Instinctivement, la réponse fuse :

— Une escavèche de Virelles avec une trappiste.

— Oh oui, un Orval !

— Peu importe ! Du moment que c'est une trappiste de chez nous !

Son sourire annonce la prochaine connerie.

— Franchement, tu me files une Carapils chaude, j'me jette dessus !

— Dans ton état, une cul-de-jatte borgne, chauve et sans dent te proposerait des galipettes que tu ferais pareil !

Un gamin vient interrompe nos palabres romantiques. Nous laissons nos gamelles s'écraser dans le sable et d'un bon, nous nous levons pour suivre notre messager vers la tente.

Avec ses deux mètres sous la toise et sa tignasse foncée, l'identité de notre visiteur ne fait aucun doute.

— Casus !

Sa carcasse de basketteur se retourne pour nous faire face.

— Kill Will !

Je saisis sa main tendue pour le saluer et le tire contre moi pour une accolade virile.

— On est heureux de te voir, t'as pas idée ! N'est-ce pas, Jérôme ?

Jérôme l'accueille d'un bref salut militaire.

— Tout dépend le pourquoi de sa venue !

Son air jovial disparaît.

— Vous allez enfin pouvoir bouger !

Mon acolyte se frotte les mains, le regard excité. Avant de poursuivre, Casus nous demande une tasse de thé à la menthe. Après une gorgée, il embraie :

* Friterie située à Charleroi.

— Localiser Al Souali est impossible. C'est l'homme sans visage. Aucun de mes contacts n'a pu nous fournir un portrait. Et soyons clairs, à part vous, tout le monde s'en fout !

Le faciès de Jérôme se marque d'impatience, tout comme sa voix.

— Super, t'es venu nous dire qu'on doit aller vivre avec les pingouins en Arctique ?

Je demande à Jérôme de nous laisser entre quatre yeux.

— Il a quoi, le gamin ?

— Bientôt deux ans qu'il s'emmerde comme un rat mort. Si on ne bouge pas, je me réveillerai un matin et il aura disparu.

D'un geste rassurant, Casus dépose sa paluche sur ma cuisse.

— Écoute, avec le conflit entre le rouchat ricain et le gros bridé d'Kim, tout ceci n'intéresse personne à l'exception d'un seul état. Nous partirons demain pour Eilat.

— Israël ?!?

Un rictus anime son visage.

— Comme je constate, t'es toujours aussi bon en géo !

— D'un autre côté, c'est logique quand tu vois les pays avec qui ils partagent leur frontière. En parlant de frontière, tu…

Sa grande bouche s'illumine d'un sourire béant.

— Tu me prends pour un bleu-bite ? J'ai tout ce dont vous avez besoin.

Il sort un dossier de son sac : passeports, permis de conduire, cartes de banque, tout y est.

— Qui va-t-on rencontrer à Eilat ?

Casus se relève. Son sourire de Joker se dessine en guise de réponse. Sans autre cérémonie, il conclut :

— La route a été longue, j'vais me pieuter. On part demain vers 10 heures. Soyez prêts et présentables.

Dès que Casus sort, Jérôme lui succède sous la toile en coton de la khaïma*. Je le briefe sommairement. Le simple

* Tente en arabe.

fait de bouger stimule Jérôme. Même si la piste ne menait à rien, au moins nous étions en mouvement. Tel un gamin le matin de Noël, ou plutôt un flic après la visite d'un indic, l'ancien policier fait les cent pas.

— C'est bon, ça ! Mais c'est qui, Casus ? Comment tu l'as rencontré ?

Amusé par sa curiosité perpétuelle au sujet de mon vieil ami, j'enchaîne avec la même réponse que d'habitude :

— Je te l'ai déjà dit, Jérôme, je l'ai battu en finale d'un tournoi de pétanque francophone à Kinshasa.

13 - LE DIXIÈME HOMME

Si neuf personnes sont d'accord, la dixième a le devoir d'être en désaccord et d'agir comme l'antithèse.

Jérôme claque la porte du vieux 4x4 et pestelle* comme un veau :

— On quitte les Bédouins pour une station balnéaire et l'autre grand joueur de pétanque nous amène dans un des quartiers les plus pourris de la ville ! Ben oui, ce n'est pas comme si on pouvait trouver des hôtels avec vue sur plage et petits culs en bikini !

Casus illumine son visage d'un sourire sadique.

— J'voulais pas te dépayser ! Admire le désert...

Le regard de Jérôme flingue la plaisanterie de Casus.

Nous pénétrons dans un immeuble résidentiel en préfabriqué. Quelques instants plus tard, Casus nous fait rentrer dans un appartement propre, mais un peu désuet. La porte à peine franchie, une voix chaleureuse nous accueille.

— Casus, mon ami ! Quel plaisir de te revoir !

Notre hôte du jour nous invite à nous installer et nous sert une limonade glacée. Petit et trapu, habillé en baggy et chemise blanche froissée, ses lunettes de soleil camouflent son regard. Sa chevelure noire gominée en arrière accentue le fumage de ses verres.

---

* Faire les cent pas, trépigner.

— Bonjour, messieurs. Je m'appelle Ari, je suis une vieille connaissance de Casus.

Mon comparse bougon pose ses fesses sur un des fauteuils et rétorque aussi sec.

— Bonjour, Ari. Moi, c'est Co et lui, c'est Mr Bean.

Sa vanne à deux balles a le don de nous faire sourire Casus et moi, au contraire d'Ari.

— Excusez-le, il s'est levé du pied gauche. Je suis William et lui, c'est Jérôme. Merci de nous recevoir.

Ari range ses lunettes de soleil dans sa poche, dévoilant un œil vitreux, décoré par une cicatrice vestige d'un couteau acéré.

— Où est donc passé l'atout de charme de votre trio ?

L'allusion à Claire nous laisse pantois tandis qu'il poursuit.

— Ne soyez pas surpris, nous avons eu vent de votre vendetta. Et je dois bien vous avouer qu'il me tardait de vous rencontrer. Mais la bienveillance de Casus nous a donné du fil à retordre, c'est plutôt rare de disparaître de manière aussi efficace de la surface du globe.

Il retire un cigare d'un étui métallique et le fait glisser dans une guillotine pour en découper le bout. Le cylindre cubain coincé entre ses dents, il appuie son articulation.

— Nous avons Pharmalib dans notre viseur depuis longtemps…

Jérôme coupe notre interlocuteur.

— Nous, comme nous, le Mossad ?

D'un geste, il écarte son cigare.

— Israël ne se limite pas au Mossad ! Quoi qu'il en soit, l'implication de Pharmalib sur les champs de bataille, que ce soit par le biais des médicaments offerts aux victimes ou par celui de cette nouvelle drogue dont vous avez été la première cible, ne nous laisse pas de marbre. Malheureusement, sans nos alliés américains, rien ne bougera, et pour le moment, avec le conflit à peine terminé du côté de Pyongyang, peu de gens s'intéressent à ce conglomérat travesti.

La métaphore utilisée par Ari redonne le sourire à Jérôme. Casus, à la fenêtre, surveille les activités en bas de l'immeuble.

— Au-delà des incursions de fanatiques dans des pays proches d'Israël, pourquoi vous y intéressez-vous ?

— Vous savez, William, nous avons une règle chez nous. Avant la Deuxième Guerre mondiale, les juifs refusaient de croire à la possibilité d'une extermination de masse. Aux JO de Berlin de 1972, nous pensions que les menaces proférées à l'encontre de notre équipe olympique n'étaient que des paroles en l'air. L'année d'après, lors du mouvement des troupes arabes, nous avons considéré qu'ils ne représentaient aucun danger imminent. Un mois plus tard, ils nous balançaient presque à la mer. Après tout cela, un changement s'imposait et nous avons adopté la règle du dixième homme : si neuf personnes sont d'accord, la dixième a le devoir d'être en désaccord et d'agir comme l'antithèse.

Mes phalanges taquinent ma barbe. J'embraie sur son déballage.

— Un fait isolé dans une ville belge, un ogre libanais plus blanc que blanc, aucun lien tangible… À l'unanimité, il n'y a pas de menace probante. Sauf pour vous, donc ?

— C'est exactement ça. Sur ce coup-là, j'ai endossé le rôle du dixième homme ! Et les seuls qui ont investigué cette menace, c'est votre trio, ou plutôt duo.

Les échanges se poursuivent avec la conclusion inéluctable que nous recherchons le même ennemi, un fantôme dénommé Al Souali. Ari secoue son cigare pour faire tomber sa cendre sur le carrelage blanc.

— Vos compétences nous seraient utiles. Casus peut faire la jonction entre nous. À cet égard, je lui ai déjà remis certaines informations.

— Vous avez assez d'hommes, je pense. Pourquoi nous ?

Il étouffe son barreau de chaise dans le cendrier et le range dans son étui.

— La voix officieuse nous convient parfaitement quand il s'agit d'effectuer du sale boulot. C'est plus facile de nier en cas d'échec. Néanmoins messieurs, il me tarde de rencontrer Claire !

À chaque fois que son prénom claque dans l'air, les yeux de Jérôme trahissent ses sentiments. J'esquive sa remarque alors que nous concluons notre alliance d'une franche poignée de main.

*

À peine Casus revient-il d'avoir raccompagné Ari que Jérôme se rue dessus. Ses mains s'agrippent au col de son t-shirt comme on empoigne un sac d'ordures.

— Mais putain, ça fait deux ans qu'on croupit dans le désert alors que ces gars nous cherchent depuis le début ! C'est quoi ce bordel ?! En plus c'est qui ? Et toi, d'où tu viens ?

Je bondis du sofa beige délavé mais d'un geste de la main, Casus m'indique qu'il gère.

— Écoute, gamin, le temps est aussi un allié. Vous avez voulu précipiter les choses en allant au Liban et on a vu le résultat ! Alors, oui, je savais que les Israéliens vous cherchaient, mais demeurer dans l'ombre augmentait notre pouvoir de négociation. Maintenant, lâche-moi, sinon tu peux oublier les surprises roumaines et blondes qui vont venir t'aider à évacuer la pression.

Le timbre monocorde de sa voix suffit à calmer l'énervement de Jérôme. Restant de marbre, Casus n'a jamais été impressionné par quiconque et ce n'est pas Jérôme qui va changer la donne.

Casus saisit trois verres et un vieux malt aussi âgé que le mobilier de notre piaule et nous expose sa stratégie. Attendre avait augmenté son pouvoir de négociation avec les Israéliens que ce soit en termes de ressources financières, logistiques ou informatives. Ces deux ans lui avaient également permis de monter une équipe, d'établir les contacts et d'obtenir tous les papiers nécessaires à nos divers voyages afin de passer sous le radar.

Pragmatique, il répond à toutes nos questions en sirotant son whisky tourbé aux notes de réglisse. Nous apprenons ainsi que notre interlocuteur ne fait pas partie du Mossad mais de l'Aman, la direction du renseignement militaire israélien.

Avec le *No Fear*, Pharmalib n'avait pas cherché à créer une vague d'attentats, mais à doper les djihadistes. Charleroi n'avait été qu'un labo grandeur nature, comme l'avait confessé Bassem Tahar à l'heure du jugement dernier. Pour le plus grand bonheur de Daesh, ce nouveau narcoleptique, ingurgité par leurs brebis écervelées, reléguait les Inglorious Bastards au rang de Bisounours. Mais outre leurs recherches à faire pâlir un narcotrafiquant, c'était surtout la mise en place d'un véritable organigramme des mouvements insurrectionnels qui effrayait notre nouvel ami israélien. Si la troisième révolution industrielle façon Jeremy Rifkin est en route, Pharmalib n'a pas manqué de l'appliquer aux organisations terroristes.

Après avoir vidé la moitié de la bouteille, Casus nous expose les craintes d'Ari.

Le souci premier des fanatiques est leur division à cause de croyances dérivées aussi nombreuses que les bières brassées dans notre plat pays. Mais l'apparition de Pharmalib change la donne : avec une propagande prônant l'union auprès des extrémistes, au service du même totalitarisme politico-religieux, cette nouvelle alliance offre des perspectives plus grandes, quitte à partager les territoires conquis au nom d'Allah selon les idéologies de chacun. En son temps, Ben Laden rêvait d'un seul état arabe au Moyen-Orient mais avait échoué. À l'inverse, Al Souali, armé de l'adage « « l'union fait la force », peut arriver à convaincre les différentes factions. Un slogan rudement efficace pour convaincre son assemblée de barjots, maintenant actifs au Tchad, au Niger, au Soudan et en Libye. Au-delà de son message, il est obligatoire d'avoir un plan pour que cela fonctionne. Et en bon génie des affaires, Al Souali disposait d'une recette parfaite en trois phases, un véritable business plan. Primo : saisir les opportunités. Avec le combat du siècle entre Donald et Kim qui attire tous les regards sur lui, Pharmalib peut agir en toute tranquillité à la façon d'un tour de magie d'Houdini. Deuxio : un leader charismatique en la personne d'Allah pour rassembler tous les collaborateurs. Tertio : avoir un avantage concurrentiel qui se matérialise sous la forme du *No Fear*, véritable EPO du djihadiste. Bref, un cocktail détonnant qui vous amène à l'aube d'une guerre mondiale d'un nouveau genre. Un exploit aussi brillant que de convaincre le PTB de monter au pouvoir ou encore d'arriver à mettre en place une coalition NV-A-PS. Mais tout ceci n'est que la supputation du dixième homme. Un devoir d'antithèse dont nous devenons le bras armé.

Après son long monologue, Casus termine son verre de whisky aux reflets dorés et saveurs épicées avant d'ajouter :

— Quant à moi, je ne suis qu'un mec qui a été battu en finale d'un tournoi de boules à Kinshasa.

La sonnerie de son téléphone étouffe mon rire. Casus, toujours d'un calme flegmatique, enchaîne.

— En parlant de boules, prépare les tiennes, ta nuit risque d'être courte.

14 - COUPS DANS L'EAU

Tuer, pour ne pas dire exécuter, est donc devenu notre pain quotidien.

Cela fait trois mois que nous enchaînons les missions. Nonante jours que nous appréhendons, interrogeons, maltraitons des sbires sans aucune importance. Malgré la liste de noms fournie par l'Aman, la montagne a accouché d'une souris. Nous avons pris le parti de ne laisser aucune trace derrière nous, aucune bouche capable de parler et de nous vendre. Tuer, pour ne pas dire exécuter, est donc devenu notre pain quotidien. Nous ne sommes plus un bras armé, nous sommes les barbouzes de l'Aman.

Seule la sérénité de Casus contraste dans ce paysage de furie. La carcasse de notre dernière partie de chasse à nos pieds, j'enlève les taches de sang de mes mains à coups d'eau. Le coucher de soleil colore le sable du désert et donne à notre trio une allure de western. Alors que le « bon » reprend ses esprits à quelques pas, le « truand » chique du tabac assis sur une pierre et la « brute » que je suis devenue nettoie les traces de notre passage.

— Tu crois qu'on va enfin choper un nom intéressant? Parce que là, hormis alerter Pharmalib, je n'ai pas l'impression qu'on avance…

Un crachat noir teinté de tabac s'écrase à ses pieds. Casus se redresse et s'étire.

— L'Aman nous teste. Je ne suis même pas certain que tous ces gars soient en relation avec Al Souali. Néanmoins, je pense qu'ils nous font brûler chaque lien de la toile.

— T'entends quoi par là ?

— Primo, ils veulent voir ce qu'on a dans le ventre et jusqu'où on est prêts à aller. C'est comme un entretien d'embauche en condition réelle. Secundo, quand une araignée tisse son habitat, elle peut se balader partout, mais si tu coupes un à un les fils, elle n'a pas le temps de les reconstruire immédiatement. Viendra le jour où on sectionnera celui qui l'obligera à se terrer au centre.

Casus ne s'étend pas sur la taille de la toile ni même sur le nombre de fils que nous aurons à trancher. Tout ce que je sais, c'est que le dix-septième n'aura pas donné plus que les seize autres. J'arrose le cadavre d'essence et allume le feu. Casus fait fi de la nature du combustible et vient se réchauffer les mains, le froid tombant vite dans le désert.

— T'as l'air perplexe, Kill Will !

— Arrête avec ce surnom !

Hilare, Casus ne peut s'empêcher de surenchérir.

— Pourtant, personne ne manie la machette comme toi. Tu crois que ce pauvre bourricot s'en souvient encore ?

Un regard noir accompagne ma réponse.

— Tu dois t'en souvenir plus que lui puisque mon geste t'a sauvé la vie !

— Ce n'est pas faux, vieux frère ! Je me souviens très bien de la réaction en deux temps du gars. D'abord des cris de douleur suivis d'une crise d'hystérie à la vue de son bras inanimé sur le sol. Manquait plus qu'une effusion de sang à la Tarantino !

Jérôme nous rejoint enfin et interrompt nos palabres.

— Allez, on se barre ? Cette odeur de cochon grillé me file la nausée. C'est quoi la prochaine destination ?

Nous avions pour règle de ne jamais opérer deux fois sur le même territoire. Naviguant la plupart du temps par voie maritime avec un vieux chalutier, nous parcourions le Moyen-Orient de port en port.

— La liste est épuisée. Vous allez retourner en Jordanie en attendant d'autres instructions.

Casus planifie chaque mission comme un joueur d'échecs, chaque action est anticipée avec un coup d'avance. Deux de ses hommes rejoignent chacune de nos destinations plusieurs jours au préalable. À notre arrivée, nous n'avons qu'à embarquer dans le véhicule, prendre les armes et les kevlars planqués sous la banquette arrière et nous rendre dans les lieux épiés par nos éclaireurs.

J'avais pris soin d'épargner au maximum le gamin. Je limitais son action à nous couvrir et refusais de manière systématique qu'il exécute la sale besogne. Mais malgré mes précautions, il semblait s'enfoncer un peu plus chaque jour du côté sombre. Son insolence s'était évaporée au fil de nos missions.

*

Allongé au côté de Jérôme sur le pont du chalutier, une bière tiède dans les mains, j'interromps le silence étoilé.

— Je pense que tu devrais arrêter, Jérôme !

— J'le pense aussi, mais pour faire quoi ? Et puis, on a une dette ! Ni toi ni moi n'avons été de bons proches pour Claire. J'aurais dû lui coller une bastos dans les rotules plutôt que de l'accompagner dans sa soif du juste.

Ses paroles font mouche.

— Ouais, j'ai beau me dire qu'on poursuit quelque chose de plus noble qu'une simple vengeance, mais…

— Mais c'est de la foutaise ! On cherche juste à crever parce qu'on n'arrive pas à se pardonner nos actes ! On court après Al Souali tout en espérant prendre une balle perdue. Simplement parce qu'on n'a pas les couilles d'…

Je le coupe net dans son élan.

— En parlant d'elle, je me demande ce qu'elle fait en ce moment. Tu lui as déjà dit ce que tu ressentais ?

Un ricanement s'échappe de ses lèvres. Il pivote sur son flanc et me fait face.

— À quoi bon ? Aaron occupera toujours ses pensées. Et puis…

Sa main glisse sur mon ventre. Sa voix s'attendrit.

— Je dois t'avouer que mes sentiments ont changé, William. À force de te côtoyer et de constater l'énergie que tu mets à me protéger malgré toute cette folie…

Sans que je le voie venir, Jérôme dépose ses lèvres sur les miennes. Son geste impromptu et spontané me laisse sans réaction. À peine ce bref baiser échangé, il se remet sur le dos à mes côtés. Le silence étoilé reprend ses droits. J'ai l'impression qu'il sanglote. Le malaise est à son paroxysme, je ne sais comment réagir. Soudain, il éclate de rire.

— Oh putain, tu verrais ta gueule, ça vaut de l'or !

Pris dans une crise de fou rire, il essuie ses larmes.

— T'as les lèvres douces malgré ta barbe de ZZ Top. J'ai cru que tes yeux allaient sortir de leur orbite quand je t'ai embrassé.

Ma main claque sur son ventre.

— T'es vraiment trop con !

Il poursuit, la voix hachée par les rires.

— Oh, je t'ai fait de la peine, grand-père ?

— T'es biesse*. Non, ça fait même du bien de te voir comme ça, gamin.

— Ouais, je sais. Le monde est moche, mais j'essaie quand même de ne pas me rendre la vie triste.

*

* Bête en wallon.

Le soleil pointe le bout de son nez sur le pont. Jérôme dort toujours à poings fermés, un t-shirt sur le visage. Aqaba apparaît en ligne de mire. Nichés aux pieds des collines désertiques du Wadi Rum, les quais sont en effervescence. Les containers s'entassent sur les paquebots dans un ballet désorganisé, mais d'une précision redoutable. Casus me rejoint à l'avant avec une tasse de café.

— Bien dormi, Kill Will ?

Je réponds par l'affirmative avec un hochement de tête.

— Tant mieux, car on ne va plus avoir beaucoup de temps pour se reposer.

Je m'abreuve d'une gorgée du café fumant que je recrache illico.

— Putain, tu l'as fait à l'eau de mer ? Tu disais ?

— L'Aman a localisé un des proches d'Al Souali, il se prélasse à Ma'in !

Le reste du jus de chaussette vole par-dessus bord.

— Un des proches comme les dix-sept macchabées précédents ?

Un sourire malicieux s'affiche sur toute la largeur de son faciès.

— C'est un avocat d'affaires lié à Pharmalib, mais je n'en sais pas plus.

Ironique, je ne peux m'empêcher de rétorquer :

— Notre traque commence à ressembler furieusement à la recherche d'armes de destructions massives en Irak.

15 - JEU DE MA'IN

L'atmosphère sent le soufre de la poudre et des douilles pleines, prêtes à faire pleuvoir les enfers à la moindre étincelle.

Le portrait de l'avocat sur l'écran du portable transpire le petit bourgeois. D'origine pakistanaise, il bénéficie d'un passeport britannique. Avec ses cheveux plaqués en arrière par ses doigts à la sortie de l'eau, le quinquagénaire dispose de la panoplie physique complète du play-boy agrémentée de la tchatche que lui procure certainement son diplôme en droit obtenu à la prestigieuse école de Cambridge. Néanmoins, ses propos antisémites et son sévère penchant pour les jeux lui avaient valu un billet sans retour au départ de Londres et le Qatar était devenu son nouveau terrain de jeu. Dans les grandes lignes, c'était tout ce que nous savions sur ce nom tombé de nulle part puisqu'Ari se contentait de nous fournir des informations sommaires sans expliquer, outre mesure, pourquoi il était une cible intéressante. Bref à nos yeux, l'homme de loi n'était qu'un mort en sursis de plus.

Selon les sources d'Ari, l'avocat devait prendre du bon temps Ma'in en charmante compagnie. Célèbre pour ses sources d'eau chaude, ce site reculé a la particularité de se situer plus de deux cents mètres sous le niveau de la mer. Véritable oasis tropicale, les chutes d'eau thermale se nichent dans une vallée entourée d'un désert. Un seul hôtel, cinq étoiles, s'y est installé en monopole, dans le cul-de-sac formé par les pans rocheux qui l'encerclent. Si l'endroit bénéficie d'un atout considérable puisqu'il n'offre aucune possibilité de fuite pour la cible, il nous empêche d'évoquer d'autres solutions de repli pour l'extraction.

Les informations transmises par l'Aman nous indiquent que le client a prévu de passer quelques jours dans ce complexe hôtelier. Les deux éclaireurs de Casus avaient déjà scanné les lieux et repéré la cible. Casus nous avait exposé un peu plus tôt dans la matinée son plan d'action. Outre les deux observateurs, deux autres gars s'étaient joints à nous pour compléter le commando de choc.

Pendant que Jérôme empile une à une les cartouches dans les chargeurs, je vérifie les armes fournies par mon ami. Le gamin finit par briser le silence avec une voix d'outre-tombe.

— Il les a dégotés où, ses sbires ? Putain, sérieux, on dirait des membres de la Bratva* !

Mes lèvres remuent à peine.

— T'inquiète pas pour ça. Concentre-toi sur ton job !

Mes pensées partagent l'avis de l'ancien flic, mais l'heure n'est pas à se poser des questions. Les images ancrées en tête, je ressasse chaque étape du plan.

Pendant le briefing, Casus avait indiqué à Jérôme qu'il serait notre sniper perché sur les hauteurs du plateau de sable fin qui entoure les lieux. Isolé, il agirait seul, sans binôme. *In fine*, au vu du délit de sale gueule ressenti pour nos nouvelles recrues, c'était un mal pour un bien. Jérôme, indicatif Charlie, couvrait nos positions. Les deux éclaireurs, qui avaient soudoyé un membre du personnel de l'hôtel, avaient pour mission de récupérer tout ce qu'ils jugeraient intéressant dans la suite nuptiale de l'avocat. Le duo avait pour nom de code Bravo. Enfin, Casus, les tatoués cosaques et moi avions pour objectif de kidnapper l'avocat et la femme

* Mot d'argot russe signifiant mafia.

qui l'accompagnait. Nous répondions au nom d'Alpha. Nous passerions à l'action dès que les deux tourtereaux quitteraient la source d'eau chaude privative du palace. Grâce aux trois véhicules prévus, les équipes se retrouveraient ensuite à quelques kilomètres au nord, dans une bicoque accessible par une route sinueuse typique des zones arides de la Jordanie.

Le Ma'in Hot Springs offrait l'avantage d'être situé dans un coin perdu du pays d'Abdallah II. Hormis une poignée d'immeubles d'habitation et quelques magasins attrape-touristes, aucun village ne siégeait à moins de vingt-cinq minutes de route. En outre, les éclaireurs n'avaient repéré que quatre gardes du corps qui se relayaient à tour de rôle. Sur papier, le plan semblait simple. Néanmoins, au vu de la configuration des lieux, nous préférions éviter toute poche de résistance auquel cas l'exfiltration par la seule route d'accès deviendrait extrêmement chaotique.

Mes pensées s'interrompent pour regarder à nouveau Jérôme. Occupé à ranger avec soin son HK PSG1 dans son étui, son regard froid témoigne de sa concentration. Le fusil semi-automatique avec chargeur à grande capacité et silencieux avait été la réponse des Allemands au fiasco de la prise d'otage des JO de Munich de 72. Sa précision et sa rapidité en faisaient un atout non négligeable pour celui qui serait le Chris Kyle de notre escouade.

L'atmosphère sent le soufre de la poudre et des douilles pleines, prêtes à faire pleuvoir les enfers à la moindre étincelle. C'est bien cela qui m'inquiète. Partir au front est une chose quand vous êtes avec des frères d'armes, mais se lancer dans la bagarre avec des inconnus en est une autre. L'ambiance qui règne dans le hangar nous laisse un goût de soufre dans la bouche. Je m'approche de Jérôme et lui tapote l'épaule. Un silence suffit à nous comprendre.

Casus vient briser cette confession muette et me file un kevlar.

— T'as encore un peu de Kill dans le Will, vieux frère ?

Un hochement de tête accompagne ma réponse d'outre-tombe.

— C'est comme le vélo…

*

Jérôme, installé sur son mirador naturel, nous informe qu'il est en position. Grâce à notre complice vénal de l'hôtel, nous sommes stationnés en face des sources thermales privatives de l'établissement tandis que Bravo sirote un cocktail de fruits frais au bar. Avec leur vue panoramique, nos observateurs font le guet. Nous attendons le signal, le feu vert qui nous indiquera que les cibles quittent l'espace de bien-être.

Les deux soviets patientent à l'arrière de la camionnette tandis que Casus et moi faisons mine d'entretenir les lieux. Tous deux attifés d'un casque forestier de protection, de lunettes de soleil et d'une combinaison de jardinier, la chaleur est insupportable. La voix de Jérôme vient perturber la tranquillité de nos tympans.

— Alpha, ici Charlie, les deux gardes du corps en repos gagnent votre position.

De la théorie à la pratique, y a toujours un truc qui foire.

— Charlie, ici Alpha, tu sauras t'en occuper au moment voulu ?

Du tac au tac, l'ange gardien répond.

— Affirmatif, Alpha.

Casus continue à contrecarrer cet imprévu dans un calme olympien.

— Bravo, ici Alpha, changement de plan, séparez-vous. Que l'un aille fouiller la chambre et rejoigne déjà la planque et que l'autre reste en poste et couvre nos arrières. On le récupérera sur la devanture de la réception.

De l'eau jusqu'à la taille, les tourtereaux flirtent dans la piscine du spa. Malgré son voile et ses lunettes de soleil, les charmes du Moyen-Orient transpirent du passe-temps féminin de l'avocat. Affublée d'un maillot noir une pièce serti de brillants, l'habit d'eau contraste avec le cache-beauté du faciès. Les formes cintrées par l'élasticité du maillot distraient les quatre gardes du corps nichés à notre hauteur en haut des escaliers.

Les minutes sont aussi longues que des heures. Jérôme perturbe enfin la monotonie de la scène.

— Alpha, ici Charlie. Deux voitures de police viennent d'arriver !

Bravo interrompt la liaison.

— Les clients s'apprêtent à remonter.

Casus, toujours aussi calme qu'un iceberg, gère comme un pro.

— Charlie, exfil compromise ?

— Négatif, Alpha, mais soyez au taquet quand vous rejoindrez la route principale.

— OK, Charlie. Bravo, tu peux quitter l'observatoire. Alpha, tenez-vous prêts. Le show commence.

Les deux cibles gravissent la dernière marche et sont directement encadrées par les bodyguards.

— Charlie, tu neutralises les deux gardes à l'arrière. Alpha prime, vous vous occupez des deux à l'avant. Nous, on réceptionne les paquets. Charlie, c'est à toi d'ouvrir le bal.

La dernière syllabe est à peine prononcée que les lambeaux de crâne des deux molosses viennent composter le parterre de fleurs.

Dans une synchronisation quasi parfaite, la portière de la camionnette coulisse et étouffe les bruits sourds des silencieux. Une balle dans chaque rotule ne suffit pas au duo de l'Est cagoulé. Après quelques pas, ils s'arrêtent et terminent le travail. Les deux gardes s'effondrent comme des bovins après l'utilisation du pistolet d'abattage.

L'arme dégainée, Casus et moi venons, en traître, mettre en respect les cibles. Un filet d'urine serpente sur la jambe de la concubine entourée d'hémoglobine. D'un geste, je lui ôte son foulard et ses lunettes. Avec une main sur leur nuque, nous les faisons avancer vers l'arrière de la camionnette tandis que les ruskoffs prennent place au volant.

Tels des youyous cérémonieux, les cris du personnel et des clients installés en terrasse perturbent le calme de l'opération.

— Charlie, ici Alpha, on plie bagage.

Les paquets à bord, Casus les shoote au cocktail anesthésiant. La porte à peine fermée, les pneus crissent sur l'asphalte chauffé par plusieurs heures d'ensoleillement. Quelques mètres plus loin, nous embarquons Bravo avant de fracasser le portail d'entrée dont le design prime sur l'efficacité.

À toute allure, nous prenons les virages à la corde afin de rejoindre au plus vite la rue principale. Dès notre arrivée sur celle-ci, les sirènes se mettent à hurler.

Pris en chasse par la police jordanienne, le pare-buffle de leur tout-terrain vient rapidement nous tamponner à l'arrière. L'autre voiture, plus sportive, nous dépasse par la gauche sur la route déserte. Casus aboie des ordres en russe au conducteur et à son passager.

— On va être pris en tenaille et de toute façon on doit s'en débarrasser avant notre point de chute.

L'homme assis à la place du mort abaisse sa vitre et ouvre le feu. Il tire pour tuer et vise le pare-brise arrière.

— Putain, Casus, pas des flics, quand même !

Son regard sombre s'abat sur ma remarque.

La tactique meurtrière a l'avantage de les faire accélérer, mais pour conséquence de nous coincer sous un feu nourri de part et d'autre du convoi.

Je traîne les carcasses inanimées des colis pour les planquer entre les sièges avant et nous. Mon vieil ami ôte son gilet.

— Enlève le tien aussi, on va protéger le bas des portes arrière de la camionnette.

Alors que nous passons à l'action, le chauffeur tatoué gueule comme un poivrot imbibé de vodka.

— Charliiiiiiiiiiiiiiie !

Un bruit sourd de fer et d'acier broyés accompagne son expression. Je jette un coup d'œil dans le rétro du conducteur et aperçois le SUV voler dans le décor tandis que Jérôme remonte à toute allure sur notre gauche. J'ai juste le temps de tourner mes yeux à quarante-cinq degrés pour voir notre copilote russe faire un carton sur la bagnole de la police jordanienne. Les têtes des flics explosées rougissent le pare-brise. Sans pilote, la voiture sort de la route pour s'encastrer dans les à-côtés rocailleux.

Alors que je me tourne vers Casus, j'aperçois sa main couverte de sang.

16 - GENÈVE-MADABA : 4016 KM

Un rictus aux lèvres, ses yeux se figent comme du verre soufflé plongé brusquement dans de l'eau froide.

Mehdi Mirza, l'avocat, pend inanimé, les couilles ballantes, les poings enchaînés à une poutre d'un habitat abandonné au nord de Ma'in.

Après quelques tensions devant les déviances des Russes lors de la manipulation du corps de la compagne de l'avocat, Casus est intervenu. Jérôme et moi n'apprécions que peu le comportement de truands des deux compatriotes de Poutine. Si se venger implique de tuer, il n'est pas utile de flinguer à tout va. Pour calmer les esprits, Casus leur a ordonné d'aller changer de véhicules dans le centre de Madaba pour semer les traces. Il a également libéré nos deux éclaireurs Alpha dont le style ressemblait plus à celui des mercenaires.

Maintenant que notre trio de départ est reconstitué, je m'inquiète à nouveau de la blessure de Casus. Sa main la comprime à l'aide d'une compresse. Un tantinet agacé, sa réponse fuse.

— Arrête de jouer les infirmiers, je t'ai dit que ce n'était qu'une égratignure.

En recul, Jérôme s'occupe des smartphones et laptops saisis dans la chambre. Je m'approche de Mirza et lui assène quelques gifles pour le sortir de son sommeil forcé.

— Allez, la Belle au bois dormant.

Peu à peu, il reprend ses esprits. Jérôme, impassible, les yeux fixés sur les écrans, ne peut s'empêcher de mettre son grain de sel.

— Arrête de chercher Mirza, il va te rendre fou…

Le temps que la vanne me percute, il s'est effondré de rire derrière l'ordinateur portable. En une phrase, il réussit un court instant à me faire échapper au mauvais sort que je réserve aux droits de l'homme.

Dès que Mirza est réveillé, ma paluche vient agripper l'arrière de son crâne par sa chevelure.

— Vous me semblez moins con que la moyenne, alors, évitez-moi l'utilisation de méthodes brutales, d'accord ? Vous avez fait Cambridge, non ?

Il acquiesce d'un clignement de paupières. Je relâche sa tignasse. D'un français manquant de pratique et d'un ton qui déraille, il remue les lèvres.

— Que… Que me voulez-vous ?

Le dos tourné, je rétorque :

— Al Souali…

Son visage fait la moue et ne me laisse pas d'autre choix. J'effectue un quart de tour et lui fracasse les dents avec le coup de poing américain qui orne mes phalanges. Un filet de bave rougeâtre coule de sa bouche suivi de morceaux de sa dentition.

— Je vous pensais plus intelligent. Reprenons, Al Souali, vous connaissez ?

Son regard glisse vers le corps sans réaction de la femme allongée sur le sol et ligotée. Je le rassure avant de lui faire mal.

— Ne vous inquiétez pas, on n'attache pas encore les morts ! Je répète ma question : Al Souali, ça vous dit quelque chose ?

Il cligne des yeux et pointe à nouveau son accompagnatrice quand soudain un bruit de chaise qui tombe interrompt nos échanges.

— Merde, Casus !

Jérôme se jette en direction de mon ami qui vient de s'écrouler. Je le rejoins illico. J'écarte sa main de sa blessure et découvre un sang noirâtre, synonyme de plaie au foie.

— Mais pourquoi t'as rien dit ?

Son célèbre sourire du Joker s'affiche sur son visage.

— Ça n'aurait rien changé, c'était quand même foutu… Prends mon téléphone. Le code de déverrouillage, c'est mon nom de famille sur un cadran de vieux téléphone. Tu auras accès à tous mes contacts et aux coordonnées de mes différentes planques. Il est crypté. Tu pourras contacter Ari sans souci. Je t'ai aussi laissé un mémo…

Ma main vient empoigner celle de mon frère d'armes. Jérôme éponge la plaie du blessé et poursuit.

— Tu as quelqu'un à prévenir, Casus ?

Son sourire ne s'estompe pas.

— Plus… plus personne depuis longtemps.

Un râle de douleur l'interrompt avant qu'il ne reprenne.

— Prends soin de mon partenaire de pétanque…

Un rictus aux lèvres, ses yeux se figent comme du verre soufflé plongé brusquement dans de l'eau froide.

Ses doigts desserrent ma poigne. Je me redresse et remplace sa main par son smartphone. Je laisse Jérôme au côté de sa dépouille. Une fois à l'air libre, j'étouffe des hurlements de rage. Mon cœur se crispe dans ma poitrine. Sans attendre, je glisse l'oreillette du téléphone de Casus dans mon pavillon. Son testament est clair et concis. Entendre sa voix me fouette le sang et me rend ivre de colère. Je retourne à l'intérieur et me jette sur Mehdi. Mes doigts s'agrippent à sa pomme d'Adam comme les griffes d'un aigle sur sa proie.

— Si tu ne me dis pas ce que je veux savoir, je vais te faire souffrir jusqu'à ce que tu me demandes de t'achever et alors que tu seras encore conscient, je m'attaquerai à celle qui attire ton regard.

Mes phalanges lâchent prise pour m'équiper d'une tenaille coupante. D'un pas déterminé, je viens empoigner sa queue d'une main et coince, de l'autre, un de ses testicules dans les crocs de mon arme improvisée.

L'effet est saisissant, son courage se dilapide aussi vite que j'accentue la pression sur son testicule. Le grand déballage commence par une révélation inattendue : les courbes féminines qui l'accompagnent ne sont rien de moins que celles de Latifa Al Souali, la sœur d'Ahmed Hamza Al Souali.

Jérôme agrippe le téléphone de Latifa. Il le déverrouille à l'aide de l'empreinte de son pouce avant de venir glisser sous le nez de l'avocat la galerie média du GSM. Nous allons enfin identifier notre Shabh. Dans une posture beaucoup moins prestigieuse que son diplôme, Mirza observe. Puis, d'une voix fluette, il stoppe le défilé en flash-back de la vie de sa moitié.

À l'écran, une image vieille de dix ans le montre lui en compagnie de Latifa et d'un autre homme.

— C'est nous lors de notre mariage. C'est la seule photo de lui que nous avons.

Pour la première fois, nous mettons un visage sur le mal de cette lutte acharnée.

Cette petite victoire s'achève net à l'arrivée des Russes. Imbibés, ils semblent remontés à balle de guerre à la découverte du corps sans vie de Casus.

— Qui va nous payer, maintenant ?

Notre porte-monnaie étant à sec, nous restons sans réponse.

— Pas de souci, la fille remboursera vos dettes.

L'un d'eux s'approche de Latifa. D'un geste vif, il tire sur son maillot et dévoile sa poitrine avant de la saisir par les cheveux. Jérôme, le réflexe affûté, brandit ses deux flingues et tient les Russes en joue. Ces derniers ne restent pas sans réaction. Le premier pointe le canon de son pistolet sur le crâne de Latifa tandis que son comparse tient Jérôme en respect.

D'un pas calme, l'arme posée sur ma cuisse, je me décale du dos de Jérôme pour faire face à ce règlement de compte version OK Corral. D'une voix tranquille, je m'adresse à Mehdi.

— Tu as deux solutions, l'avocat : soit tu balances tout ce que je veux savoir, soit je laisse ces deux chauds de la bite s'amuser avec ta princesse.

Je joins le geste à la parole pour accentuer le sérieux de ma proposition et braque Jérôme sur la tempe. Avant que le gamin ne la ramène, je poursuis.

— J'en ai rien à foutre, ni de cette pute, ni de ce merdeux. Alors c'est toi qui choisis, l'avocat, mais sois sûr de ta décision, car si tu me trahis, rien ne m'arrêtera.

Ses larmes, accompagnées d'un simple hochement de tête, me donnent le feu vert. Pour tromper les Russes, j'use la langue de Vondel.

— Ik schiet op degene aan je linkerhand*.

Les chiens de nos flingues s'arment simultanément et vomissent leurs ogives pour faire mouche dans la tête des ruskoffs. Du sang s'écoule de leur caboche et rend le sable au sol écarlate. Jérôme n'a guère apprécié mon subterfuge, mais se contente de cracher sa colère par les yeux. Le canon encore fumant de mon flingue change de cible et vient se poser sur le front de Mehdi.

— Il est l'heure de se mettre à table maintenant.

* Traduction : « Je tire sur celui à ta gauche ».

17 - SANS CÉRÉMONIE

J'ai fait beaucoup de saloperies dans ma vie, j'espère avoir un peu équilibré la donne à certains moments.

Nos pelles creusent la terre sableuse afin d'ensevelir notre ami tombé au front. Au loin, les flammes du brasier de notre planque sont remplacées par une colonne de fumée qui s'infiltre dans la nuit.

— William, j'ai honte. Il mérite mieux qu'un trou anonyme dans ce désert !

Mes mains prennent appui sur le manche.

— Casus n'avait plus de famille et les tombes ne servent qu'aux vivants. Continue de creuser, les mecs d'Ari ne devraient plus traîner.

Il ronchonne, mais reprend ses pelletées. Avec la présence de la sœur d'Al Souali, la donne avait radicalement changé. Il n'était plus question d'exécution sommaire, Ari nous avait ordonné de ramener en vie la monnaie d'échange. Il avait également pris les choses en main pour nous aider à franchir la frontière avec les colis.

Les révélations de Mehdi nous avaient permis d'avancer à grands pas. La première identification visuelle d'Al Souali et son adresse au Qatar avaient déjà été transmises à l'Aman. Mais une autre confession nous avait marqués : Al Souali n'avait pas lâché l'affaire vis-à-vis de Claire, Jérôme et moi.

Quatre réfugiés avaient été infiltrés en Belgique avec pour mot d'ordre de surveiller nos domiciles et le commissariat. Plus de deux ans après les faits, nous étions toujours des cibles. Aaron avait été exécuté avant qu'Al Souali n'apprenne le meurtre de Bassem et l'addition de nos jeux macabres lui avait fait prendre des mesures extrêmes. Morts ou vifs, tel était le panneau qui trônait au-dessus de nos têtes. Le même que nous avions accroché au-dessus de la sienne. Seule ombre au tableau, Mehdi n'avait pas accès au réseau IAM qui permet aux membres de Pharmalib de se contacter en toute impunité.

— Bon, grand-père, t'arrêtes de rêvasser et tu rebouches la tombe avec moi ?

Mécaniquement, mes bras s'activent.

— Tu peux m'expliquer ce que c'était, cette mise en scène ? Et bordel, c'était qui Casus ?

Son ton témoigne d'un ras-le-bol. D'une main, je saisis le téléphone de Casus dans la poche de mon pantalon.

— Attrape, le code c'est 2354. Va dans les mémos, y en a qu'un. C'est un fichier vocal.

Ses doigts s'activent sur le clavier et déclenchent la bande-son. La voix de Casus résonne au-dessus de sa dépouille à peine recouverte.

Vieux frère, si tu entends ce mémo, c'est que nos chemins se sont séparés. Garde précieusement cet appareil, il t'ouvrira les portes vers mes contacts, mes caches, mes fournisseurs. Tu connais tout le plan jusqu'à la planque. Dès votre arrivée là-bas, tu laisseras partir les deux observateurs. Quant aux deux Russes, ils vous serviront de bon de sortie. Ce sont deux anciens membres de la mafia moscovite. Liquide-les après avoir buté l'avocat et sa compagne, leurs dépouilles brouilleront les pistes. Une fois que vous aurez nettoyé les traces, rendez-vous aux coordonnées suivantes : 30.192999, 35.714744. Vous y trouverez des passeports, de l'argent liquide et les horaires du garde corrompu du côté jordanien à la frontière pour Eilat. Une fois sur place, retournez à l'endroit où vous avez rencontré Ari pour la première fois. Si jamais, n'hésite pas à le contacter… J'ai fait beaucoup de saloperies dans ma vie, j'espère avoir un peu équilibré la donne à certains moments. Prends soin de toi et des tiens.

Jérôme me rend le téléphone.

— Ça ne me dit toujours pas qui il est mais de toute façon, je ne veux plus savoir. Enterrons-le avec son histoire.

*

Les deux agents envoyés par Ari nous véhiculent vers la frontière. Le ciel nuageux transforme le décor désertique en trou noir. Un double sens qui ne m'échappe pas vu la vitesse avec laquelle la liste des morts au combat s'allonge, comme si un gouffre les aspirait. Je regarde le reflet de nos nouveaux looks dans les vitres du quatre roues motrices. Quitter le pays de la délicieuse reine Rania impose plus que de simples visas diplomatiques. Jérôme et moi avons donc troqué le mode hippie pour une allure militaire. La chevelure longue et sombre de Latifa révèle ses reflets henné tandis que Mehdi pleure sa coupe de play-boy remplacée par une calvitie forcée. Tout avait été prévu par Casus pour notre transformation dans sa planque et ce, malgré les dollars qui arrosent le douanier jordanien depuis de nombreuses années, censés faciliter notre passage. Les seuls éléments fortuits, c'est-à-dire le maintien en vie de nos deux otages, avaient été comblés par Ari et ses hommes.

Dans un Grand Cherokee flambant neuf, Jérôme et Latifa se sont endormis sur les sièges du milieu tandis que Mehdi et moi avons pris nos aises sur la banquette du fond. L'avocat ne cesse de caresser son crâne luisant. D'une voix basse, il casse la monotonie du paysage nocturne.

— Vous pouvez ranger votre arme, pas besoin de la pointer non-stop vers moi.

— Vous savez, ma confiance est relativement limitée envers les fanatiques.

— Je…

J'interromps illico sa phrase en braquant le canon sur sa cuisse.

— Vous voyez, j'ai bien fait de la garder pointée sur vous, ça vous oblige à la mettre en sourdine.

Sa voix s'affaiblit jusqu'à devenir un léger murmure.

— Je ne suis pas un fanatique.

— Ah non ?

Il tapote le haut de son crâne nu du bout des doigts.

— Vous pensez vraiment qu'Al Souali est un extrémiste religieux ? Si c'est le cas, vous vous trompez !

— Et tuer des innocents par milliers au nom d'Allah, ça s'appelle comment ?

Ses mains recouvrent son visage. Puis, il plonge son regard déterminé dans le mien.

— Vous, les Occidentaux, vous n'avez rien compris. Allah n'est qu'un prétexte, un alibi pour atteindre ses objectifs !

— Et quels sont-ils ? Qu'est-ce qui pousse un mec à commanditer ces massacres, ces attaques, ces exécutions, ces guérillas en Afrique ?

Devant l'ouverture du confessionnal, le canon de mon flingue se rétracte sur ma cuisse.

— Le pouvoir ! Rien de plus que la soif de pouvoir. Al Souali adore diriger et fait partie de ces hommes pour qui ce n'est jamais assez. À l'origine, il a fondé Pharmalib dans un but noble, celui d'aider la population musulmane en évitant de devoir dépendre des groupes pharmaceutiques occidentaux. Mais le succès engendra le prestige, l'argent et le pouvoir. Ses associés se contentaient des deux premiers, mais pas Al Souali.

L'avocat aime s'entendre parler. Une fois son plaidoyer lancé, aucun moyen de l'arrêter.

— Notre civilisation a toujours eu besoin de leaders pour nous unir, peu importe pour quelle cause. Sans un rassembleur, c'est le régime du chacun pour soi. Regardez ce qu'est devenu Al-Qaïda à la mort de Ben Laden ou encore les rebelles afghans après l'assassinat de Massoud voire même la Libye après Kadhafi ! Avec Pharmalib, Al Souali a pris la relève en se servant des recettes des deux mondes. D'une part, la propagande, la radicalisation et l'oppression, et d'autre part, une vision, une stratégie, de la recherche et du développement.

Mon scepticisme s'effondre petit à petit même si le doute demeure.

— Et tout le monde l'a suivi sans broncher ? Et comment fait-il pour être un fantôme vu qu'il est la tête pensante de tout ce cirque ?

Ses doigts délaissent son crâne pour tâter son menton.

— Beaucoup de ses associés ont fermé les yeux devant les mannes de dollars qu'ils engrangeaient tandis que la disparition soudaine des rebelles et de leur famille a très vite convaincu les méfiants de se taire. Vous savez, Al Souali est d'une intelligence redoutable. Offrez à un musulman lambda la possibilité d'aider ses frères au travers du côté propre de Pharmalib, il le fera. Proposez à un radicalisé fortuné de soutenir la cause à travers le côté sombre, il le fera aussi. Avec une seule structure, il manipule le monde musulman à sa guise. Et pour les fanatiques sur le terrain, si vous leur promettez de l'argent et des armes pour conquérir un empire où les lois archaïques qui leur sont chères régneraient, ils sont tout ouïe.

Ce raisonnement sans faille commence à me glacer le sang.

— Mais vous ne m'avez pas répondu pour son côté spectre ?

— J'y viens, j'y viens. Vous connaissez Bill Gates, Michael Bloomberg ou encore Mark Zuckerberg ?

— Oui, bien sûr !

— Et Larry Ellisson, Jim Walton ou David Koch ?

— Absolument pas.

Le sourire que l'avocat affiche témoigne de la fierté de sa démonstration.

— Pourtant, ils font tous partie du Top 20 des milliardaires mondiaux. Certains sont discrets, d'autres pas. Al Souali sait que ce n'est pas en occupant le devant de la scène qu'il étanchera sa soif de pouvoir. Il ne se met jamais en première ligne, laissant le prestige à ses associés. Pour le reste, il a placé ses hommes, ce qui lui permet de rester dans l'ombre. À l'exception de quelques investisseurs intéressants, mais plus difficiles, il ne rencontre pas beaucoup de gens. L'un d'eux était Bassem Tahar…

Dans l'obscurité qui nous entoure, un brin d'éclaircie jaillit.

— Je ne connais pas les tenants de leur relation. D'ailleurs, je sais peu de choses sur Al Souali. Il vient du Yémen, il a changé de nom, tout comme Latifa, et pour le reste, tout ce que je vous raconte, c'est de Latifa que je le tiens, sauf pour Bassem. Nous étions avec Al Souali quand il a appris sa mort, c'est comme ça que je sais pour son lieutenant envoyé en Belgique.

La méfiance étouffe rapidement l'éclaircie.

— Vous êtes un chevalier blanc en quelque sorte, mais pour quoi ? Qu'est-ce qui vous guide ?

Son sourire vire en ricanement.

— Cela va vous paraître stupide.

Son visage se tourne et son regard s'arrête sur Latifa.

— Ne me dites pas que c'est l'amour.

Le bout de ses doigts glisse sur la chevelure dénudée de Latifa.

— Je serais hypocrite en disant que c'est uniquement l'amour, mais ça en fait partie, tout comme l'argent.

— Si Al Souali simule sa radicalisation, selon vos dires, vous aussi, non ?

Ses yeux se remplissent de colère.

— Non, je n'ai rien à voir avec eux. D'ailleurs, je ne travaille pas en direct pour lui. Je m'occupe simplement des questions juridiques de quelques sociétés autour de Pharmalib. Ni

Latifa ni moi ne sommes des radicalisés. Nous croyons au prophète, mais pas au fanatisme arriéré des extrémistes.

Sa voix devient amère. Dépité, il poursuit.

— C'est pourquoi nous nous évadons dès que possible à Ma'in. Dans ce coin retiré et dans un pays plus tolérant, nous pouvons être loin de tout ça et vivre notre amour comme bon nous semble…

Il reprend son souffle pour attiser le feu de son courroux.

— Mais vous vous en doutez, on ne quitte ce cercle que les pieds devant, sauf quand on a une porte de sortie comme celle que vous nous ouvrez.

Le ricanement change de bouche. Je lui rétorque aussi sec :

— Pauvre petite victime ! Sachez que profiter de l'argent du crime fait de vous un complice. Quant à moi, je ne vous tends pas la main. Pour moi, vous ne deviez être que deux cadavres de plus, mais mon commanditaire en a décidé autrement.

Je vois sa pomme d'Adam jouer au yoyo.

— Et donc ?

— Et donc, je me fous royalement de ce que vous allez devenir. Je me contenterai de souligner votre coopération. Le reste dépendra de ce que vous avez à offrir aux Israéliens. C'est ce qui fera pencher la balance entre peine de mort et immunité, mais rassurez-vous, vos plaidoyers sont plutôt convaincants.

18 - AMEN À L'AMAN

Sous les rayons du soleil naissant qui transpercent
la baie vitrée de l'appartement, je constate
que l'agneau est devenu loup.

Nous sommes de retour à Eilat, le soleil ne va pas tarder à se lever. Les impasses auxquelles nous faisons face me volent des heures de sommeil. L'adresse d'Al Souali au Qatar, fournie par l'avocat, avait fait chou blanc.

L'arrivée dans la pénombre de Jérôme, à moitié à poil, me fait sursauter.

— Tu ne dors pas, William ?

— T'as déjà vu quelqu'un dormir les yeux ouverts ?

La lampe du frigo s'allume, il se désaltère directement au goulot avant de ranger la bouteille d'eau.

— T'as tes règles ? J'te croyais ménopausé à ton âge !

Pour une fois, sa répartie ne m'amuse pas.

— J'ai reçu des nouvelles d'Ari, le Qatar n'a rien donné.

— Ah, parce que tu y croyais, toi ?

Sa nonchalance m'exaspère, même si je sais qu'il a raison.

— Pour choper Al Souali, Claire doit lui filer un rendez-vous via la chaîne d'informations Al Jazeera !

Dans l'obscurité, nos regards se croisent. Je comprends très vite où il veut en venir.

— Non ! Tu n'y penses quand même pas ! Elle ne peut pas servir d'appât. Je préfère encore ratisser chaque mètre carré du Moyen-Orient, même si ça doit prendre mille ans.

Jérôme s'assoit en face de moi.

— De toute façon, j'ai déjà brisé le silence radio !

Je bondis hors du sofa et saisis Jérôme à la gorge à deux mains. D'un geste vif, il frappe au niveau des coudes pour me faire lâcher prise. Ses paumes claquent ensuite sur mon torse. Je bascule en arrière. Jérôme se relève immédiatement pour me dominer.

— Arrête, tu vas te faire mal, William. Depuis le début, je vous suis, Casus et toi, sans rien dire, car je n'avais pas le choix. Mais là, Casus est sous terre et sans vouloir te manquer de respect, autant tu excelles dans l'opérationnel, autant le stratégique n'est pas ton fort.

J'essaie de me redresser, mais son pied compresse ma cage thoracique pour me maintenir au sol. Sous les rayons du soleil naissant qui transpercent la baie vitrée de l'appartement, je constate que l'agneau est devenu loup.

— T'as entendu l'avocat, Al Souali nous veut morts ou vifs ! Et quand je dis nous, on se comprend… C'est elle, sa cible !

La porte d'entrée claque et la voix d'Ari stoppe nos ébats. Jérôme m'aide à me relever.

— J'interromps vos exercices matinaux, peut-être ?

L'horloge dans le living indique six heures, mais Ari a déjà un cigare vissé au coin de la bouche.

À son aise, il se dirige dans la cuisine et se sert une tasse de café.

— Nous avons fini d'interroger l'avocat et…

À nouveau sur mes guiboles et agacé par la raclée infligée par Jérôme, je coupe Ari.

— Et il ne sait rien !

Ari jette le contenu noir de sa tasse dans l'évier et nous tourne le dos pour préparer du café chaud.

— Mon cher William, un avocat, c'est fait pour duper ! Quant à sa femme, je ne pense pas que vous l'ayez interrogée vu votre niveau basique d'arabe ! Donc, si je pouvais continuer sans être interrompu…

Alors que les gouttes remplissent une à une la cafetière, Ari nous fait maintenant face.

— On peut dire que vos méthodes ont secoué l'avocat. Mais il s'est contenté de vous manipuler pour rester en vie. Après, il savait pertinemment que tout ce qu'il vous dirait ne lui servirait plus à rien au moment de négocier avec nous.

Ma salive devient amère.

— Pour faire bref, il ne vous a pas menti. Il a juste divulgué suffisamment d'informations pour arriver sain et sauf face à nous tout en gardant le plus gros morceau pour marchander son immunité.

Il verse le café fumant dans sa tasse et vient s'asseoir près de nous. Toujours sur la défensive, j'embraie.

— Qu'est-ce qui peut justifier leur immunité ?

— Latifa nous a apporté une description très précise de son frère, que ce soit sur le plan physique ou psychologique. Et Mehdi nous a fourni la liste de toutes les personnes pour lesquelles il a créé des sociétés, qui sont toutes impliquées de près ou de loin à Pharmalib.

Jérôme, blasé, prend la parole à son tour.

— J'ai déjà investigué là-dessus.

Ari le toise.

— Oui, j'ai lu votre compte-rendu. Mais primo, vous vous êtes focalisé sur les entreprises actionnaires de Pharmalib et secundo, vous avez enquêté comme un policier, pas comme des services secrets, sans vous manquer de respect.

Jérôme reste pantois. Que ce soit parce qu'Ari ait eu vent de son rapport ou à cause du dédain témoigné par ce dernier, l'ancien flic est estomaqué. Je reprends la conversation.

— C'est moi, où vous ne nous dites pas tout, Ari ?

Ses mots transpercent la bouffée de fumée qui s'extirpe de sa bouche.

— Non, en effet, je ne vous dis pas tout. Mais je ne suis pas seul à jouer à ce jeu de dupe !

L'allusion à Claire est limpide.

— Néanmoins, pour prouver ma bonne foi, voici ce que l'on a récolté.

Il sort de son veston un listing avec des noms et la tend en ma direction. Jérôme, vexé, saisit la paperasse et commence à feuilleter.

— Je… Je préfère que Claire soit laissée en dehors de tout ça, Ari.

— Je comprends, William. La famille, c'est précieux. Mais je pense qu'il serait grand temps…

Jérôme, qui examine le listing, nous interrompt brutalement et se redresse, menaçant.

— C'est quoi ce bordel ? Vous êtes certains de tous ces noms ou vous essayez encore de nous manipuler ?

La menace devient physique. Il s'approche avec furie d'Ari pour l'empoigner. Je tente de m'interposer, mais Jérôme me fait subir le même sort que tout à l'heure. Il m'envoie, cette fois, valser dans le divan. Plutôt que de s'écarter, Ari fait un pas dans la direction de Jérôme. Jérôme a beau le surplomber de trente centimètres, Ari lui tient tête.

— Quand comprendras-tu que tu n'es plus un policier, mais que tu travailles dans la cour des grands, petit ?

Jérôme, désemparé, recule et lâche le listing sur le sol. Le visage tendu comme à la vue d'un spectre, ses mots résonnent dans le vide.

— Y a un membre de la famille d'un flic sur ce papier…

19 - GRAVÉ DANS LA PIERRE

Que ce soit Al Souali ou un autre, je tiendrai
tôt ou tard sa vie entre mes mains,
même si je dois y laisser la mienne.

Claire se recueille une dernière fois sur le cercueil d'Aaron au funérarium. Le noir de son tailleur fait ressortir sa chevelure rousse. Je sais qu'elle hait ce costume funeste, celui-là même qu'elle avait enfilé pour la crémation d'Eve. Ce jour-là, Aaron et elle avaient insisté pour porter eux-mêmes le cercueil, avec Renaud et moi. Les flammes avaient ensuite fait leur œuvre pour ne laisser que cendres et rêves envolés. Sa voix brise mon recueillement.

— C'est dingue, William. Je n'arrive pas à avoir une image claire d'Aaron à l'esprit. J'ai beau regarder sa photo, dès que je ferme les yeux, son souvenir devient flou.

Aborder ce genre de chose n'a jamais été aisé pour moi.

— Ça viendra, Claire. Laisse le temps au temps.

— Tu peux aller chercher Jérôme ?

— Et Hans, pour porter le cercueil ?

— Non, juste Jérôme. J'ai à vous parler.

Je m'exécute en silence. Quelques instants plus tard, Claire nous demande de fermer les portes.

— Claire, les gens attendent.

Elle me rétorque aussi sec.

— Ils attendront encore un peu !

Nous la rejoignons devant le cercueil. La mâchoire crispée, son regard fixe l'une des photos posées sur le sapin verni. Pas celle où l'on voit Lisa, Aaron et elle sauter dans le vide sur une plage de sable fin à Mahé. Non, celle où Aaron, la grimace aux lèvres, entoure de ses bras protecteurs une Claire radieuse et un nourrisson. Ses yeux ne dévient pas et ses maxillaires se desserrent à peine lorsqu'elle crache sa colère.

— Je suis enceinte. Veuve et enceinte. Et j'ai beau regarder mon sourire sur cette photo d'une autre époque, je sais que même la naissance de notre enfant ne me le redonnera pas.

Ses prunelles océan virent à l'orage, les éclairs orientés vers nous.

— Je ne suis d'ailleurs pas sûre de le retrouver un jour, mais ce qui est certain, c'est qu'il ne reviendra pas tant que je n'aurai pas, moi-même, tranché les mains du bourreau d'Aaron.

Apprendre une grossesse à un enterrement, qui plus est vu les circonstances, rend toute réjouissance impossible. Ni Jérôme ni moi ne disons mot tant la raisonner semble futile.

— Peu importe le temps que ça me prendra, j'irai jusqu'au bout. Peu importe ce que ça me coûtera, peu importe le prix à payer, vous me comprenez ?

Nous hochons la tête comme deux élèves grondés par leur institutrice.

— Est-ce que je peux compter sur vous ?

Sans hésiter, ma réponse fuse.

— Cela fait vingt-quatre ans que je vis avec une vengeance insatisfaite et rien de ce que j'ai pu faire n'y a changé quoi que ce soit. J'ai beau me dire qu'il est de mon devoir de te raisonner, ce serait hypocrite de ma part. Tu peux compter sur moi.

Jérôme effectue un pas de côté pour nous avoir tous deux en ligne de mire.

— On… Tu n'as pas déjà assez payé ? Tu ne crois pas que ça suffit ? Tu as une opportunité unique de tout reconstruire.

Ses prunelles orageuses virent à la tempête.

— Recommencer quoi ? Une vie sans lui ? Voir grandir son enfant qui me rappellera sans cesse que j'ai tué son père et que je n'ai rien fait…

De la paume de sa main, Jérôme fouette le cercueil. Son visage s'empourpre sous la colère.

— Bordel, Claire ! Même disparu, Aaron t'implore de tourner la page ! Et toi, tu nous parles de vengeance ! Et toi, le vieux, t'es pas censé la ramener à la raison ? C'est quand même toi, la figure paternelle de l'histoire, non ?

Une fois son laïus terminé, il nous tourne le dos pour se calmer. Claire, toujours aussi froide, rétorque :

— Tu imaginais quoi ? Qu'Aaron mort, j'allais succomber à tes charmes et reconstruire quelque chose avec toi ?

Un silence lourd imprègne la pièce. Claire, giflée par la bassesse de sa propre remarque, essuie les larmes qui coulent sur ses joues. Elle s'avance vers Jérôme tandis que je m'écarte. Elle pose sa main sur son épaule.

— Excuse-moi, Jérôme. Je… je n'avais pas le droit de te dire ça. Mais Aaron était mon monde. Avant de le rencontrer, je vivais avec un cœur qui ne battait pas. Les émotions, c'était un concept pour les autres. Mais il a changé ça chez moi. Je ne voulais pas avoir un enfant, je voulais un enfant de lui. Je ne voulais pas être mère, je voulais être parent avec lui. Et si je ne vais pas jusqu'au bout, jamais mon cœur ne battra à nouveau, que ce soit pour Lisa ou pour le dernier cadeau d'Aaron, car jamais je ne me pardonnerai de ne pas avoir fait ce qui était nécessaire.

Elle reprend son souffle pour étouffer ses sanglots et passe sa main sur son ventre.

— Et jamais je ne pourrai vivre avec le doute que Lisa ou ce petit être soit le prochain sur la liste de ces enfoirés.

Jérôme essuie les larmes de Claire avec son pouce.

— Je suppose que comme pour ton argumentaire, tu as déjà tout prévu. Quoi qu'il en soit, j'en suis. Sans moi, vous seriez capables de vous faire tuer tous les deux ! Et puis, j'me vois mal retourner à une vie tranquille. Après tout ça, plus rien ne me semble normal.

Claire ne peut s'empêcher de laisser échapper un rire mélangé à des sanglots étouffés.

— Oui, j'ai déjà tout prévu. Nous allons devoir disparaître et nous faire oublier. Moi de mon côté, le temps d'accoucher et de me préparer, et vous du vôtre, où vous pourrez prendre un peu les devants et vous entraîner. Dès la mise sous terre d'Aaron, vous partirez, réglerez vos affaires et quitterez le territoire.

Claire entame alors une longue liste des éléments dont nous aurons besoin. Chacun fait appel à nos compétences distinctes à Jérôme et à moi, comme si elle n'avait pas douté un seul instant que nous accepterions. Jérôme et moi restons pantois devant sa planification. Elle indique du coin de l'œil un attaché-case.

— Cette mallette contient de l'argent liquide ainsi que toutes les informations et instructions nécessaires pour se contacter.

En chœur, nous surenchérissons.

— Et tu crois qu'à trois, on va réussir à s'attaquer à un ogre ?

Sa réponse nous surprend à peine.

— Bien sûr que non, mais j'ai pris les devants et ai contacté notre ami commun à tous les trois. Il a déjà reçu des fonds sous forme de dons via une ONG bidon et attend votre appel.

Je ne peux m'empêcher d'afficher un sourire narquois. Dans la douleur, Claire n'avait rien perdu de sa splendeur. Depuis toujours, elle planifiait et organisait mieux que quiconque, que ce soit sa vie d'orpheline, son triomphe olympique ou maintenant sa vengeance. Bien que connaissant sa ténacité, Jérôme semble plus surpris par son ex-supérieure.

— Tu n'as jamais douté que l'on te suivrait.

Claire sort un mouchoir de son sac pour effacer les signes de sa tristesse et conclut.

— Là n'est pas la question. Avec ou sans vous, quitte à vivre sans le sou, j'irai jusqu'au bout. Que ce soit Al Souali ou un autre, je tiendrai tôt ou tard sa vie entre mes mains, même si je dois y laisser la mienne.

20 - APPÂT

Vu l'historique arabo-israélien, rien ne sert de jeter de l'huile sur le feu.

Jérôme joue avec son badge de visiteur, l'air préoccupé. Il faut dire que passer de flic à la police de Charleroi à mercenaire invité au siège de l'Aman à Tel-Aviv n'est pas chose courante. Son anxiété est telle qu'aucune plainte n'émane de sa bouche et ce, malgré le logement que nous occupons, situé à des kilomètres des charmes balnéaires de cette « bulle » en bordure de la Méditerranée.

Cela fait une heure que nous faisons face à cette salle de réunion aux vitres opaques. Chemises et pantalons ont remplacé nos treillis et kevlars. Le crâne et la barbe rasés ont succédé à notre look hippie. Jérôme a le regard perdu sur son badge, on sent que de nombreuses questions torturent son esprit. Soudain, à l'ouverture de la porte, les vitres redeviennent transparentes. Ari nous invite à entrer.

Jérôme se faufile en premier, mais avant que je ne puisse le suivre, Ari dépose sa main sur mon torse et me demande dans un murmure :

— Il va rester calme ?

Je hoche la tête pour répondre par l'affirmative même si je sais pertinemment que ce n'est pas gagné d'avance. Depuis que Jérôme avait relevé la corrélation entre les noms fournis par l'avocat et la famille d'un flic, plus aucun mot par rapport à notre quête n'émanait de sa bouche. Il était également resté muet comme une carpe sur le fait d'avoir brisé le silence radio. Depuis Eilat, notre tandem pédalait dans des directions opposées.

Nous nous asseyons de part et d'autre d'Ari. Ce dernier nous introduit sommairement puis nous regarde et poursuit.

— Jérôme, William, vous comprendrez aisément que je ne vous présente pas ceux qui nous entourent aujourd'hui !

Un rictus marque l'exaspération de notre interlocuteur.

— Ce qui est d'autant plus rocambolesque car ne pas les citer c'est comme de vous dire, à droite le Mossad et à gauche, l'Aman ainsi que tous leurs dignes représentants.

Le timbre acide de sa voix ne détend pas l'atmosphère. L'homme situé en face d'Ari invective celui-ci en hébreu. Tous les autres poursuivent dans l'une des langues officielles d'Israël. Ferme, Jérôme interrompt la joute verbale.

— Sans vouloir vous paraître impoli, si c'est pour continuer en hébreu, nous étions mieux assis dans les fauteuils où nous attendions.

Un silence de mort règne. Une femme, dont le physique me fait vaguement penser à Golda Meir, prend la parole dans un français parfait.

— Vous avez raison. Veuillez excuser la poussée de testostérone de ces messieurs. Autant aller droit au but : à partir de maintenant, nous allons reprendre la main. Vous avez fait de l'excellent travail, merci à vous.

La question qu'Ari m'a posée avant d'entrer dans la salle prend tout son sens. Jérôme reste impassible et réplique d'un ton ferme.

— Écoutez, je respecte votre avis, mais laissez-moi au moins vous expliquer mon plan. Après, vous déciderez ce que vous voulez. Je pense que vous nous devez bien ça.

Ari me regarde, l'air étonné. Ma gestuelle lui fait comprendre que je le suis tout autant. Jérôme se sert un verre d'eau fraîche avant de se lancer.

— Quand il nous a rencontrés, Ari nous a parlé de votre théorie du dixième homme. Je ne crois pas en ces foutaises, mais peu importe. Par contre, je suis entièrement convaincu que vous flippez grave devant la montée des insurrections en Libye, au Niger, au Tchad et au Soudan. Vous le savez, il ne restera plus que l'Égypte avant qu'ils n'atteignent Israël et on ne peut pas dire que tous les Égyptiens soient raides dingues de vous. De plus, vous concevez comme moi que ce n'est pas un mur de barbelés de deux cents kilomètres de long sur six mètres de haut qui va changer la donne.

Malgré le retard dû à la traduction, Jérôme attire l'attention de tous à l'aide d'un simple pamphlet. Il se lève et se place en bout de table. Droit comme un i, les bras croisés, il s'adresse à son assistance tel un conférencier déterminé.

— À mon sens, vous n'avez pas trente-six solutions. Comme nous, vous n'avez aucune preuve sur les activités de Pharmalib, sinon nous ne serions pas là. Dès lors, soit vous poursuivez vos investigations pour tenter de débusquer Al Souali - et je rappelle que les Américains ont mis dix ans pour choper Ben Laden -, soit vous passez à l'action en prenant le risque de vous mettre l'opinion publique à dos. Car, soyons clairs, Pharmalib est aux yeux de tous une entreprise jouissant d'une grande notoriété et d'une excellente image de marque et vu l'historique arabo-israélien, rien ne sert de jeter de l'huile sur le feu. Enfin, vous pouvez rester simplement attentifs à la situation et donc inactifs, mais l'histoire a déjà prouvé que ça ne vous réussissait pas.

Le gamin n'y va pas par le dos de la cuillère. Sa *punchline* offusque autant qu'elle captive l'assistance.

— Même si vous agissez sous le manteau comme vous savez le faire, à part enlever un ressortissant belge qui ne vous garantit pas un accès au réseau IAM, mais qui peut vous assurer un tas d'emmerdes diplomatiques vu sa fonction officielle, vous n'avez pas d'autres solutions, à l'exception de notre trio.

À l'entente de ce dernier mot, mon sang ne fait qu'un tour, mais Ari, d'une main ferme sur ma cuisse, annihile toute réaction.

— Je présume qu'Ari vous a complètement briefés sur notre parcours, et ce, depuis les événements survenus à Charleroi.

Les têtes acquiescent toutes dans le même sens.

— Très bien, alors je peux poursuivre. Grâce aux informations récoltées via la capture de Mehdi Mirza et Latifa Al Souali, nous savons qu'un Belge est lié de près ou de loin à Pharmalib. Nous savons également qu'Al Souali a envoyé un lieutenant et trois autres sbires en espérant nous choper morts ou vifs, Claire, William et moi. Enfin, et ce n'est un secret pour personne, la clé de voûte des opérations obscures de Pharmalib, c'est son réseau IAM.

Ses yeux glissent en ma direction. Son regard se mue en excuse et me fait redouter d'avance sa prochaine phrase.

— Si nous voulons faire coup double, sans que vous soyez mouillés officiellement, laissez-nous choper le corrompu ainsi que le lieutenant d'Al Souali. Claire Eyck, le troisième membre de notre groupe, servira d'appât car nous savons pertinemment que c'est elle qu'Al Souali a en ligne de mire.

Ari n'arrive plus à contenir ma colère. Du plat de la main, je fais vibrer la table tout entière.

— Hors de question !!! Tu m'entends, Jérôme ? Vous m'entendez tous ? Ce n'est même pas envisageable !

Mon ramdam crée la stupeur. Le torse de Jérôme s'oriente en ma direction. Il fait abstraction de nos hôtes et s'adresse personnellement à moi.

— Je savais… Enfin, nous savions, Claire et moi, que tu ferais tout pour ne plus la mouiller à tout ceci. Mais elle ne lâchera jamais, que tu le veuilles ou non. Souviens-toi de notre dernière rencontre.

Je serre les dents pour contenir ma colère mais je sais au fond de moi que mon acolyte a raison. Ari me murmure de me calmer et de le laisser terminer. Jérôme présente donc son plan à l'assemblée. Tout est limpide, précis et minutieux, rien n'est laissé au hasard. Sans filet, Claire servirait d'appât avec comme prétexte la mise en scène de ma mort, moi, le seul membre restant de sa famille. Pour la suite, nous prendrions la relève des opérations et nous nous occuperions des deux cibles à enlever avant de les exfiltrer vers la terre sainte. Jérôme expose ensuite ses besoins en termes de ressources humaines et logistiques. Faisant preuve d'intelligence, il admet de lui-même la faille de son propre plan.

— Je n'ai qu'un seul souci, c'est notre exfiltration du sol belge. Là, si vous acceptez ma proposition, votre aide m'est indispensable.

La dame aux cheveux gris l'interpelle.

— Ne craignez-vous pas que les accès au réseau IAM des deux personnes que vous enlèveriez ne soient coupés ?

Jérôme, du tac au tac, démontre sa maîtrise du sujet.

— C'est bien entendu une éventualité, mais si c'est le cas, même sans clé, nous aurons quand même une porte d'entrée puisqu'à l'heure actuelle, nous ne savons même pas par quel canal ils passent. Et de toute façon, j'ai une idée pour que les clés ne soient pas désactivées, mais je ne tiens pas à la partager en séance publique.

Le sosie de Golda Meir le regarde avec une certaine admiration.

— Vous n'avez pas froid aux yeux, je l'admets. Mais est-ce que cette fameuse Claire vous suivra ?

Jérôme fuit mon regard.

— C'est elle qui a proposé de servir d'appât, Madame.

Sans surprise, elle conclut.

— Très bien, Ari va vous faire raccompagner. Il reviendra vers vous avec notre réponse.

21 - PAYS DE CHARLEROI

Personne n'est innocent !

Contre toute attente, nous avons reçu le feu vert de l'Aman et du Mossad. Nous sommes donc de retour sur notre terre natale, à l'ombre des terrils. Deux équipes ont été formées pour réceptionner les colis : la première, commandée par Jérôme et moi, se chargera de ramener Claire à Charleroi et de choper le lieutenant d'Al Souali ; la deuxième, pilotée à distance par Ari, s'occupera du flic véreux. En agissant de la sorte, Ari se protège de tout dérapage haineux de notre part envers cette pourriture sans nom à la solde de Pharmalib et bien connue de Jérôme. Au vu de la nervosité de celui-ci ces derniers temps, je ne pouvais qu'approuver, même si cela nécessitait de faire sortir Claire du banc des remplaçants. Voir revenir ma nièce dans la partie ne m'enchante guère, mais je savais que tôt ou tard, ce moment viendrait. Ari avait également insisté pour que Claire ne soit pas au courant pour la taupe, afin d'éviter une vendetta brutale.

En plus d'avoir tout le confort nécessaire dans nos nouveaux quartiers, nous voyons enfin nos fantasmes prendre vie. Dans sa demeure entourée par les bois qui s'étalent sur Marcinelle et Loverval, Gaëtan, alias Babang, exauce nos attentes culinaires les plus folles : une mitraillette hamburger pour Jérôme et une escavèche frites pour moi ! Le tout dégusté avec une Blonde du Pays Noir, savoureusement brassée à quelques encablures.

Gaëtan est un ancien frère d'armes que j'ai toujours comparé à un baobab. Comme cet arbre, il est grand et massif. Ils sont également tous deux d'origine africaine. Leur seule différence réside dans la matière qui les compose : si le baobab est mou et gorgé d'eau, Gaëtan est un roc avec des bûches à la place des bras.

Contrairement à moi, cet ancien adjudant avait poursuivi dans l'armée belge après le Rwanda. Malheureusement, ses nombreux déploiements avaient eu raison de son mariage. Un beau jour, alors qu'il rentrait de mission, sa femme et son fils avaient disparu et il ne les avait jamais revus. Il camouflait cette cicatrice derrière son caractère combatif mais Gaëtan n'attendait plus rien de ce monde.

Dix jours s'étaient écoulés depuis la décision des services secrets israéliens : le temps de finaliser les détails opérationnels et de parcourir, en voiture, les quatre mille cinq cents kilomètres qui séparent Tel-Aviv de Charleroi. Atteindre le Pays Noir par la route nous rendait sceptiques, mais comme l'avait signalé Ari, ni Jérôme ni moi n'étions sous le coup d'un mandat et de plus, cela ne laisserait pas de trace sur le European Passenger Name Record. Malgré leur aval et leur soutien financier et informatif, rien ne changeait vraiment, nous continuions à agir sous le manteau sans lien direct avec eux.

Gaëtan a donc mis à profit cette dizaine de jours pour rassembler une équipe : trois anciens du 2e Bataillon de Commandos de Flawinne rejoignent notre escouade de choc. En mode shopping, ils étaient actuellement en train de regrouper le matériel nécessaire pour monter une telle opération. Néanmoins, avant de passer à l'action, il nous fallait un appât pour attirer le gibier et seule Claire pouvait remplir ce rôle.

Jérôme avale la dernière bouchée de sa mitraillette. La bouche couverte de sauce, il ne peut s'empêcher de jubiler.

— Oh putain ! Après deux ans au Moyen-Orient, t'imagines même pas ce que ça me fait ! C'est mieux qu'une nuit avec Sharon Stone !

Hilare, Babang rétorque :

— C'est sûr, elle est aussi vieille que nous !

Jérôme siphonne d'un trait le reste de sa pils.

— Primo, tout homme de mon âge qui se respecte a vu sa vie sexuelle commencer devant *Basic Instinct*. Secundo, elle est vachement mieux conservée que vous. Et tertio, à force de me coltiner des vieux, que veux-tu, j'y ai pris goût !

D'un rire bruyant et contagieux, Gaëtan se tourne vers moi.

— T'avais raison, il n'a peur de rien le gamin !

Je dépose ma bière sur la table.

— Je ne sais pas si c'est l'absence de peur ou l'inconscience d'une jeunesse à laquelle, en plus, il n'appartient plus !

Dans la quarantaine, Jérôme n'était plus un jeune homme, même si son insolence à l'égard de ses aînés tentait de démontrer le contraire.

— Blague à part, où va-t-on trouver un corps de ma corpulence pour le cramer dans mon chalet ?

Du bout des doigts, mon ancien frère d'armes taquine son menton.

— Tracasse, nos trois amis vont régler ça.

— Ils ne vont quand même pas buter un innocent ?

Sa paluche se dépose sur mon épaule. Ses doigts s'agrippent.

— Personne n'est innocent !

Jérôme surenchérit.

— En plus, on ne peut pas dire que l'on soit à un cadavre près…

Leur cynisme me glace le sang. Même pour moi, certaines limites ne peuvent être franchies. Gaëtan me relâche. Il tape dans ses mains et rigole.

— Pour qui nous prends-tu ? Ils vont choper un macchabée dans une morgue à la frontière française. Avec les biffetons que vous avez, ce n'est pas trop difficile d'obtenir le corps d'un anonyme. Mais comment voyez-vous la suite ?

Jérôme se décapsule une autre blonde.

— Sur ma liste, j'avais trois choses : manger une mitraillette, me vider les bourses et surveiller Claire à distance sans me faire repérer !

— Pour le premier point, je t'ai aidé avec plaisir, mais pour le deuxième, tu vas te débrouiller sans moi…

D'une main élégante, Jérôme soulève son paquet.

— J'y compte bien ! Les blacks, ce n'est pas mon truc et à cause de Casus, j'ai pris goût aux Européennes de l'Est.

— En parlant de lui, comment va-t-il ?

La gouaille de Jérôme se tait.

— Ah, toi aussi tu le connaissais…

Conscient du malaise qu'il vient de créer, mon acolyte s'éclipse et me laisse la tâche délicate d'annoncer la nouvelle à Gaëtan. Jusqu'à présent, ce dernier n'était informé que des grandes lignes de notre périple. Je profite donc de notre tête-à-tête pour expliquer à notre hôte, en détail, le récit des événements survenus depuis le massacre de l'A-Reine, il y a bientôt trois ans.

Abasourdi, Babang se redresse.

— Putain, le grand est mort ! Je n'en reviens pas ! Mais pourquoi des mafieux russes ? Pourquoi pas nous ? Le Moyen-Orient, on le connaît comme notre poche !

— On s'attaquait à du gros gibier et les Russes nous servaient à brouiller les pistes.

Rares sont les fois où Gaëtan ingurgite des boissons alcoolisées, mais avec le choc, il se décapsule une pils.

— Si je comprends bien, vous aider, c'est un voyage sans retour ?

— En quelque sorte, oui !

Il avale de grandes gorgées.

— Par contre, c'est quoi votre plan pour quitter la Belgique avec vos colis, dont un VIP ?

Je ne peux m'empêcher de lâcher un ricanement.

— Qu'est-ce qui te fait rire ?

— J'ai posé la même question et je n'ai pas été déçu.

Tout a été prévu minutieusement par les collègues d'Ari. Dès que nous aurons récupéré le paquet, nous devrons nous rendre dans une société de transport de la région. Ensuite, un poids lourd nous conduira à Ostende où nous embarquerons sur un bateau de pêche. Enfin, ce dernier nous emmènera rejoindre un cargo sous pavillon israélien. Une croisière de dix jours jusque Haïfa et le tour serait joué.

— Et après, tu feras quoi, William ?

— Je n'en sais foutrement rien, je vais déjà essayer de survivre à tout ça.

Songeur, Babang embraie.

— Écoute, je n'ai plus rien à faire ici, les gars non plus d'ailleurs. On vous suivra jusqu'au bout, si ça te convient. De plus, l'heure de la retraite a sonné en ce qui concerne nos activités anonymes.

D'un ton plus sérieux, je plante mon regard dans le sien.

— En parlant de ça, ni Claire ni Jérôme ne sont au courant pour… pour tout ce que l'on a fait ensemble depuis Kigali.

22 - A-TEAM

Une version douce des douze salopards.

Installés dans un Caddy Volkswagen, cela fait quelques heures que nous guettons. Parqués sur la rue Louis Blériot, nous scrutons, allongés à l'arrière du véhicule, l'accueil de l'Aero 44 à l'aide d'une caméra, afin d'éviter de nous faire repérer.

Cela fait plus de deux ans que nous ne l'avons plus vue, sans même savoir où elle se terrait. Bientôt trente mois sans avoir croisé son regard bleu. Jérôme piaffe.

— Et si on ne l'avait pas reconnue ? T'es certain que son vol atterrissait à 7h35 ?

Agacé par ces questions incessantes, je rétorque :

— T'es con ou tu le fais exprès ? J'te signale que TU es en contact avec Claire, pas moi !

— Oui, c'est vrai, excuse-moi. Tiens, Gaëtan et les trois autres, ce sont des anciens de Flawinne ?

À peine sa question finie, je devine la suivante et réponds par l'affirmative d'un simple hochement de tête.

— Comment des mecs de votre âge sont-ils toujours aussi affûtés et savent où dénicher des flingues et du matos pour exécuter un tel plan ?

Jérôme n'est pas stupide. Lui demander de continuer à me faire confiance aveuglément devient difficile. Je décide de me jeter à l'eau.

— Hormis Gaëtan, nous avons tous démissionné après le Rwanda, mais sans pour autant ranger les armes.

Dubitatif, il reprend.

— Des mercenaires ?

— Oui, des mercenaires. Depuis la nuit des temps, les gouvernements font appel à des gars comme nous quand ils ne souhaitent pas apparaître officiellement dans un conflit. Évidemment, ce n'est pas le genre de chose que l'on crie sur tous les toits ou que l'on met sur un CV. D'ailleurs, même Claire ne sait rien de tout ça.

Ses yeux deviennent ronds sous l'effet de la surprise.

— Mais Casus n'était pas un militaire !

— Non, c'était juste un joueur de pétanque.

Je ne peux m'empêcher de rire. Un bref instant, une image de mon ami se fige dans mon esprit. Je poursuis mes explications.

— Casus a eu plusieurs vies de chaque côté de la frontière entre le bien et le mal. À l'assassinat de son jumeau, à Kigali en 94, Casus a franchi cette ligne pour se joindre à nous, mais sans pour autant quitter l'autre monde.

— Attends Nietzsche, parce que là, avec ton bien et ton mal, tu me perds un peu.

Un long soupir s'échappe de ma bouche. Les yeux rivés sur l'accueil de l'hôtel, j'embraie.

— Mercenaire ne veut pas dire salopard à la solde du premier venu. Nous avons toujours bossé pour des causes qui nous semblaient justes…

Je marque un temps d'arrêt, attiré par l'animation sur l'écran.

— C'est Claire !

Mes doigts tentent de zoomer, en vain. Jérôme saisit la tablette.

— Laisse-moi faire, grand-père.

Malgré sa métamorphose, le gros plan sur son visage étouffe nos derniers doutes. Sa crinière rousse a disparu au profit d'un carré dégradé auburn et sa carrure s'est affinée mais ses traits, eux, n'ont pas changé. Jérôme reste muet. L'émotion de ces retrouvailles à distance suffit à conforter mes certitudes.

Bottes de cowboy aux pieds, Claire franchit les grilles de l'hôtel d'un pas décidé. Vêtue d'un jeans délavé et d'un chemisier blanc, elle camoufle son regard sous une paire de solaires. Elle traverse la rue Louis Blériot puis disparaît sur les pavés ombragés du Grand Piersoulx, face à l'hôtel.

*

Jérôme et Babang sont en vadrouille à la côte belge pour protéger les arrières de Claire. J'en profite pour retrouver mes vieilles connaissances de retour de leur shopping.

Miguel s'occupe du barbecue. Surnommé l'Espagnol, il a pourtant une tête de coton-tige avec le sommet de son crâne luisant qui culmine à un bon mètre septante-cinq. Son torse trapézoïdal est le témoin de sa puissance. Seul de la bande à avoir appartenu aux forces spéciales belges et expert en communication, Miguel ou l'Espagnol est moins doué avec les braises. Ce manque de talent pour gérer un barbecue a le don de susciter l'ire de Bouille, Stéphane de son prénom, dont la spécialité se résume à tout ce qui fait « boum ». Dans sa jeunesse, il se prenait pour Johnny Depp dans *21 Jump Street*. Mais les années passent et Johnny trépasse. Bien que toujours beau gosse dans son attitude, sa coupe de cheveux argentée ne séduit plus autant les bimbos. Il incarne le boute-en-train de la bande mais c'est un mec solide sur qui on peut compter les yeux fermés. Le troisième mousquetaire, c'est Jean-Jacques, dit Mok. Il me fait penser à un ours tant par sa force que par sa pilosité - à l'exception de son crâne, que je n'ai jamais vu avec un seul cheveu. Sans t-shirt, son torse et son dos ressemblent à un manteau de fourrure en chinchilla et je pense que même avec un col roulé, des poils dépasseraient encore. Homme au cœur et silence d'or, il n'est pas ce que l'on peut appeler un bavard. Mais quand il prend la parole, tout le monde se tait ou rigole puisque son humour british n'a d'égal que le bon sens des mots qu'il utilise. Outre ses traits de caractère, ce sont les armes blanches qui sont sa spécialité sur le terrain.

À notre départ de l'armée belge, nous étions douze paras. Une version douce des douze salopards. Casus s'ajoutait sporadiquement selon les missions et ses envies. Gaëtan continua sa carrière de militaire et devint un de nos relais et une source d'informations. La disparition de sa femme et de son fils changea la donne et à son tour, il enfila un costume de mercenaire. Avec lui, Miguel, Stéphane et Jean-Jacques, nous étions les cinq derniers encore actifs même si, depuis l'A-Reine, je faisais bande à part jusqu'à ce jour. Les autres s'étaient soit rangés, fatigués par l'usure d'un métier épuisant tant physiquement que psychologiquement, soit sous terre à l'image de Casus.

L'Espagnol et Bouille débarquent avec les saucisses tandis que Mok nous ressert un coup de rouge. La bonne ambiance de ce barbecue estival nous fait oublier de la raison de nos retrouvailles. Je soulève mon verre et regarde mes amis.

— À Casus !

En cœur, nous trinquons à la mémoire de notre frère d'armes. Mok prend ensuite la parole.

— Vous saviez que Jésus avait été tué par un chat ?

Nous la connaissons tous par cœur, sauf Miguel dont la mémoire pour ce genre de chose s'assimile à du gruyère. Mok poursuit.

— Ben oui, Jésus est descendu parmi nous !

La perpétuelle redécouverte de la chute par Miguel provoque un fou rire général. Les petits plaisirs de la vie sont parfois simples. Une saucisse mixant haché de porc et de bœuf me semble un régal après un long moment au Moyen-Orient. Bouille prend à son tour la parole.

— Jérôme, il vaut quoi au combat ?

De dix ans leur aîné, je les rassure sans grand discours sur la valeur de notre benjamin.

— C'est un des nôtres. Il sort de l'École Royale des Sous-Officiers avec une formation de technicien en armement. Il n'a pas froid aux yeux et est fiable, même si parfois c'est un chien fou. Et il a un point commun avec toi en plus, Bouille !

— Ah bon ?

— Ouais, il a des goûts similaires aux tiens au niveau de la gent féminine sauf que…

La bouche à moitié pleine, Bouille poursuit.

— Que quoi ?

Miguel claque la paume de sa main dans le dos de Bouille.

— Sauf que lui, il les emballe toujours !

Sa bouchée avalée, Bouille ne reste pas sans réponse.

— Ah, ah, ah. Suis mort de rire. Te signale que ton dernier fait d'armes dans ce domaine, c'était au Mali en 2013 !

Mok ajoute son grain de sel.

— Oui, mais mieux vaut une sirène tous les dix ans qu'un thon tous les mois.

Bouille empoigne ses courts cheveux.

— Je rêve ou c'est le mec qui a des durillons aux mains plus durs que ceux des pieds de ma grand-mère qui m'fait la morale sur mes conquêtes ?!

Le repas se poursuit dans cette ambiance sous la ceinture.

Le soleil se couche alors que je planifie avec l'Espagnol la journée de demain.

— Bon, Will, t'es certain que tu ne veux pas assister à ton propre enterrement ?

Un rictus anime ma bouche.

— Je dois t'avouer que ça me tente assez, mais avec Babang et Mok dans l'assistance ainsi que Bouille et toi en arrière-plan, c'est largement suffisant pour protéger ses arrières. Après ce simulacre de cérémonie, vous continuerez à la suivre jusqu'à la tombée de la nuit. Je viendrai vous relever avec Mok.

— Tu ne prends pas Jérôme ?

Depuis le retour de Claire, le regard de Jérôme s'était rempli de haine. À l'apparition du traître dans notre ligne de mire près d'un restaurant à Jamioulx, Jérôme s'était crispé. Son regard s'était noirci comme si ses iris cherchaient à faire mal, à tuer. Croiser la route de cette raclure adepte du double jeu cultive la haine qu'il éprouve envers son ancien collègue. L'avoir côtoyé plusieurs années rend les choses encore plus personnelles. Durant ces dernières années, nous ne nous sommes plus quittés et le gamin m'inquiète à nouveau.

— Non ! Il s'est tapé deux jours de surveillance à la mer. Un peu de recul lui fera du bien.

Quand je l'ai rencontré au début, Jérôme était quelqu'un de calme et posé, mais depuis quelque temps, son côté impulsif devenait omniprésent. Ses accrochages avec Casus et Ari m'incitaient à être prudent afin d'éviter que Jérôme ne fasse couler le sang avant les mots.

*

Installé dans le salon, Jérôme se gave de foot. Les quatre autres sont à mes funérailles tandis que sagement, je parcours la presse. Sans relever les yeux du journal, j'interromps le visionnage de Jérôme.

— Tu iras mettre une gerbe sur ma tombe, j'espère ?

Hypnotisé par l'écran, Jérôme me snobe. La sonnerie de mon téléphone interrompt mon monologue. C'est Bouille qui est au bout du fil.

— Ils viennent d'enlever Claire !

Je branche le haut-parleur. Ces six dernières lettres ont suffi à captiver l'attention de Jérôme. Le lieutenant d'Al Souali n'a pas perdu de temps. Bouille poursuit.

— Le gars qui est avec elle depuis le début les prend en chasse.

— OK, suivez-les, mais gardez vos distances. Attendez de voir ce qu'il se passe.

L'afflux d'adrénaline a toujours eu un effet excitant chez Bouille, qui nous décrit maintenant leur itinéraire tel un copilote de rallye.

À droite sur la rue du Grand Central.

Virage en angle droit sur la rue des Rivages.

Attention, ils montent sur le ring.

Il prend même le temps de regarder les dames de joie actives le long du quai Verlaine.

Obus à neuf heures.

Deuxième sortie du rond-point en direction du R9.

Le bruit d'une sirène de police interfère dans la conversation.

Poulagas sur ta gauche.

Attention tunnel, ça va couper chérie !

Ralentis ! Radar fixe.

Grâce à sa description, nous visualisons leur emplacement sur le périphérique carolo avant le tunnel Hiernaux.

Armada de poulagas derrière.

Attention embardée.

Je répète : embardée.

On décroche.

J'interromps les commentaires de Bouille.

— Ralentissez sans vous faire repérer et vérifiez que Claire est OK !

23 - L'ENFER SUR TERRE

Sa sérénité devient contagieuse. Un bref instant,
les cris, les larmes et la terreur se taisent.

Claire est attablée seule en terrasse sur la place de la Digue. Nous nous installons non loin, avec Bouille, en devanture de Chez Ta Mère. Situé à quelques dizaines de mètres, ce bistro-brocante nous offre une bonne vue sur Claire tout en restant camouflés. Bouille remarque aussitôt les flics en civil. Assis sur les bancs en pierre, ils ne la lâchent plus depuis la tentative de kidnapping. Tandis que je termine mon verre d'eau pétillante, mon regard se perd sur une télé portative des années septante. Bouille n'en manque pas une miette.

— Tu vires nostalgique, William ?

— Attends, c'est une Universum ! T'imagines pas, c'était le grand luxe à l'époque ! Ça te mangeait neuf piles en même temps, mais c'était génial.

Sa tête pivote pour admirer la télévision portable.

— Ouais, possible. Enfin, tu m'excuseras, mais moi, à cette époque, j'étais plus obnubilé par les hochets ! Les infos sont confirmées pour le transfert des colis ?

— Oui, le plan est maintenu et Mok va voir son oncle pour les véhicules.

Son regard inquisiteur, Bouille poursuit.

— Comment ton contact arrive-t-il à nous fournir autant de détails précis ?

Les lèvres en coin, je botte en touche.

— Ils ont sûrement un katsa* infiltré à la police !

— Mouais, j'espère dans ce cas qu'il est fiable ! Bon, on mange ?

— Non, je vais te laisser à tes hochets. Tu surveilles Claire ? J'ai besoin de fringues.

Un sourire béat anime son visage.

— Toi, l'homme des cavernes, tu vas aller faire du shopping ?

Je l'abandonne face à son hilarité. Après plusieurs années au Moyen-Orient, quelques vêtements de base ne seraient pas du luxe.

Je quitte la place de la Digue par la rue du Grand Central afin d'éviter de passer devant Claire. Mes pas me guident ensuite dans la rue Dagnelies pour rejoindre le boulevard Tirou. La place Saint-Fiacre et ses arbres m'y accueillent. Bien que les villes n'aient jamais été ma tasse de thé, j'admets volontiers que la cure de jouvence carolo porte ses fruits. Entamée il y a bientôt une décennie, la Ville Basse est de nouveau la propriété de ses habitants. En plein temps de midi ensoleillé, le boulevard est peuplé par des travailleurs en pause. Les terrasses ne désemplissent pas. Je franchis les portes de Rive Gauche, une première pour moi depuis son ouverture. Mes yeux repèrent une borne d'informations. Je parcours les différents commerces et sélectionne la célèbre marque irlandaise low cost. Le centre commercial est bondé. Shopping addicts, lycéens et badauds se mélangent dans un brouhaha constant. L'escalateur me guide vers ma destination, au dernier étage. Je longe les balustrades et lorgne vers les deux niveaux inférieurs, où sont nichés d'autres magasins.

Dans la boutique, mes mains saisissent, déterminées, pantalons, t-shirts et caleçons. Pas de frivolité, seules les

* Officier de renseignement du Mossad.

couleurs sombres et unies attirent mon regard. Quelques instants plus tard, une vendeuse, mignonne à souhait, me propose de l'aide. Sa beauté et sa jeunesse me font hésiter. Néanmoins, je décline poliment de la tête. Une fraction de seconde plus tard, un fracas assourdissant déchire mes tympans. La vitrine devant laquelle se trouvait la vendeuse vole en éclat. La jeunette se transforme en bouclier avant que le souffle de l'explosion ne la propulse dans mes bras comme une poupée de chiffon. Le choc comprime nos cages thoraciques l'une contre l'autre. Ce tango improvisé me fait tomber en arrière et ce second choc me coupe la respiration. Inconsciente ou morte, ma partenaire ne bouge plus. Son chemisier blanc est un lambeau maculé de sang. Des morceaux de verres sont incrustés entre ses vertèbres. Je glisse deux doigts dans son cou pour prendre son pouls : il est faible mais toujours présent. Je bascule sur le côté pour déposer la jeune femme sur le sol du magasin. Comme un mec bourré, tombé de son lit, ma carcasse se redresse en plusieurs étapes. Je titube jusqu'aux rambardes. Les escalateurs ont été sectionnés à mi-hauteur et pendent dans le vide comme des toboggans. La fumée camoufle le spectacle, seuls les cris témoignent de l'horreur.

Rive Gauche est à ciel ouvert. La verrière qui la coiffait encore il y a quelques instants s'est transformée en pluie tranchante et acérée. Mes yeux lâches se ferment sur les blessés. Quitter les lieux avant qu'ils ne grouillent d'uniformes devient mon unique objectif. Je me dirige vers la sortie de secours la plus proche et commence à descendre les marches en compagnie d'autres clients du centre commercial. À peine quelques mètres plus bas, de nouvelles détonations retentissent. Plus sourdes et plus enfouies, elles sont suivies de ce qui s'apparente à un effondrement. Les fondations semblent touchées. Ma main posée sur le mur sent la cage d'escalier vibrer. Rapidement, la provenance de la seconde explosion devient une évidence. Après avoir frappé les visiteurs de plein fouet, ces salopards se sont attaqués au bâtiment via les parkings souterrains. La panique envahit l'espace clos. Le mouvement de foule s'accélère dans les escaliers de secours. L'instinct de survie prend le dessus. Pour s'évader de cette prison de béton, l'égoïsme prévaut. Plus bas, un gamin plaqué contre un mur en fait les frais. Je ne peux me décider à l'abandonner à son triste sort. Une fois à sa hauteur, mes coudes se déchaînent et mes pieds tentent de freiner la foule dans mon dos. Cette débauche d'énergie m'offre une fenêtre de quelques secondes. Un court instant qui me permet de saisir le petit par le bras et de le soulever contre mon torse. Notre chemin vers la liberté reprend vers les rais de lumière. Le gamin toujours collé contre ma poitrine, nous franchissons la porte.

D'un pas rapide, je nous éloigne du bâtiment. À peine les pieds du garçon touchent-ils le sol qu'un gaillard à la stature imposante vient l'embarquer. Le visage du petit se teinte d'affection, témoignant des liens qui l'unissent à cet homme. À toute allure, ils se distancent. En guise de remerciement, le gamin tourne la tête en ma direction et secoue ses petits doigts. Un geste qui réchauffe mes sentiments.

À bout de souffle, je m'adosse un instant à la façade d'un bâtiment qui encadre la place Verte. Mes mains sur les genoux, je tente de calmer mon rythme cardiaque. Une dame s'approche de moi.

— Tout va bien, monsieur ?

Seul un simple hochement de tête lui répond.

— Vous êtes certain ? Vous saignez quand même pas mal à la jambe…

Mon regard se décale un peu. Un bout de verre triangulaire s'est ancré dans ma chair. Mes doigts saisissent la partie visible et extraient le projectile d'un geste vif. Le saignement s'accentue. La dame, qui n'est en fait qu'une adolescente, s'agenouille face à moi. Sans un mot, elle verse de l'eau sur ma plaie et la nettoie. Son calme dans la tempête me surprend.

— Tu t'appelles comment ? Tu as quel âge ?

Sans relever les yeux, sa voix douce me répond.

— Natacha, j'ai quatorze ans.

Sa sérénité devient contagieuse. Un bref instant, les cris, les larmes et la terreur se taisent. Par cet acte si simple, cette gamine balaie l'innommable. Elle retire ensuite le foulard dans ses cheveux pour panser ma plaie. Ma main se pose sur la sienne.

— Ne fais pas ça, il va être irrécupérable.

Sa tête se relève en ma direction. Ses yeux noisette en amande s'imprègnent de détermination.

— Ce n'est pas important.

Elle écarte ma paluche et applique son bandage de fortune. Une toux poussiéreuse s'échappe de ma bouche. Natacha se redresse et m'offre sa bouteille d'eau.

— Tenez, vous pouvez la garder.

Je rince mon gosier alors qu'elle s'éloigne. Une fois l'eau avalée, je l'interpelle et m'approche d'elle. Ma main se tend dans sa direction.

— Merci, Natacha.

Ses fossettes se creusent alors qu'elle me salue.

— C'est normal, monsieur.

L'adolescente s'éclipse. Toujours aussi déterminée, elle se dirige vers une autre blessée.

À ce moment-là, la réalité reprend le dessus. La place Verte ressemble à une scène de guerre urbaine. En un instant, la quiétude de la ville a été happée. D'un simple regard, je découvre d'autres Natacha. Des citoyens qui aident les survivants. La Librairie Molière s'est transformée en hôpital de fortune. Dans la foule, une tignasse auburn captive mon attention. À peine ai-je reconnu Claire que la voix familière de Bouille m'interpelle.

— On dégage William, la cavalerie arrive.

24 - COUP DE BLUES

L'histoire n'est qu'un éternel recommencement.

Je gis sur un transat, installé dans le jardin de notre résidence à Marcinelle. La tonnelle de la terrasse me protège de la pluie. Un ciel gris cache le lever du soleil. À la couleur de celui-ci, il ne fait aucun doute qu'il ne pleuvra pas qu'une fois aujourd'hui. Une telle météo fait nos affaires. Une visibilité réduite facilite l'exécution de ce type d'opération.

Assis sur une chaise avec un Mossberg 590 entre les mains, je laisse mes pensées divaguer. Je suis fatigué, fatigué de voir Claire sans pouvoir l'approcher. Fatigué de la surveiller sans être en mesure de lui parler. Je suis aussi fatigué de la bêtise humaine, fatigué de cette course à la mort sans fin. Et enfin, je suis fatigué de cogiter sur tout ce merdier. Ce n'est pas une fatigue physique, mais mentale. De celle que l'on veut noyer dans l'alcool même si ça ne fait qu'empirer les choses. Un épuisement psychologique qu'on ne pourrait résorber même en dormant un mois dans un coma profond.

Cette quête de vengeance avait relégué dans les tréfonds de ma pensée les brefs moments de joie provoqués par l'arrivée de Lisa. Ces quelques mois où nous avions vécu une vie de famille normale et où Claire était à nouveau resplendissante. Lisa et Aaron la transcendaient. Avant Lisa, Eve avait eu le même effet. Mais l'histoire n'est qu'un éternel recommencement. Une fois le Graal atteint, le nirvana, le bonheur à son sommet, il s'évaporait… Même si cette fois, c'était Claire qui décidait de tout envoyer bouler !

À l'image de sa mère, Claire n'en avait jamais assez. Ma sœur était une boulimique. Un mariage, une villa, un enfant, des voyages, des diamants et tout ce qui pouvait briller l'aidaient à polir son côté superficiel et vénal. Claire était pareille sur la forme. Elle avait un appétit insatiable qui avait besoin d'être nourri d'adrénaline, de challenges, de défis et de justice. Cette croisade, Claire la commença à treize ans au décès de ses parents. Tous deux moururent dans un accident d'avion dont la cause était simple : une compagnie aérienne au bord du gouffre, des économies de bouts de ficelle sur la formation des pilotes, une piste d'atterrissage difficile entre la mer des Caraïbes et une falaise qui débouchèrent sur dix-sept morts, dont ses chers géniteurs. Bien qu'inscrits aux abonnés absents, ils demeuraient ses parents. Cette première confrontation à la bêtise humaine ancra sa quête du juste dans son ADN.

La première conséquence marquante de cette obsession fut l'arrêt de sa carrière sportive. Claire s'amuse toujours à raconter des excuses diverses et variées pour expliquer sa retraite après une médaille d'or olympique en ball-trap, mais la vérité est qu'elle fut obligée de la prendre.

Quelques mois après son sacre, Claire s'inscrivit à une compétition. Ce jour-là, malade, elle dut renoncer à prendre part à l'épreuve. Rongée par la culpabilité, une de ses rivales vint balancer le pot aux roses. Les diarrhées soudaines, dont Claire avait été victime, résultaient d'un acte malveillant du coach adverse. Du haut de ses dix-sept ans, ma nièce organisa une expédition punitive. Peu importaient les trente centimètres ou les quarante kilos de plus de sa cible, elle n'eut pas froid aux yeux. Adepte du tai-chi, elle brisa le poignet de cet homme d'une cinquantaine d'années. L'entraîneur déposa plainte et Claire n'obtint son salut que grâce à un chèque à cinq chiffres et une retraite anticipée. Un accord à l'amiable qui satisfaisait toutes les parties.

De tout mal naît le bien. Cet incident eut le don de provoquer un déclic chez Claire. Elle comprit que la vengeance ne remplaçait pas la justice et s'inscrivit à l'université pour suivre des cours de criminologie. Mais chassez le naturel, il revient tôt ou tard au galop. C'est la mort d'Eve qui enraya la mécanique. Le juste reprit le dessus sur la justice, peu importe le prix à payer. L'effet papillon d'un avion qui se crachait, il y a vingt ans, à l'autre bout de la planète et qui aujourd'hui, nous poussait à faire parler la poudre pour faire ce que nous estimions juste dans un monde qui ne l'est pas.

Gaëtan interrompt mes palabres mentales et me rejoint sur la terrasse avec deux cafés noirs.

— T'as dormi, vieux frère ?

Le bord de la tasse sur les lèvres, j'acquiesce d'un mouvement de tête.

— Tu penses quoi de tout ce bordel, William ?

D'une seule question, Gaëtan résume les pensées qui m'habitent depuis l'attaque terroriste à Rive Gauche. Ces attentats à la bombe ne ressemblaient en rien au modus operandi de Pharmalib. Leur objectif était la conquête des territoires africains. Et quand bien même ils avaient démontré leur puissance de coordination il y a presque trois ans, le sang n'avait plus coulé en Europe depuis. Mais voilà, peu importe mes suppositions, c'était arrivé. Tout comme le 11 septembre, l'impensable, l'inimaginable s'était produit et me laissait pantois. Je botte en touche la question de mon ami pour rester focalisé sur notre prochaine mission.

— Jusqu'à preuve du contraire, ça ne nous concerne pas !

Il redresse sa carcasse de géant et dépose sa main sur mon épaule.

— T'as l'air préoccupé, vieux frère. Ne va pas te faire tuer tout à l'heure !

25 - POKER MENTEUR

Les déflagrations de mon arme indiquent le ton.

Fourgon pris en chasse !

Ces quatre mots sonnent le début du raid pour choper le lieutenant d'Al Souali au cours de son transfert de Jamioulx au Palais de Justice de Charleroi. Jérôme, installé au volant, s'est glissé juste derrière les prisonniers.

Le top est lancé. Dans deux minutes, les cibles apparaîtront dans notre ligne de mire. Incessante, la pluie tombe sans relâche. Les voies sont gorgées d'eau, les égouts débordent. C'est un prétexte parfait pour bloquer la rue en sens inverse.

Bouille, Miguel, Babang et moi sommes tapis dans le petit bois qui sépare la chapelle Notre-Dame de la Bruyère de la route alors que Mok ronge son frein dans le pick-up Ford. Cela fait vingt ans qu'il a arrêté de fumer, mais la clope avant le feu d'artifice est une coutume restée ancrée dans ses mœurs.

Miguel et Babang tiennent leur fusil d'assaut. À leur ceinture, ils portent une arme de poing. Quant à Bouille, il bénéficie des mains libres afin de poser l'explosif. La voix de Jérôme résonne dans nos oreillettes.

Cinq cents mètres !

Le moteur du pick-up vrombit. Jean-Jacques balance sa cigarette par la fenêtre.

Nous faisons sauter la sécurité de nos armes. Allongés dans les fourrés, nous sommes trempés jusqu'aux os par la pluie. Bouille ne peut s'empêcher de le souligner poétiquement.

— Putain, biche, j'ai les bonbons qui collent au caleçon… Heureusement que t'es à l'abri Mok, ta cholle n'aurait jamais eu pied et se serait noyée dans la mare qui nous entoure.

Mes doigts compriment le Mossberg 590. D'un geste, ma main charge une cartouche dans la chambre.

Deux cents mètres !

Le cadran de ma montre indique 10h43. Sans embûche, nul doute que le convoi aurait été parfaitement à l'heure au Palais de Justice.

Mon pouls s'emballe.

Virage passé, cent cinquante mètres !

La camionnette verte du Service Public Fédéral de la Justice entre dans notre champ de vision. Bouille me signale que le brouilleur de communication est actif.

Voiture en biais, rue bloquée. Je vous rejoins à pied.

Mok démarre en trombe et obstrue également la route pour bloquer le véhicule de transfert. Le freinage brutal du fourgon sur le tarmac détrempé le fait partir en dérapage et percute de plein fouet le pick-up. Bouille jaillit des fourrés et se dirige vers la double porte arrière. Puis, nous sortons tous trois en même temps pour tenir les chauffeurs en respect. Par sécurité, j'éclate les pneus qui sont en face de moi avec mon fusil à pompe. Les déflagrations de mon arme indiquent le ton.

Babang s'inquiète de l'état de Mok. Secoué, il tend le pouce en l'air en notre direction avant de s'extirper du côté passager. Il se dirige vers les véhicules d'exfiltration garés sur le parking du restaurant Le Beau Site. Jérôme arrivé, Babang se déplace à son tour en direction de Mok pour s'emparer de la seconde bagnole. Bouille brise la chorégraphie synchronisée.

— Dispositif armé !

Nous reculons de quelques pas. Je glisse vers l'arrière tandis que Miguel continue de braquer les chauffeurs.

L'explosion est contrôlée et ne dégage qu'un mince filet de fumée. Bouille s'avance pour ouvrir les portes mais à peine entrouvertes, les balles pleuvent. L'expert en explosif se retrouve cloué au sol. Ma main empoigne le kevlar de Bouille pour le tirer en arrière tout en m'adressant à Jérôme.

— Grenade !

Il dégoupille une grenade flash et la balance dans la fourgonnette. Je tapote la joue de Bouille.

— T'es OK ? T'es OK ?

Ses doigts s'enfouissent sous le gilet pare-balles à la recherche de blessures.

— Ça fait mal, bordel !

Ses mains en ressortent blanches comme neige tandis que je l'aide à se redresser.

Après le flash de lumière et le bruit assourdissant, nous pénétrons dans l'habitacle pour en expulser les deux gardiens désorientés. L'un a les oreilles qui saignent tandis que l'autre se plaint de ne plus rien voir. Toujours un peu à court de souffle, Bouille leur enfile des colsons.

Jérôme s'adresse en arabe au lieutenant d'Al Souali, sonné lui aussi par la grenade aveuglante. Mon coéquipier lui indique qu'il est ici pour le libérer. L'ancien flic s'occupe de la cellule de la cible prioritaire alors que je gère celle de son complice. Le prisonnier de Jérôme m'interrompt en arabe avec fermeté. Surpris, mon regard se tourne vers Jérôme.

— J'ai bien compris ? Il est sérieux ?

Sans sourciller et sans me répondre, Jérôme sort son arme et tue sans sommation le complice d'une balle dans la tête.

Des sirènes retentissent au loin. La portée du brouilleur étant limitée, quelqu'un dans le voisinage a dû les prévenir. Après avoir crocheté la serrure, Jérôme fait sortir notre cible prioritaire.

Son arme de poing dégainée, il exécute les convoyeurs, la dernière marche du fourgon à peine franchie. Abattus de façon sommaire, ils s'affalent sur le sol. Miguel, Jérôme et le colis rejoignent le point d'exfiltration. La situation m'échappe complètement. Pris entre le marteau et l'enclume, je reste immobile, les yeux fixés sur les mares de sang provoquées par le crâne explosé des gardiens. Bouille me dévisage. Ses lèvres s'activent, mais aucun son ne me parvient. Il s'approche de moi et me secoue par le gilet. Figé comme après l'explosion d'une grenade à proximité, ses mots me percutent à retardement.

— Remue-toi, grand-père ! Les flics arrivent.

Ma réaction est trop lente à son goût. Il m'empoigne par la bretelle du kevlar et me tire jusqu'à la voiture. Ses mains me poussent dans l'habitacle occupé par Mok et Miguel. Celle conduite par Babang a déjà pris les voiles avec ses deux passagers. Alors que nous démarrons, je tente de leur dire qu'ils partent dans le mauvais sens, mais rien ne sort. La scène repasse inlassablement dans mon esprit. Je revois Jérôme exécuter de sang-froid l'un des prisonniers ainsi que les deux gardiens.

PARTIE III

LA VIE A UNE FIN

Juin 2021

26 - AMEN

Seule la mort peut vous arrêter.

Enfin douchée après un voyage de vingt-quatre heures, j'enfile un pantalon et un t-shirt et m'arrête devant le miroir pour échanger quelques mots avec mon reflet.

— T'as vraiment une sale gueule, ma pauvre Claire.

Pour semer les pistes, j'avais transité par le Canada en provenance de Bruxelles pour me rendre à Tel-Aviv, une escale nécessaire mais qui avait un prix : la fatigue.

J'embarque une bière fraîche et m'installe confortablement à la terrasse de l'appartement avec vue sur la mer azur. Je parcours les dernières informations des neuf attaques simultanées qui ont eu lieu hier. Les morts se comptent par milliers sans parler des blessés à divers degrés.

Les premiers éléments commencent à peine à fuiter dans les médias. Les voitures piégées et les kamikazes ont fait leur boulot à la perfection en s'attaquant au centre commercial. Mais le vice a été poussé encore plus loin avec le dépôt de colis suspects dans d'autres lieux emblématiques des villes ciblées. À Charleroi, Ville 2 avait servi de diversion avec un appel reçu à 12h30 avant que Rive Gauche ne soit emportée, trente minutes plus tard, par les bombes.

J'observe les premières images pirates, témoins d'un voyeurisme sans vergogne. Mon corps se raidit sous le son des vagues de la Méditerranée qui claquent sur la côte. Les différentes vidéos révèlent la présence de plusieurs kamikazes. Je regarde leurs charges explosives transformer les malheureux aux alentours en pantins désarticulés. J'entends les cris se mélanger aux bris de verre. J'observe le carrelage gris se maculer de sang. Puis, un grondement modifie le sol en sables mouvants qui avalent tout sans mâcher.

Complètement immergée, je sens le sol trembler sous mes pieds. La poussière que je vois à l'écran m'assèche la gorge. Je me redresse, abasourdie, et saisis une cigarette.

Je l'ai à peine allumée quand j'entends des pas dans le hall de l'appartement. Machinalement, je porte la main à mon holster absent. À pas de loup, mes pieds survolent le carrelage vers la cuisine. Mes doigts s'emparent d'un couteau de boucher tandis qu'une voix me surprend comme on chope un enfant en train de voler des bonbons.

— Vous n'en aurez pas besoin contre moi, Claire. Je viens de la part de nos amis communs. Je me présente, je suis Ari.

Sa cicatrice et son œil vitreux ne me laissent aucun doute.

— Excusez-moi, mais on n'est jamais assez prudente.

Il dépose son chapeau sur la table en verre de la salle à manger.

— On ne peut pas vous jeter la pierre, surtout à la vue des derniers événements.

À son aise, il prend un soda dans le frigo.

— L'appartement vous plaît-il, Claire ?

— Oui, merci. Je vous remercie également pour le chauffeur à l'aéroport.

D'un geste de la main, il m'invite sur la terrasse. Il poursuit la conversation en jouant la provocation.

— C'est tout naturel, voyons. Il me tardait de vous rencontrer. Non pas que vos deux acolytes manquent de charme, mais les âmes brisées dégagent quelque chose de plus.

Je garde une voix douce et évite de tomber dans son piège. Je réponds néanmoins du tac au tac.

— Un œil suffit à pénétrer dans les tréfonds de l'âme, Ari.

Nous nous installons de part et d'autre sur les fauteuils en osier qui entourent la table ronde sur la terrasse. Il poursuit sur un ton plus posé.

— Votre trio fait un boulot décapant. Seule la mort peut vous arrêter, dirait-on. J'ai d'ailleurs transmis toutes les informations sur le transfert des deux réfugiés qui vous ont attaqué à William et Jérôme. Ils seront de retour d'ici quelques jours.

Si d'ordinaire, j'ai toujours une pièce à mettre au trou, les mots me font pour le moment défaut.

— Ne soyez pas surprise, Claire. Nous avons un ami en commun. Vous n'êtes pas la seule à savoir manier l'art du double jeu.

Je reste pantoise et bouche bée. L'idée ne m'avait même pas effleuré l'esprit.

— Vous ne pensiez quand même pas qu'un simple directeur de… comment vous dites ?

Il ricane.

— Ah oui, de cabinet ! Vous ne pensiez quand même pas qu'un simple directeur de cabinet aurait pu agir comme il l'a fait avec vous.

La raison prend le pas sur mes émotions. Tout s'éclaire soudainement. L'absence de questions, sa proximité incessante, la facilité avec laquelle je pouvais me déplacer et quitter le territoire, malgré les événements…

— Renaud est plus qu'un conseiller politique sur le terrorisme. Il en est le grand patron à la Sûreté de l'État.

La réponse m'assomme et me replonge dans le vif de l'actualité.

— Mais comment n'ont-ils rien vu venir pour Rive Gauche ?

Ari fait glisser un cigare d'un étui métallique.

— L'attentat à Charleroi en 2018 était le dernier, si l'on fait abstraction des quelques illuminés qui ont aperçu Allah dans leur bol de céréales. Trois ans sans aucune attaque majeure, une guerre sur un autre continent et des conflits religieux loin des frontières de l'Europe. C'était suffisant pour retirer les militaires des rues et diviser les budgets qui ne se justifiaient plus. Et quand bien même, personne n'avait vu venir le 11 septembre 2001 non plus.

La guillotine tranche le bout de son cigare comme un bourreau décapite sa victime.

— Mais voyons le côté positif, la traque est maintenant ouverte. Même si ce qui me turlupine, c'est le timing.

Songeur, il enflamme le tabac séché à l'aide d'une allumette craquée.

— Que voulez-vous dire par le timing ?

Son havane s'écarte de ses lèvres.

— En 2001, après les attentats, on a relevé une série d'opérations financières assimilées à un délit d'initié terroriste. Ici, je doute que ce soit le cas. Donc, ce qui me chatouille l'esprit, c'est que l'Europe va entrer pour les deux prochaines années en période électorale avec une voie royale pour les partis radicaux.

J'avale une grosse gorgée de ma bière.

— Que voulez-vous dire ?

— Rien. Je suis payé pour être le dixième homme, celui qui pense à l'impossible. Et faire sauter l'Europe à coup d'« Allahu akbar », c'est ouvrir grand les portes à l'extrémisme déjà galopant qui veut foutre les Arabes et autres réfugiés africains dehors.

Devant ces propos choquants, mon corps se redresse furibard de ma chaise.

— Ça vous arrangerait bien, vous, les juifs, une vendetta contre le monde arabe !

Il affiche un sourire en coin et pose ses mains sur les miennes.

— Les stéréotypes ont la vie dure, Claire ! Depuis quand un Israélien est-il d'office un juif ? Parce que je me suis présenté sous le nom d'Ari ? Ou parce que j'ai un nez imposant ?

La bêtise empourpre mon visage.

— Je suis un Arabe israélien de confession musulmane et mon véritable prénom est Arif. Mais votre réaction en dit long sur les raccourcis.

Ses paluches relâchent les miennes. Il se lève ensuite comme un professeur avant d'affronter un auditoire et place ses mains dans son dos.

— On distingue, selon moi, différentes catégories de personnes. Tout d'abord, les as des généralités, grands maîtres des amalgames. Pour ceux-ci, tous les Arabes sont musulmans, tous les gays sont malades, l'islam est synonyme de terrorisme ou à l'inverse, l'Occident est l'ennemi de l'islam. Certains pensent même que tous les Israéliens sont juifs…

Sa tête pivote en ma direction pour dévoiler un air moqueur.

— Ensuite, il y a aussi les illuminés qui sont persuadés que la terre est plate, que l'homme est supérieur à la femme, que les blancs doivent dominer les noirs, qu'Allah est le plus grand et j'en passe et des meilleures.

La cendre de son cylindre vole par-dessus le balcon.

— Heureusement, toutes ces catégories sont minoritaires. Mais malheureusement, si vous les additionnez, vous vous retrouvez avec une belle et énorme bande de cons qu'il devient difficile de contrôler dans des systèmes démocratiques. Mais passons…

Un peu agacée par cette leçon de sociologie, j'essaie d'intervenir. Sa main tapote le vide pour me faire comprendre d'attendre.

— Le véritable souci, c'est quand vous combinez un as des généralités et un esprit d'illuminé en une seule et même personne. Là, vous obtenez des fanatiques d'un côté et des extrémistes de l'autre, à cause des postulats erronés auxquels ils adhèrent. Évidemment, chacun des clans se voue une haine féroce et alors le danger s'élargit de la sphère démocratique à l'humanité tout entière.

Ari pose son cigare dans le cendrier et me fait face.

— Au milieu, vous retrouvez des gens qui se servent des mots et d'autres qui répondent aux imbéciles par le silence. Mais vous et moi avons bien compris que cette maxime avait permis la prolifération des idiots. Et je ne vous parle même pas de cette pseudo liberté d'expression offerte par les réseaux sociaux qui permet, entre autres, la prolifération d'un racisme décomplexé. Si les mots s'avèrent parfois utiles, on ne lutte pas avec un code de droit en main et les droits de l'homme dans l'autre contre ceux qui se torchent le cul avec.

Le ton professoral s'emplit de passion.

— Vous, vous vous battez le couteau entre les dents pour votre idéologie du juste. Moi, je crois en Allah, je suis musulman et ma lame est pointée contre ces fanatiques qui salissent le Coran. C'est pourquoi votre croisade me parle, mais seuls, je sais que nous n'arriverons à rien. Sans la conviction des autres pays et de l'opinion publique que la charia prônée par les salafistes djihadistes est à l'islam ce que le Troisième Reich était à la démocratie, rien ne changera.

Il se rassoit après sa tirade, comme un chanteur après un concert rock.

— Et si les communistes s'étaient alliés aux fascistes, nous ne serions pas là en train de discuter. Mais bon, être paranoïaque fait partie de mon boulot. À nouveau, je suis payé pour penser à l'impossible.

À mon tour, ma main glisse sur la sienne. J'essaie de détendre l'atmosphère.

— Vous marquez un point Godwin, Ari. Mais ne vous méprenez pas, je ne suis pas meilleure ou pire que ces gens. Ma quête est personnelle. Il s'agit juste de l'application de la loi du talion. Le reste n'est plus de mon ressort, mais de celui de gars comme vous ou Renaud. Et je dois vous avouer que même si j'ai proposé de servir d'appât, je doute qu'un accès au réseau IAM nous permette de localiser Al Souali.

Ses sourcils s'arquent, marqués par la certitude.

— Détrompez-vous, Claire. Leur système de communication est la clé de voûte de leur organisation. Sans lui, comment auraient-ils pu s'unifier et synchroniser leurs attaques militaires en Afrique ou terroristes en Europe ? Lors d'un congrès dans un Sheraton ? Non ! La clé, c'est IAM et Israël regorge de génies informatiques.

Pas convaincue pour un sou, je poursuis.

— Admettons, mais croyez-vous vraiment qu'un lieutenant emprisonné puis enlevé disposera encore de son accès ?

Avec un sourire en coin témoin de son arrogance, mon hôte me répond sans détour.

— Tout dépend si vous le kidnappez ou si vous l'aidez à s'évader. De plus, nous avons un as planqué dans la manche. Je dois d'ailleurs vous avouer que Jérôme est un véritable stratège.

— Un as dans la manche ?

Son rictus s'estompe aussi vite qu'il est apparu.

— Vous n'avez pas que des amis dans la police, Claire !

27 - L'ODIEUX BLUFF

Dans une guerre, des innocents meurent chaque jour.

Mon regard se perd sur la menorah, le chandelier à 7 branches. Ce symbole des Hébreux est aussi le logo du Mossad. Sculptée dans le marbre blanc, l'inscription en hébreu qui l'entoure m'est incompréhensible, ce qui n'échappe pas à Ari.

— « Quand la prudence fait défaut, le peuple tombe, le salut est dans le grand nombre des conseillers. » Cela vient du livre des Proverbes du Roi Salomon.

Ari m'invite ensuite à le suivre dans un des bureaux grouillant de monde. D'un doigt, il m'indique mon siège. Il se pose dans le fauteuil à côté et me murmure à l'oreille de rester discrète. Sur l'écran principal, je reconnais la rue du Sanatorium. Les feuillages, touffus en cette saison, constituent un mur naturel de séparation avec la prison de Jamioulx. Ari m'indique que la retransmission d'image est assurée par une bodycam que Jérôme porte.

La voix de mon ancien coéquipier retentit.

Fourgon pris en chasse !

Nous suivons en direct les événements qui se déroulent à quatre mille cinq cents kilomètres. Le temps s'égrène à une vitesse insupportable. La pluie incessante brouille notre visibilité. Jérôme relate chaque étape clé aux autres membres.

Peu avant le croisement avec la rue de Nalinnes à Marcinelle, il ralentit et met sa voiture de travers pour obstruer le passage, même si la météo et l'heure de la journée ont réduit la circulation à peau de chagrin.

Il ouvre la portière et met le feu à l'intérieur du véhicule à l'aide d'une grenade incendiaire. Il entame ensuite une course à un rythme soutenu pour rejoindre le reste de l'équipe. Sur les lieux de l'embuscade, je reconnais la voix familière de mon oncle qui lui ordonne de balancer une grenade. Après l'explosion, tous deux grimpent dans le fourgon et éjectent les gardiens avant de libérer les colis. C'est Jérôme qui s'occupe du lieutenant d'Al Souali.

Attablée dans la même pièce, une femme vêtue d'un voile valide l'identité de la cible. L'information est ensuite transmise à Jérôme.

Cible confirmée, c'est Jawad Maaloul.

Son dossier apparaît sur un écran annexe, en hébreu. Son portrait-robot est remplacé par une capture d'écran de la bodycam. Le Mossad et l'Aman avaient refusé de me fournir plus de renseignements à son sujet. Agir de la sorte avait pour raison officielle de m'obliger à me comporter de manière naturelle sans scruter mes arrières et être crédible comme appât. Officieusement, je n'avais aucun doute sur le fait qu'ils redoutaient que la proie se retourne contre le chasseur.

D'un murmure, je m'adresse à Ari.

— Qui est cette femme ?

— C'est Latifa, la sœur d'Al Souali

Être dans la même pièce qu'un membre de la famille de cette ordure me répugne. La cruauté envahit mes pensées. Plutôt que de tuer ce terroriste, je pourrais décapiter sa sœur devant une caméra et lui envoyer la vidéo. Une détonation retentit et coupe mes idées de représailles. À l'écran, j'aperçois un bref instant l'une des deux cibles qui gît sur son siège, le crâne perforé. Je n'ai pas le temps d'ouvrir la bouche qu'Ari anticipe mon incompréhension.

— Jawad Maaloul a ordonné à votre ami d'exécuter son complice, l'accusant d'être une balance. Dans un souci de crédibilité, Jérôme a obéi.

La scène qui suit témoigne de la fiabilité de Jérôme à l'égard de Jawad puisque, quelques secondes plus tard, il abat les deux convoyeurs sans sourciller. De façon furtive, la bodycam passe sur le regard de William. Je perçois à distance sa détresse, la même que celle d'un boxeur coincé dans les cordes encaissant sans relâche les coups de son adversaire avant de tomber au tapis. Le pas de course accéléré de Jérôme m'empêche de me focaliser plus longtemps sur mon oncle. Avec Jawad, tous deux rejoignent la bagnole. Le timbre de voix de leur chauffeur ravive mes souvenirs. Je reconnais les intonations du militaire au regard ébène présent à l'enterrement de William. Le véhicule démarre en trombe. En arabe, Jérôme entame un dialogue avec Jawad Maaloul alors que la voiture se dirige vers la place de Jamioulx. Le conducteur interrompt leur conversation.

OK, c'est bon, ils n'ont pas de description des caisses.

Un troisième homme confirme néanmoins le changement de véhicule à la rue du Panama, sur un des à-côtés de la route dénuée d'habitation. Les images que je vois défiler à l'écran ressemblent à une série télévisée. Une série dont les paysages sont ceux de mon enfance. Je me revois grimper à vélo, après mes cours de tennis, la rue d'Andrémont prolongée par la rue Baudouin le Prince. Un col facile pour un cycliste professionnel, mais une montagne pour une fillette de dix ans. Après la montée viennent le plateau et l'arrivée à Beignée, le village où j'ai grandi jusqu'au décès de mes parents.

Ari interrompt ce flash-back.

— Je vais vous expliquer en détail notre plan, Claire. Venez avec moi.

*

Un café chaud dans une main, un clou de cercueil dans l'autre, j'évacue le stress dans la pénombre du parking souterrain des bureaux du Mossad.

— Je dois vous avouer que votre ami démontre un potentiel des plus intéressant pour nos services. Avec cette histoire de vendetta, il l'exploite à sa juste valeur.

La voix sereine du vieux briscard témoigne de ses facultés à maîtriser toutes les ficelles du métier.

— Il manie l'art du double jeu comme peu de gens. Enfin, sauf peut-être votre ancien collègue, Sébastien.

Jusqu'ici, Ari s'était refusé à me dévoiler le nom du traître, mais son prénom suffit à confirmer mes soupçons. J'avais beau en être quasi certaine, une partie de moi ne voulait pas l'admettre. Ari continue son monologue. Jérôme avait supplanté William et avait demandé à Ari de lui mentir. Trop impliqué émotionnellement, le jugement de mon oncle semblait faussé.

— Vous le savez comme moi, Claire. Le taux de succès d'une telle opération est inversement proportionnel au nombre de personnes informées.

L'as des renseignements militaires israéliens me révèle ensuite la présence de William à Rive Gauche lors de l'attentat. Il avait vécu de l'intérieur l'attaque terroriste. Mais même si physiquement, il s'en était sorti indemne, son état mental inquiétait Jérôme. Ce dernier avait donc décidé de ne rien lui dévoiler et avait demandé à Ari de me tenir à l'écart pour éviter toute fuite. La détresse de William aperçue furtivement via la bodycam prenait tout son sens à présent. J'interromps Ari.

— OK, soit. Jérôme a une meilleure vue d'ensemble que moi, je suis d'accord. Mais qu'avez-vous planifié de si terrible que William ne saurait assumer ?

Ari balance le fond de son café sur le tarmac du parking.

— Vous allez comprendre, Claire. Comme je vous l'ai dit, nous voulons les codes d'accès et ce n'est pas un kidnapping mais bien une évasion que nous avons mise au point. Et pour arriver à la rendre crédible, nous avons dû contraindre votre traître d'ancien collègue.

Ari poursuit son explication. Le plan imaginé par Jérôme me surprend par sa perversion. Il a un côté tordu auquel je ne suis pas habituée. Je comprends mieux l'allusion d'Ari au sujet du potentiel de Jérôme. Redoutant sa réponse, je me lance quand même à l'eau.

— Qu'avez-vous prévu pour le contraindre ?

L'Israélien comprime son gobelet en carton dans sa main.

— Quelle est la chose la plus essentielle dans la vie, Claire ? Qu'est-ce qui vous pousse à agir de la sorte ?

Du bout des lèvres, la réponse m'échappe.

— La famille…

Ce mot me fait soudainement douter. Envahie par le sentiment d'avoir ouvert la boîte de Pandore, je manque d'air. Ma poitrine se compresse. Moi qui ai toujours voulu tout contrôler, je ne maîtrise plus rien. Aaron avait beau m'avoir été enlevé, l'application du talion ne pouvait pas aller jusque-là. Le cycle meurtrier prenait soudain une connotation infernale et amère. Le jeu venait de changer de main sous mon nez, ma quête du juste se muait en justice sauvage. Ari me sort momentanément de mes angoisses naissantes.

— Claire, vous le savez pour l'avoir vécu personnellement : rien ne fait plus mal que de toucher à ceux qui vous sont chers. Pourquoi croyez-vous que je suis seul ?

— Jusqu'où êtes-vous prêt à aller, Ari ?

— Jusqu'où nous le devrons afin de pénétrer le système IAM. Ces codes valent plus que la vie d'une femme et d'un enfant. Si nous ne les obtenons pas, où cela s'arrêtera-t-il ? Est-ce que je dois vous rappeler le nombre de morts en Afrique ? En Europe ? Dans votre ville ? Nous ne sommes pas Amnesty International !

Son ton s'emballe.

— Vous avez déjà payé assez cher. Ce monde est brutal, Claire. C'est une guerre ! Et dans une guerre, des innocents meurent chaque jour. Alors, de grâce, ne me sortez pas l'éternel couplet comme quoi nous ne valons pas mieux qu'eux en agissant ainsi. Quand vous vous êtes substituée à la justice pour exécuter Fatih Ben Sallah ou Bassem Tahar, vous ne vous êtes pas posé de question !

Une main presque paternelle sur mon épaule, sa voix s'adoucit.

— Ni vous, ni moi ne savons jusqu'où Sébastien est impliqué ni même si sa famille l'est. Une chose est par contre certaine. Nous devons nous impliquer jusqu'au bout !

28 - ALL-IN

La patience est mère de toutes les vertus.

Un canon sur la tempe de ceux qui vous sont chers oblige à faire bien des choses. En début de matinée, mon ancien collègue avait été cueilli, en compagnie de sa famille, par l'équipe du Mossad. La menace pesant sur la vie de sa femme et de son fils avait convaincu l'ancien inspecteur d'utiliser le réseau IAM à l'aide de son ordinateur sur lequel un spyware avait été installé au préalable. Le logiciel espion en fonction nous ouvrait une première porte vers Al Souali. Néanmoins, son rôle et ses contacts au sein de Pharmalib étaient limités. La deuxième phase prenait dès lors tout son sens. Afin d'être certains que les accès de Jawad Maaloul étaient encore actifs, nous avions demandé à la taupe de lancer un leurre via IAM. Sous la contrainte, mon ancien collègue à la solde d'Al Souali avait envoyé un message sur la nécessité d'exfiltrer Maaloul au vu de l'attentat à Charleroi.

La réponse ne se fit pas attendre. Son destinataire donna son accord pour l'évasion de Jawad. Mieux encore, il exigea du traître que lui aussi quitte le territoire pour éviter tout soupçon et ne laisser, ainsi, personne susceptible de mener l'enquête vers Pharmalib.

De retour dans la salle d'opération, les images à l'écran sont figées sur un ordinateur portable. Des paluches boudinées pianotent sur le clavier. On entend Jawad entamer une conversation en arabe avec un Jérôme encagoulé dont le reflet apparaît sur le PC. Un anonymat nécessaire vis-à-vis de ses interlocuteurs puisque l'un est un de ses anciens collègues et l'autre, l'assassin censé l'abattre. Ari, toujours assis à mes côtés, me traduit en diagonale.

— Maaloul s'inquiète à propos de l'exfiltration. Jérôme le rassure. Il lui explique tout en détail.

Soudain, une voix résonne dans les haut-parleurs de la salle d'opération dans laquelle nous sommes installés. Ma mâchoire se crispe et comprime mes molaires. L'empathie envers sa famille se dissout de façon instantanée. L'amitié passée est consumée par ce goût acide qui remplit ma bouche. Pour la première fois depuis la révélation d'Ari, un sang noir, celui du meurtre, envahit mes veines. Discrètement, je demande à Ari le dossier du traître. Je le supplie. Trop d'interrogations me brûlent l'esprit. Il me murmure d'attendre la fin de l'opération.

Parmi les bureaucrates, un homme en jeans avec un look de geek confirme de la tête une question posée par son subalterne. Après vérification de son iris, de ses empreintes et utilisation de son mot de passe, Jawad Maaloul, lieutenant d'Al Souali, vient de nous ouvrir la porte. Celle d'un couloir qui, nous l'espérons tous, nous mènera au sommet de la pyramide de ce fléau terroriste.

Le responsable des opérations prend ensuite la parole en hébreu. Son speech est bref. À peine terminé, Ari m'invite à sortir en sa compagnie. Mes rouspétances n'y changent rien. Nous quittons les lieux. La porte encore entrouverte, je tente de garder mon calme et m'adresse à Ari.

— Pourquoi devons-nous partir ?

— Pas nous, juste vous, Claire ! Estimez-vous heureuse, rares sont les personnes qui ne sont pas des officiels Israéliens ou étrangers à pouvoir pénétrer dans ce bâtiment et à en ressortir libre.

Sa main balance un dossier qui tapote sa cuisse.

— De toute façon, le spectacle est fini.

Ari m'explique que maintenant, les deux agents du Mossad, Jérôme, Miguel et Babang vont enfiler un uniforme de la Police Fédérale Belge. Le déguisement, combiné à la présence d'un terroriste et d'un commissaire divisionnaire, leur permettra de traverser le territoire sans embûche. Ari mentionne, en outre, un ordre de mission signé par Renaud qui autorise ce trajet. Des éléments non négligeables qui vont assurer leur sauf-conduit hors de Belgique. Ari poursuit.

— Dès à présent, la patience est mère de toutes les vertus puisqu'ils ne seront là que dans dix jours.

— Mais quand allez-vous arrêter de duper Maaloul ? Et qu'en est-il de la famille de…

Ari me coupe la parole.

— Dès qu'ils seront à bord du paquebot sous pavillon israélien, le piège se refermera sur Maaloul et la famille de votre ancien collègue sera libre.

— Et nous ? Et moi ? Quel rôle avons-nous encore ?

— Tout dépendra de ce que nous obtenons. Le Mossad n'aime pas partager, mais votre équipe a fait un boulot remarquable.

Il s'approche de moi et glisse le dossier dans ma main ballante.

— En attendant, voici de quoi vous occuper.

*

Le luxe de mon appartement ne change rien à ma solitude. Mon regard se perd sur le miroir de la salle de bain et est attiré par une cicatrice, stigmate de l'A-Reine. Comme si les images d'horreur qui me hantaient l'esprit ne suffisaient pas. À l'aube d'un troisième anniversaire morbide, je peux encore décrire chaque événement de cette soirée. Je revois cette foule, vêtue de blanc, danser, chanter, célébrer dans l'insouciance ce 21 juillet 2018. Les bouteilles se vident, les verres se remplissent. L'ambiance est à son paroxysme. Le Coliseum est mort, vive l'A-Reine. Une reine qui bientôt fera s'abattre, dans son arène, le couperet de sa guillotine. Le sang remplace très vite les flots d'alcool. Les cris se substituent aux *beats*. Les pas de danse se changent en esquive. L'atmosphère festive s'estompe au profit de l'instinct de survie. Les coups pleuvent. Les os craquent. Tous les éléments deviennent des armes. L'extincteur se transforme en une masse. Une table haute sert de bouclier. Les tessons de bouteille déchirent la peau. Sous l'effet du *No Fear*, les fêtards se sont mués en gladiateurs. Je redresse la tête. Une blonde trop maquillée apparaît. La poupée Barbie me sourit. Un clignement d'yeux suffit à la métamorphoser en Chucky. Mes doigts cherchent l'interrupteur de la pièce. Les halogènes coupés font disparaître son visage.

À tâtons, mes pas me guident dans le living. Nue, je me blottis dans un recoin du divan. Mes cuisses pressent ma poitrine. La baie vitrée de la terrasse entrouverte laisse pénétrer un courant d'air. Un frisson parcourt chaque parcelle de mon épiderme. Mon regard se pose sur la table basse nappée par les éléments du dossier au sujet du traître. Au milieu des feuilles éparpillées, un visage sur une photo me fixe. Ma main étouffe la naissance d'un sanglot. Mon esprit se concentre sur Lisa, seule éclaircie dans cette pénombre, même si une barre de fer avait fait office de cordon ombilical pour sceller nos liens sanguins. Mes doigts délaissent ma bouche pour glisser sur ma cicatrice, témoin de cet accouchement dans la douleur. La vie et la mort luttent sous mes yeux. À nouveau, ce visage imprimé sur du papier glacé me défigure. Il me replonge dans l'enfer du *No Fear*. Mes paupières se ferment. Erik apparaît. Enragé, il pointe son arme sur Hans. Mon corps fait barrage devant le flingue.

Soudain, mon regard fixe une date. Mes fesses coulissent sur le tissu vers le bord du divan. Je saisis cette feuille. Éclairée par la pleine lune, la date du 15 septembre 2018 devient lisible et me renvoie vers l'inéluctable.

Et si je ne m'étais pas interposée à l'A-Reine ? Et si j'avais laissé Erik appuyer sur la détente ?

Mes doigts tremblants s'emparent d'une cigarette qui rougit instantanément. Debout, je me dirige vers la terrasse. La Méditerranée réfléchit l'astre de la nuit. Une bouffée de fumée s'extirpe de mes poumons.

Et si, ce soir-là, Hans était mort en martyr, avant de devenir un traître, est-ce qu'Aaron serait toujours en vie ?

29 - HAINNEMI

Une nouvelle clope me rapproche d'un cancer.

Dans un silence lourd, l'ascenseur s'ouvre devant Ari et moi. Un long couloir aux murs jaunis mène à une porte en métal. Nos pas résonnent sur le béton. Au plus nous avançons, au plus je redoute cette confrontation. D'un coup de badge, Ari déverrouille le dernier obstacle vers l'inéluctable face à face. Sa main se pose sur la poignée. J'interromps son mouvement.

— Il est seul ?

D'un mouvement de tête, il confirme.

— Puis-je y aller sans vous ?

Ses yeux se plongent dans les miens à la recherche d'un signe de confiance. En guise de réponse, ses doigts relâchent la poignée.

Décidée, je pénètre dans ces lieux. L'odeur âcre du renfermé et de l'hémoglobine irrite mes narines. La porte se referme.

Au milieu de la pièce, Hans est assis sur une chaise entourée de sang séché. Son visage caché par une cagoule retarde le tête-à-tête. Je m'approche. Ses mots transpercent le tissu.

— Il ne manquait plus que toi pour la fête.

Un des néons clignote et confère au lieu une dimension cynique supplémentaire. D'un geste, je soulève la cagoule.

Un crachat pourpre s'écrase à mes pieds.

— T'es aussi venue pour te soulager ?

Ses yeux sont boursouflés. De nombreuses coupures entaillent son visage. Du sang agglutiné dans ses cheveux témoigne de la rudesse du traitement qu'il a subi ces dix derniers jours. Avec un caleçon noir pour seul habit, pieds et poings liés à la chaise, il ne démord pourtant pas.

— Ou alors t'es venue pour finir le travail ?

Son faciès défiguré par la violence me renvoie à celui d'Aaron. Les émotions ressenties me poussent à m'écarter. Je m'assois adossée à un mur. Mes doigts fouillent mes poches à la recherche d'une cigarette. Une dose de nicotine pour amortir la rage qui bouillonne dans mes veines. Un cylindre de huit centimètres comme garde-fou pour m'éviter de l'étrangler de mes propres mains.

— Même si ce n'est que le début, je pense que tu as assez morflé pour le moment, Hans !

Il ricane.

— Suis certain que tu ne sauras pas te contenir !

Un nuage de fumée s'échappe de mes lèvres.

— Ne me lance pas tout de suite sur ce sujet, je pourrais perdre mon calme. Explique-moi tes raisons, puisque manifestement, il n'y a qu'à moi que tu veux parler.

Il soupire.

— C'est très simple, Claire. J'ai fait ce que tu n'as pas su faire. Mettre les miens à l'abri et les protéger.

Malgré sa situation, son sens de la provocation ne s'éteint pas. D'un calme olympien, je rétorque :

— Tu ne crois pas que ce serait mieux pour tout le monde que tu arrêtes de jouer au con ? Tu te doutes que sur un simple coup de fil, leur abri peut s'effondrer.

La menace fonctionne. Mon ancien ami et collègue répond plus sérieusement.

— Je ne suis qu'une monstruosité de plus que tu as créée, Claire !

— Tu as toujours eu le don de rejeter la faute sur les autres, Hans !

Ses yeux ensanglantés se tournent dans ma direction.

— Erik mort, toi retirée et Jérôme sans famille... Qui devenait leur cible principale ? Ils m'ont accosté quelque temps avant que tu ne reviennes dans la course.

— Comment ?

Son rire laisse couler un filet baveux pourpre.

— Nous étions les quatre premiers flics sur place ! Même si c'était toi qui faisais la une, nous avons aussi eu droit aux louanges et reportages médiatiques.

Il racle sa trachée et se débarrasse de son amas de salives rougeâtres sur le sol, crachant par la même occasion son amertume.

— Au début, ils voulaient juste être informés de l'enquête autour du *No Fear*. En échange, outre la récompense monétaire, j'étais renseigné sur d'éventuelles actions sur notre territoire, ce qui me permettait de protéger ma famille ! Tu sais ce que cela signifie, non ?

D'un simple claquement de doigts, la fin de ma clope vole vers son visage.

— Ne me pousse pas à bout, Hans ! À ce jeu-là, j'ai toujours été plus forte !

— Tu parles ! Ton retour a été synonyme de bordel intégral. T'aurais pu te contenter de mener l'enquête, mais tu t'es prise pour Jason Bourne !

Je l'interromps pour m'ôter d'un doute.

— Tu savais pour Rive Gauche ?

Sa tête balance dans le vide pour répondre par la négative.

— Non, pas vraiment. J'ai juste eu droit à un message qui me disait d'éviter les centres commerciaux pendant quinze jours.

Je l'invite à poursuivre sa confession. Son ton provocateur fait place à des sanglots.

— J'ai tu votre expédition pour vous protéger et résultat, avant Aaron, c'est ma femme qu'ils ont alignée dans leur ligne de mire !

Ses larmes se teintent de colère, Hans crie comme un possédé.

— Et ici, c'est toi et toi seule qui les menaces à présent !

Un sentiment de compassion m'envahit. Une nouvelle clope me rapproche d'un cancer.

— Qu'as-tu fait, Hans ?

Son regard me fuit et cherche dans le vide la rédemption.

— J'ai confirmé vos identités…

Je me redresse.

— C'est toi qui leur as livré Aaron ?

Ses larmes coulent. Ma gorge se noue.

— Réponds-moi, Hans !

D'une voix tremblante, celui qui fut mon ami assume ses actes.

— C'était lui ou les miens…

Sa réponse ronge le contrôle de mes émotions. Des larmes me remplissent, à mon tour, les yeux. La furie m'envahit. De nouveau face à mon ancien collègue, ma main saisit sa pomme d'Adam tandis que mon poing martèle son visage. Inlassablement, je répète la même phrase.

— C'est lui qui a sauvé ton fils !

La porte s'ouvre. Ari vient ceinturer ma folie et m'ordonne de me calmer. Lorsque mes pieds touchent à nouveau le sol, mes doigts tremblants et entachés de sang se penchent pour ramasser ma cigarette encore fumante.

— Je crois que ça suffit, Claire.

J'acquiesce d'un hochement de tête et jette un dernier regard vers Hans. De l'hémoglobine coule de sa bouche. Alors qu'il parle, des bulles pourpres se forment entre ses lèvres.

— Qu'allez-vous faire de ma famille ? De moi ?

Le poing ballant, les yeux vers le ciel, mes mots se perdent dans le vide.

— Je n'en sais rien et je m'en fous royalement. Tu peux crever ici ou dans une cellule. Tu avais raison, j'ai enterré bien plus de monde qu'Aaron.

Les joues humides, je tente de maîtriser ma voix.

— Mais sois rassuré, il n'arrivera rien à ta femme et ton fils.

30 - ÂMES À LA DÉRIVE

Ses yeux ont le reflet du tueur. Pas de colère ni de haine, juste un sentiment de froideur implacable.

Ari m'invite à entrer dans une villa située en périphérie de Tel-Aviv. L'Aman et le Mossad ont gâté mes associés qui occupent une demeure somptueuse dans le village de Kfar Shemaryahu. À une quinzaine de bornes au nord de Tel-Aviv, l'équipe de William et Jérôme profite du soleil israélien. Barbecue et piscine les récompensent après dix jours d'un voyage austère en cargo. J'ai à peine franchi la porte vitrée qui mène à la terrasse que Jérôme me saute au cou et me fait tourbillonner. Sa joie contraste avec les dernières images de lui où il exécutait de façon sommaire le complice de Jawad Maaloul.

Mes pieds se posent à nouveau au sol, mais Jérôme ne relâche pas son étreinte.

— C'est bon de te retrouver, Claire !

Bientôt trois ans que nous ne nous étions plus vus. Bientôt trois ans qu'un homme ne m'avait plus serrée de la sorte. Cette proximité et cette chaleur humaine me procurent un sentiment de bien-être et de sécurité. Je le provoque un peu.

— C'est réciproque, même si j'avais peur que tu veuilles aussi m'exécuter.

Jérôme sourit.

— Je ne m'occupe que de ceux qui le méritent.

— Et les deux gardiens ?

Un silence glace les retrouvailles. Quelque chose de différent dans son regard me frappe. Jérôme a beau être toujours aussi chaleureux, ses yeux ont le reflet du tueur. Pas de colère ni de haine, juste un sentiment de froideur implacable. Confuse, je réalise être la source de cette métamorphose. Je passe ma main sur sa joue et dans sa nuque. Soudain, une surprise de taille apparaît dans mon champ de vision. Mon sourire s'amplifie.

— T'es un sacré enfoiré, toi ! Directeur d'un cabinet ministériel, c'est cela oui !

Renaud m'accueille à bras ouverts.

— Bonjour, Claire ! Tu croyais t'être débarrassée de moi ?

Je réponds à son accolade.

— On n'a pas besoin de toi en Belgique après Rive Gauche ?

— La piste la plus sérieuse, c'est vous qui la suivez.

— Comment est-ce que tu t'es retrouvé à la Sûreté de l'État ?

Renaud n'aime pas parler de lui. Avec un zeste de nonchalance, il se contente du minimum.

— Je te l'ai expliqué. Après ce que nous avions vécu, je voulais agir et non plus subir. Ensuite, j'ai simplement su saisir une opportunité et profiter de mes appuis dans le monde politique pour être plus efficace.

— Et pourquoi tu ne m'as rien dit pour toi, pour Hans ?

— Pour ne pas que tu l'égorges directement. Quant à moi, tu n'es pas la seule à pratiquer l'art de la manipulation. Nous ne voulions pas que quelque chose puisse gripper la mécanique.

Jérôme interrompt la discussion formelle avec Renaud. Un verre atterrit dans mes mains.

— Laisse-moi te présenter l'équipe.

L'ex-inspecteur me familiarise avec chacun. Sans difficulté, je reconnais certains visages croisés à l'enterrement de

William. En parlant de lui, je réalise que mon oncle n'apparaît pas dans le paysage. Nous bavardons quelques instants quand Jean-Jacques décide de casser le côté formel et ennuyeux des présentations et m'envoie valser dans la piscine tout habillée. J'ai à peine la tête hors de l'eau que toute la clique me rejoint, à l'exception de Renaud qui est en grande discussion avec Ari.

Mes bras prennent appui sur le bord pour m'en extraire. Alors que je me sèche, je remarque le regard de Bouille fixé sur mon débardeur blanc rendu transparent. Illico, je couvre ma poitrine avec un essuie tandis que la main de Gaëtan s'affaisse sur le crâne de Bouille.

— T'es vraiment un vieux pervers ! C'est la nièce de William quand même !

Le voyeur s'excuse, un peu confus.

— Ouais, ça va, pardonne-moi ! Mais bon, ça fait deux semaines que je les fréquente nuit et jour, alors quand Sabrina Salerno sort de l'eau... ben voilà, c'est humain quoi !

La pudeur n'a jamais été dans mes principes. Amusée, je m'installe au soleil, enveloppée dans mon essuie et mes vêtements mouillés.

— Ça se voit que t'as passé beaucoup de temps en mer, Bouille. T'avais déjà pas beaucoup de chance, mais en plus tu me compares à une bonne femme qui a quoi ? Dix ? Quinze ans de plus ? Mon pauvre vieux, ta cote vient de descendre de « Sur un malentendu ça peut marcher » à...

D'un geste fin et élégant dans ce monde d'hommes, mon poignet s'agite à la diagonale de haut en bas sous l'hilarité de ses condisciples. Je fouille dans mon sac et m'allume une cancérette. Les blagues salaces se poursuivent de plus belle et me replongent dans les murs de la tour de police. La bonne humeur perdure, mais ne camoufle pas l'absence remarquée de William.

— Bon les gars, c'est pas tout ça, mais il y a une salle de bain dans votre palace ?

D'un regard discret, Jérôme m'indique l'annexe. Située face à la villa par laquelle je suis entrée, la piscine sépare les deux bâtiments. Mes pas hésitants me guident à l'intérieur de cette bâtisse encore non explorée tapie dans l'ombre. La baie vitrée est entrouverte. Les rideaux fermés plongent le living dans l'obscurité. Je me faufile et tombe nez à nez avec William. La joie de le retrouver s'estompe à la vitesse du son. Son regard est livide, dénué de la moindre émotion. Sa posture, autrefois fière, est bossue. Une fois ma salive déglutie, ma voix se fait mielleuse.

— Bonjour, William.

Un ton monocorde me répond.

— Sors et laisse-moi seul. Si j'avalais du *No Fear*, je pourrais te tuer.

*

La soirée touche à sa fin. Sous l'œil vigilant de Jérôme, les mercenaires rejoignent leurs pénates. J'entends Jean-Jacques et Bouille dialoguer sur leur pouvoir de séduction tandis que Miguel et Babang se foutent de leur gueule, ils sont tous les quatre bien enivrés. La bonne ambiance n'évacue cependant pas les propos-chocs tenus par William quelques heures auparavant. Assise à table en compagnie de Renaud et Ari, ce dernier m'interpelle.

— Je vous raccompagne, Claire ?

— Que se passe-t-il avec William, Ari ?

Il ne fuit pas ma question même si l'on sent qu'il n'en sait pas plus.

— Je n'en sais rien. Pendant le débriefing, il n'a pas ouvert la bouche. Je crois que…

Je le coupe net, n'étant pas d'humeur à supporter les envolées lyriques d'Ari.

— Non, ça ira, Ari. Je vais dormir ici, merci.

Renaud et son collègue israélien se lèvent et me saluent. Mon ancien boss me gratifie d'un geste de réconfort avant de quitter les lieux. Je quitte à mon tour ma chaise et m'installe dans un transat avec une bouteille de whisky et ma nicotine. La voix de Jérôme vient perturber ma solitude. Sa main saisit le dossier du siège voisin.

— Je peux ?

— Bien sûr…

Le goulot remplit nos deux verres.

— Tu as vu l'autre enfoiré, Claire ?

Un doute m'envahit.

— Tu parles de William ou Hans ?

— À ton avis ?

Rassurée, je réponds par l'affirmative.

— Je suis partagée entre le tuer de mes propres mains ou lui pardonner…

— Lui pardonner ! C'est lui qui a livré Aaron !

— Pour sauver sa femme… Tu sais, l'A-Reine nous a tous changés !

Mon corps pivote pour passer d'allongée à assise et ainsi faire face à son transat.

— Regarde-toi, Jérôme. Tu étais un flic modèle, respectueux des lois, le plus respectueux de nous quatre à l'époque, et maintenant tu exécutes des mecs de sang-froid sans même sourciller…

Jérôme soupire, son regard se meurt dans le vide.

— J'ai fait ce qui était nécessaire. J'ai tué deux innocents pour peut-être en sauver des centaines, des milliers !

— Pourquoi pas dix alors, même cent si tu peux en sauver plus ?

Il pivote à son tour et s'assoit sur le transat. Ses mains enveloppent les miennes.

— Tu mets le doigt dessus. Comment agir contre eux sans se salir et noircir son âme ? Ils n'ont aucun scrupule, nous ne pouvons pas en avoir non plus si nous voulons lutter à armes égales. À ce que je sache, tu n'as eu aucun souci à torturer Ben Sallah ou à exécuter Bassem Tahar.

— Oui, sauf que ce n'étaient pas des saints et que j'en ai payé le prix fort…

Un rictus soulève ses fossettes.

— Ben Sallah avait un fils, tu le savais ? Son gamin est innocent et pourtant tu l'as privé de son père ! Où se situe la limite, Claire ? C'est toi qui la fixes ?

— Non…

— Je suis prêt à sacrifier dix personnes de plus si je peux en sauver davantage tout comme je suis prêt à me sacrifier pour mettre fin à cette folie. Le jour où tu as été obligée de tuer Erik, j'ai compris que l'innocence était un mot vain. Mais toi, qu'est-ce que tu fous ici avec deux enfants qui t'attendent ?

Les larmes grignotent le contrôle de mes émotions. Jérôme marque un point, je me sens paumée. Lisa et Clément me manquent autant qu'Aaron, et là est tout le nœud du problème. Mon numéro d'équilibriste me ronge les sangs et pour la première fois, je ne suis plus certaine que ma quête a un sens au vu de son côté justice sauvage. Je botte en touche pour ne plus y penser.

— Et William…

— Non, non ! Pas un mot sur William, Claire !

Ses mains lâchent les miennes.

— Que s'est-il passé avec lui ?

Jérôme taquine sa barbe naissante.

— Dix-sept…

— Comment ça dix-sept ?

Son regard éclairé par la lune se tourne dans ma direction.

— C'est le nombre de personnes que William a torturées et tuées. Après ça, tu ajoutes sept autres cadavres, la mort de Casus ainsi que l'attentat à Rive Gauche vécu de l'intérieur et le compte est bon.

Ma mâchoire se décroche.

— William pensait que tu laisserais tomber et que je suivrais. Mais il se trompait royalement. Nous n'avons pas abandonné et il a voulu nous préserver, me préserver des saloperies que l'on a dû faire afin d'éviter de répéter l'erreur avec Ben Sallah.

— L'erreur avec Ben Sallah ?

— Te laisser te salir les mains ! Ça a changé ton regard et ta perception des choses. Il pensait qu'en exécutant lui-même le sale boulot, il me protégerait, mais comme tu l'as vu…

Les verres se remplissent à nouveau de single malt et se vident avec le même débit.

— Tu sais, Jérôme, Hans a peut-être raison. Mon obsession n'aura fait que créer des monstres et semer des cadavres.

Je laisse les larmes couler sur mes joues. Les doigts de mon complice glissent sur ma peau pour les sécher.

— Claire, chacun d'entre nous n'est le résultat que de nos propres choix. Ce ne sont pas les sentiments que j'ai à ton égard qui m'ont forcé à appuyer sur la détente…

Ses caresses sur mon visage me procurent une sensation de douceur qui me semblait s'être évaporée à jamais. Mon regard se plonge dans le sien. Une douce lueur s'immisce dans ses yeux de tueur. Je ne tente plus de résister contre ce sentiment de bien-être. Mes lèvres se glissent sur les siennes. Un peu surpris, Jérôme se recule.

— Qu'est-ce que tu fous, Claire ?

Mon index se pose sur sa bouche pour le faire taire. Mon corps à califourchon sur lui, nos lèvres se croisent à nouveau. L'alcool et la chaleur humaine ressentie stimulent mes envies. La jupe retroussée, mon bassin se déhanche sur son entrecuisse. Mon débardeur disparaît d'un claquement de doigts alors que je saisis ses mains pour les déposer sur mes seins nus.

— Ça fait trois ans, trois ans que je n'ai laissé aucun homme me toucher.

Ma tête plonge dans son cou. Une main virile se perd dans mes cheveux alors que l'autre vient appuyer dans le bas de mon dos. Mon corps tressaille sous ces gestes d'homme qui me caressent après de très longs mois d'abstinence. Mes doigts le libèrent de son short. Je ne peux éclipser un gémissement. J'ai l'impression, une fois de plus, de me servir de lui, mais les râles d'euphorie l'emportent. Les yeux clos, j'ai beau savoir que c'est Jérôme qui me procure cette sensation, mon esprit assimile la jouissance à Aaron. Ses mains fermes s'agrippent à mes hanches. Les miennes se posent sur son visage. Mon corps de femme vibre à nouveau. À cent mille lieues de cet esprit de vengeance, mon crâne se vide pour ne laisser place qu'au plaisir. Le rythme s'accélère. Des bouffées de chaleur me dévorent les entrailles. Me voilà replongée dans notre canapé au boulevard Tirou, témoin des ébats qu'Aaron et moi aimions enchaîner. Je ressens sa passion au creux de mes reins. Sa tendre voix me murmure un « je t'aime ». Une légère brise me parcourt comme un courant électrique. Mes seins se durcissent. Mon ventre se creuse. Mes muscles se crispent sous l'orgasme. Ma tête se blottit dans son cou. Des larmes s'écoulent et s'écrasent sur son torse. Jérôme n'éprouve aucune difficulté à comprendre. Avec ses bras protecteurs, il réconforte mes sanglots.

— Je… je suis désolée, Jérôme… Ça n'aurait jamais dû se produire.

Ses mains tantôt si fermes sur mes hanches se font plus douces pour saisir mon visage et le redresser.

— Claire, t'inquiète ! Y a pas de souci. On est adultes et j'ai bien compris.

— Comment ça, tu as compris ?

Le plaisir se dissout aussi vite que la gêne monte.

— Tu m'as appelé Aaron quand tu t'es… enfin quand tu as… Bref, on est assez grands pour pouvoir baiser sans s'emmerder avec des explications, non ?

Synchrones, nous éclatons de rire. Je me colle néanmoins à lui sans rien dire. Son téléphone vient perturber le calme ambiant. Sans me faire bouger, le bout de ses doigts saisit l'engin.

— La destination de nos noces est connue…

31 - RENCART

La vie a une fin, la vengeance n'en a pas.

À six heures du matin sonnantes et trébuchantes, on frappe à la porte de ma chambre. Séquelle d'une gueule de bois, un trente tonnes me traverse le crâne.

— Ari et Renaud vont arriver, Claire.

Le ton grave et teinté de chaleur africaine de Gaëtan me sort un peu de mon lit. D'une voix de fumeuse groggy, j'annonce mon apparition. Vêtue d'un pull trop grand qui fait office de robe, je marche vers la cuisine. Encore maladroites, mes mains tâtonnent sur le plan de travail pour me servir une tasse de café et renversent le lait. Miguel m'invite gentiment à m'asseoir.

— Je m'en occupe, Claire !

La villa ressemble à un palace américain après le *spring break*. Je zigzague entre les cadavres de bouteille et m'avachis sur une chaise à côté de Bouille.

— Ce n'est pas le pull de Jérôme, ça ? La nuit a été courte on dirait…

Son rire gras fait écho dans ma boîte crânienne.

— J'aurais bien baisé avec toi, Bouille, mais t'étais trop occupé à disserter avec Jean-Jacques sur la taille de vos kekettes !

L'hilarité devient générale. Miguel me sert un double expresso. Les gorgées de café brûlant me redonnent la vue.

Frais comme un gardon, Jérôme vient glisser son grain de sel dans la conversation.

— Claire, tu surestimes ta résistance à l'alcool. Dans ton état, ton côté étoile de mer n'avait rien de bandant. En plus, tout le monde sait que je préfère les dames de compagnie roumaines.

Un petit mensonge, peu classieux, étouffe la vérité dans l'œuf. La caféine en action, mes ongles grimpent sur la cuisse de Bouille. D'une voix rauque et sensuelle, je murmure à son oreille.

— T'aurais dû rester hier…

Sa bouche s'ouvre béante tandis que mes doigts remontent plus haut vers son entrecuisse. Soudain, ma main libre vient écraser sur son visage sa baguette tartinée de confiture de fraise. Satisfaite de ma petite victoire, je tire ma révérence sous les applaudissements pour aller me doucher.

*

Nous profitons d'un coin d'ombre de la terrasse pour nous protéger du soleil de plomb. Avec l'arrivée d'Ari, l'ambiance frivole du petit déjeuner s'est évaporée. L'agent israélien préside la table avec, à sa droite, Renaud, à côté de qui je m'assois. Seul William brille par son absence. Sans tergiverser, Ari rentre dans le vif du sujet.

— Bonjour à tous, Ahmed Hamza Al Souali a été localisé.

Nos visages esquissent un sentiment de satisfaction, mais Ari casse cet élan de fierté.

— Ne vous réjouissez pas trop vite ! Ce n'est pas nous qui l'avons localisé, c'est lui qui est venu à nous !

La dernière partie de sa phrase fait l'effet d'un coup de tonnerre.

— Leur réseau IAM est une forteresse dont nous n'avons pas encore percé les défenses, mais cette nuit, à deux heures du matin, nous avons reçu, sur le compte de son lieutenant, un message à votre attention, Claire.

Ari dépose sur la table une tablette tactile sur son pied. Ari lance la bande-son.

La vie a une fin, la vengeance n'en a pas, Claire.

Cette voix me replonge en enfer. Le visage d'Aaron apparaît à l'écran. Sa physionomie est métamorphosée par les coups. Ses lèvres sont déchirées. Son œil droit est clos par les boursouflures. Chaque parcelle est tuméfiée par la douleur. Il essaie de me parler, mais ses cordes vocales demeurent prisonnières de la torture. J'ai l'impression de devenir folle. Je sens la main de Renaud sur mon avant-bras.

— Claire, ça va ?

Ses doigts me pincent pour m'extirper de l'horreur. Le visage d'Aaron a disparu de l'écran.

— C'est lui, aucun doute ! C'est Al Souali.

Avec difficulté, je m'empare d'une cigarette et la porte tremblotante à mes lèvres. Secouée par cette voix venue des limbes de l'enfer, le briquet vacille sous ma clope à tel point que je suis incapable de l'allumer. Toujours bienveillant, Renaud bloque les mouvements de ma main. Une bouffée chaude de nicotine s'infiltre dans ma gorge. Ari reprend la diffusion de la bande-son.

Vous me cherchez depuis quelque temps, semble-t-il, pourtant je ne me cache pas. Je suis même impatient de vous rencontrer pour tout vous dire. Voici les coordonnées du lieu où je me trouve actuellement : 33° 27'40.9 »N 35° 22'23.9 »E. Ne tardez pas, je change souvent de villa. Au plaisir de vous y voir, vous et vos amis.

C'en est trop. Le cœur au bord des lèvres, je me lève avec fracas. Mon mouvement brusque fait basculer ma chaise en arrière. Après quelques pas, je me penche au-dessus du parterre et déverse mes tripes. Un silence de mort envahit le cadre idyllique. Du revers de la main, j'efface de ma bouche les traces de mon dégoût pour ensuite rejoindre tout le monde.

Un clin d'œil empathique de Bouille m'accueille avant que ce dernier ne détende l'atmosphère.

— Veuillez nous excuser, messieurs. La soirée d'hier a été fort arrosée.

Ari reprend.

— Le pseudonyme utilisé a également été confirmé par son lieutenant, Jawad Maaloul, comme étant celui d'Al Souali, mais je ne vous cache pas que ça sent le piège à plein nez.

Du tac au tac, je réponds.

— Je ne suis pas *profiler*, mais sa voix cadre bien avec le portait d'Al Souali que nous a dressé sa sœur. Son ton narcissique correspond parfaitement à celui d'un homme dévoré par sa quête de pouvoir.

Je déverse à nouveau ma bile.

— Avec les avancées des djihadistes au Niger, Tchad et Soudan, le contrôle de la Libye et son probable récent coup de maître en Europe, il se pense intouchable et c'est ce qui va causer sa perte !

Ari reste dubitatif. Alors qu'il s'adresse à moi, son regard se dirige vers Renaud.

— Je ne serais pas aussi catégorique, Claire. Par contre, je serais curieux de savoir pourquoi il fait cette fixette sur vous. À ce que je sache, si l'on analyse la chronologie des faits, votre mari a été assassiné avant que la mort de Bassem Tahar ne soit révélée et rien ne prouve que ce soit vous !

— Je lui demanderai quand je le verrai, Ari.

Pourtant sincère, ma réponse ne le convainc pas. Ari enchaîne et fait apparaître une carte sur sa tablette. Une fois le lieu géolocalisé, Jérôme sort de sa réserve.

— C'est une blague ? C'est une putain de blague, Ari ? Comment a-t-il réussi à se cacher tout ce temps au Liban, un pays limitrophe d'Israël ? Vous le cherchez vraiment ou c'est juste un passe-temps pour vous ?

Ari manie l'ironie à la perfection, comme à l'habitude.

— Je comprends votre désarroi, mais Pharmalib, c'est une toute nouvelle cible et c'est un empire très vaste. De plus, cette villa appartient à une société immobilière de droit saoudien qui en gère plusieurs centaines dans le monde arabe. On n'enquête pas sur tout ce qui est arabe, vous savez !

Remise du choc provoqué par la voix d'Al Souali, je m'immisce dans le dialogue entre Ari et Jérôme.

— Et de manière plus pragmatique, comment fait-on quand notre seul pays allié n'a aucun lien avec le Liban ?

Avec septante-neuf kilomètres de béton sur une hauteur de sept mètres, un seul poste-frontière géré par les Nations Unies et un conflit pour une bande de mer mitoyenne riche en hydrocarbures, cela semble compliqué. Mais Ari ne se laisse pas démonter pour autant.

— Vous nous prenez vraiment pour des néophytes, Claire ! Vous pensez bien que comme le Liban ne reconnaît pas l'État d'Israël, nous y sommes d'autant plus présents.

À son tour, Renaud embraie.

— Via une société bidon en Belgique, nous avons réservé pour vous un yacht privé avec skipper belge qui effectuera la liaison Larnaca-Jonas Beach-Larnaca.

Les tracés apparaissent sur la tablette. Deux cent vingt kilomètres par voie maritime suivis de trente bornes sur terre pour rejoindre le lieu de rendez-vous. Mon ancien boss poursuit.

— À Chypre, il y aura deux hommes à nous pour le côté administratif. Ensuite, les contacts d'Ari prendront le relais. Ils vous fourniront sur place tout ce qui est nécessaire au niveau logistique et transport.

Tout est méticuleusement organisé pour rendre notre parcours crédible sans oublier de semer les traces : faux papiers, réservation de vols Charleroi-Larnaca, nuitées d'hôtels… Renaud se tourne vers moi.

— On vous soutient, mais vous connaissez la chanson si ça foire…

Une bonne nouvelle n'arrive jamais seule, Ari poursuit.

— Al Souali doit être capturé vivant ! Mort, il ne nous servira à rien pour convaincre nos alliés de s'attaquer à Pharmalib.

Le briefing se termine. Les regards se croisent et mixent incertitudes, doutes et questions sur la pertinence de l'opération. Sous une chaleur étouffante, Bouille s'étire, assommé par ces deux heures d'allocution. Après un bâillement à décrocher sa mâchoire, il s'adresse à Ari et Renaud.

— Vous avez fini ?

De concert, les deux gentils organisateurs de notre partie de chasse confirment.

— Putain, je n'ai jamais vu un truc aussi pourri.

Le play-boy en désuétude surenchérit et se tourne vers Miguel.

— C'est quoi notre cote, l'Espagnol ?

Le bic qui passait de phalange en phalange depuis le début de la réunion vole sur la table.

— Pas pire que celle des contractants de la CIA à Benghazi en 2012 !

— Encourageant ! On aura quand même besoin de Kill…

À peine Bouille entame-t-il la première partie de son pseudonyme que William fait son apparition.

— Ce sera sans moi, j'en ai fini de ces conneries et vous feriez bien d'en faire autant.

32 - MENS SANA IN CORPORE SANO

Le diable, habillé en Armani,
a le sens de la mise en scène.

Quarante heures plus tard, une nuit sombre couvre Mazraat Ed Daoudiyeh. Un halo lunaire perce les nuages du ciel libanais. Les véhicules nous ont déposés en contrebas de la villa où réside Al Souali. La bâtisse est située dans un endroit dont les seuls voisins sont des végétaux.

Vu la défection de William, Jérôme avait pris contact, grâce au carnet d'adresses de Casus, avec les deux mercenaires américains qui les avaient accompagnés à Ma'in pour la capture de Mirza et sa moitié. Planqués dans les arbres à une centaine de mètres de la planque de notre cible, ils couvrent la villa à cent quatre-vingts degrés avec leur fusil de précision.

Groupés en binôme, Jérôme et moi nous installons pour pénétrer par le portail principal, tandis que Bouille et Babang se chargent du flanc gauche. Le dernier duo, composé de Jean-Jacques et Miguel, s'occupe du côté droit de la demeure. Avec le dénivelé du terrain abrupt sur l'arrière des lieux, nous délaissons cette partie puisqu'il rend toute fuite impossible.

Une première surprise de taille est communiquée par Jérôme au reste de l'équipe.

Le portail est ouvert.

Bouille, sur le côté gauche, confirme aussitôt.

On a vu. Et la maisonnette voisine est vide... C'est quoi ce bordel ?

Jean-Jacques et Miguel, situés sur le flanc droit, parcourent le champ d'oliviers annexe à la villa monobloc.

Ici Mok et l'Espagnol, RAS.

Interloqué, Jérôme me regarde. Un des snipers intervient.

Mouvement à l'étage.

La villa est composée de deux niveaux avec une baie vitrée en façade sur la partie haute. Mes neurones s'activent mais Jérôme prend les devants.

On va entrer ! Mok et l'Espagnol, vous restez en stand-by.

Nous retrouvons le binôme du flanc gauche à l'entrée de la villa carrée et décidons de franchir la grille ouverte.

Une vingtaine de mètres nous séparent de la porte principale du bâtiment niché sur un plateau du district de Saïda.

À nos côtés, Bouille murmure en remuant à peine les lèvres.

Soit ce mec est dingue, soit nous allons tous sauter dès qu'on entrera.

L'absence de système de sécurité nous rend encore plus nerveux. Les contacts d'Ari surveillaient les lieux depuis la réception du message envoyé par Al Souali. Aucune allée et venue n'avait été signalée, la villa paraissait déserte. L'eau de la piscine verdâtre témoignait d'un manque d'entretien flagrant. Un seul détail changeait par rapport aux observations : le portail métallique de l'entrée était ouvert. La maison fantôme était-elle hantée par Al Souali, que Jérôme et William avaient surnommé le Shabh ?

Chaque pas que nous effectuons nous rapproche du piège. Soudain, la grille se referme, comme pour accentuer cette guerre psychologique. Déterminé, Jérôme ne nous laisse pas le temps de nous poser plus de questions.

Flanc droit, attention, portail fermé, on continue.

La lune perce les nuages et éclaire la porte d'entrée en bois de cèdre. Cette dernière est entrouverte. Bouille et Miguel échangent un dialogue hautement philosophique.

Admire, Babang, on va se faire prendre sans vaseline dès qu'on aura pénétré entre ces murs.

En file indienne, Jérôme en tête, nous nous introduisons dans la villa. Chacun se disperse pour occuper l'espace du hall afin de couvrir au maximum les lieux. Les volets baissés au rez-de-chaussée diminuent la portée de nos lunettes à vision nocturne. Alors que nous sommes au tiers de la pièce, un flash de lumière vient nous aveugler.

Une voix grave et sans accent nous accueille sous des applaudissements.

— Bravo, très distrayant !

Nos instruments optiques enlevés, de puissants halogènes nous éblouissent depuis le palier du premier étage. Après une injonction en arabe, ceux-ci se baissent.

Le balcon qui surplombe l'escalier central du vaste hall d'entrée en marbre fait penser à une villa aristocratique. Notre interlocuteur, au milieu de quatre hommes armés, s'appuie à la rambarde en fer forgé. Il s'adresse à nous comme un conférencier à son assistance. Une fois la vue retrouvée, mes coéquipiers pointent à nouveau leurs armes sur notre comité d'accueil tandis que notre hôte ouvre le débat.

— Lequel d'entre vous est Claire ? J'ai bien une idée, mais avec vos kevlars, les courbes féminines sont moins frappantes.

Jérôme donne des indications dans l'oreillette aux duos externes.

Flanc droit, séparez-vous et essayez d'atteindre le premier étage par l'arrière.

La voix de notre interlocuteur ne nous laisse aucun doute sur son identité. Le diable, habillé en Armani, a le sens de la mise en scène. Ma curiosité est titillée par l'aspect théâtral des choses et d'un geste, je découvre mon visage.

— Je vous préférais avec votre chevelure cuivrée, Claire !

Mon ton sec lui rétorque :

— À quoi ça rime tout ça ? Vous ne m'avez pas invitée pour parler coiffure, je suppose…

— Je suis Ahmed Hamza Al Souali

— J'avais bien compris, mais ça ne me dit pas qui vous êtes derrière votre costume italien.

Son rire charmeur m'insupporte tandis que les snipers à l'extérieur confirment le visuel.

— Vous pensiez vous retrouver devant le sosie de Ben Laden, peut-être ?

Son allusion n'est pas si éloignée de la réalité. Les trois années passées à imaginer un visage à partir de cette voix avaient poussé mon subconscient à dresser un portait plus en adéquation avec l'ancien leader d'Al-Qaïda qu'avec Gatsby le magnifique.

— Les clichés ont la vie dure, Claire. Quelqu'un comme moi doit obligatoirement s'habiller avec un treillis coiffé d'un shemagh* ou d'une chéchia** ?

— Quand vous dites quelqu'un comme vous, vous pensez à un terroriste ?

Mes provocations ne le perturbent pas une seule seconde.

— Vous voulez une histoire larmoyante pour justifier mes actes peut-être ? Eh bien vous serez déçue. Vous pouvez m'appeler comme bon vous semble, mais je suis juste un homme d'affaires.

— Un businessman vole ou escroque, il ne tue pas en masse !

Ses mains se tendent vers moi comme pour appuyer la bêtise de mes propos.

— Mais que pensez-vous que des dirigeants comme ceux de Blackwater font ? Ce sont des hommes d'affaires qui gèrent

* Foulard de protection et tenue d'apparat des peuples du Moyen-Orient.
** La chéchia est un couvre-chef masculin porté par de nombreux peuples musulmans.

des armées privées et offrent leurs services aux plus offrants en prétextant la sacro-sainte liberté chérie.

Sa voix se teinte d'ironie.

— Et ne me dites pas qu'ils ne tuent pas, s'il vous plaît !

— Mais vous, qu'est-ce qui vous excite ? L'argent ? Le pouvoir ?

— L'argent et le pouvoir ne sont que des moyens. Vous savez, Claire, je suis un joueur d'échecs. Est-ce que vous pratiquez ?

Le surréalisme que prend la conversation en pareille circonstance me surprend.

— Absolument pas !

— Eh bien moi, j'adore et ce qui me plaît dans ce jeu, c'est sa perversité. Plus votre stratégie est vicieuse, plus vous manipulerez votre adversaire pour triompher !

— Et quelle victoire voulez-vous atteindre ?

Il répond en adoptant une attitude arrogante qui complète son portrait à merveille.

— Celle de voir le monde brûler !

Ses paumes de main se tendent vers le ciel. Sa voix se teinte de sadisme.

— Et sur cette terre, quoi de plus facile que de mener à sa guise des groupes dont l'existence même est basée sur le rejet de l'autre ? Qu'il soit religieux, politique ou ethnique, l'extrémisme est du pain bénit pour provoquer l'étincelle qui fera embraser notre planète !

Ses doigts caressent le fer de la rambarde.

— Vous savez, au début, j'ai créé Pharmalib dans un but noble, celui d'affranchir le monde arabe du dictat des sociétés pharmaceutiques occidentales. Nous aidions les victimes des conflits, nous investissions chaque centime gagné pour tenter d'améliorer le confort de vie des citoyens du Moyen-Orient. Qu'ils soient chiites, sunnites, Druzes, catholiques, juifs, nous agissions pour notre peuple, sans croyance.

Ses mains frappent la rambarde. Son ton trahit son désarroi, comme pour cacher une blessure.

— Et puis un beau jour, après notre énième déconvenue, je me suis rendu compte que la quantité faramineuse de temps consacré à rendre les choses meilleures était réduite à néant en un claquement de doigts.

Je le provoque pour cesser cette mascarade.

— Et vous décidez de faire brûler le monde après quelques simples déconvenues ?

Sa voix se crispe. Ses mots me giflent.

— De simples déconvenues ? Non, plutôt la panoplie complète de la décadence humaine. Des associés assoiffés d'argent et de notoriété, des extrémistes qui veulent plus de pouvoir, des victimes acculées dans leur dernier retranchement qui les pousse à commettre des atrocités pour simplement survivre, des nations soi-disant rédemptrices qui se pensent tout permis. Où sont les grands de ce monde en l'absence de pétrole ou de gaz ?

Une once de fatalité s'immisce dans son discours.

— Là où la solidarité, l'éthique, l'intégrité ou le respect devraient nous rendre plus forts, seuls l'égoïsme, la division, la vénalité, la corruption ou le mépris de la condition humaine triomphent. Je l'ai appris à mes dépens. J'ai perdu foi en l'humanité quand la facilité a pris le dessus.

Bien que sa voix me répugne, son charisme est indéniable.

— Il est plus facile de cultiver du pavot sur un sol aride que du blé. Il est plus facile de mettre son enfant devant la télé que de l'éduquer. Il est plus facile de tromper que d'aimer. Il est plus facile d'accuser que de se remettre en question, de se plaindre plutôt que d'agir. Il est plus facile de corrompre un policier plutôt qu'il accomplisse son devoir. Il est plus facile de tuer un diplomate que de le faire traduire en justice…

Ses deux dernières phrases viennent me fouetter en plein visage.

— Et quand vous êtes brillant, faire le mal est plus aisé que de tenter de rendre le monde meilleur. Une fois cette leçon assimilée, manipuler tout un chacun en profitant de leurs faiblesses a été un jeu d'enfant. Leur vendre un rêve illusoire alors qu'ils sont au bord du gouffre et qu'ils ne s'en rendent même pas compte !

— Mais encore ?

Al Souali adopte soudainement une attitude professorale.

— Et pour y arriver, il n'aura fallu qu'une stratégie simpliste à mettre en place : de l'argent aux associés pour acheter leur silence, des ressources naturelles aux Occidentaux pour qu'ils ferment les yeux et des victimes encore plus victimisées. Mais le clou du spectacle a été d'offrir des moyens, une stratégie à long terme et des promesses de territoires afin que les extrémistes continuent leur islamisation radicale. Le tout pour obtenir une véritable armée privée ! Un Blackwater composé de fanatiques religieux et la fête pouvait enfin commencer !

Ses théories narcissiques provoquent un reflux gastrique.

— Et les attentats à Charleroi et dans le reste de l'Europe ?

Un rire gras envahit l'espace.

— Avec quelques pincées d'« Allahu akbar » lors des attentats, vous offrez aux partis politiques extrêmes une voie royale vers les arcanes du pouvoir. Et l'Histoire a montré les dégâts que ça pouvait faire.

— Et votre côté fanatique religieux que Bassem Tahar m'a dépeint ?

— Je vous pensais plus intelligente, Claire !

L'oreillette grésille à nouveau pour annoncer la prise de position de Jean-Jacques et Miguel.

— Tout ce que j'ai imaginé demandait beaucoup de moyens. Le *No Fear*, c'est un véritable investissement en recherche et développement, vous savez ! J'ai donc adapté mon discours pour faire appel à la générosité du monde arabe et grignoter dans toutes les assiettes en leur offrant soit la paix, soit la guerre. J'ai fait de Pharmalib un gémeau pour faire régner l'anarchie ! Bassem voulait une vengeance, moi, un laboratoire grandeur nature. Quand il m'a proposé de frapper une ville qui s'érigeait en symbole du renouveau industriel, je n'ai pas été long à convaincre !

— Mais Bassem Tahar nous a menés jusqu'à vous… Pour un joueur d'échecs, vous avez fait une grossière erreur digne des criminels de bas étage !

Dans son costume trois-pièces sombre, Al Souali se gausse.

— En effet, mon empathie pour l'histoire de Bassem Tahar nous amène ici aujourd'hui. Pourtant, je m'étais juré d'être un acteur de l'ombre, l'anti Ben Laden par excellence puisque c'est son orgueil qui lui a coûté la vie et a par la même occasion relégué sa jolie bande de trublions au second plan. De ma faiblesse est né un grain de sable.

D'un changement abrupt d'attitude, Al Souali ne joue plus.

— Et un grain de sable, on le broie pour empêcher qu'il ne grippe la mécanique.

Un des gardes ouvre une porte située à la gauche du psychopathe. Suite à une injonction en langue arabe, un homme encagoulé, mains attachées devant lui, en sort.

33 - LE CHOIX DES LARMES

Son regard est froid, glacial
comme le marbre peut l'être.

Ma gorge se noue. Mes tripes me font mal. D'un geste lent, Al Souali remonte le sac beige qui camoufle le visage de cet homme. Une cicatrice à hauteur du cou apparaît, suivie de sa bouche bâillonnée puis de son regard. Les bras m'en tombent. Mon arme ne tient plus personne en respect. Une chevelure plus sel que poivre culmine au sommet de son mètre nonante. Je m'entends murmurer et répéter à l'infini les quatre syllabes d'« impossible ».

Les mots d'Al Souali se meurent dans le creux de mes oreilles.

— Je vous l'ai dit, Claire. Je suis un joueur d'échecs. Sacrifier un pion n'a du sens que si cela vous offre un avantage indéniable, or je savais que quoi que je fasse, vous n'en resteriez pas là... Simuler son égorgement me laisserait du temps et un argument convaincant le jour où vous deviendriez problématique.

Mes yeux plongés dans ce regard bleuté, mes cordes vocales se déchirent.

— Je vous ai vu lui trancher la gorge ! J'ai vu son sang couler ! Je l'ai vu cesser de bouger !

Son rire triomphe et envahit le hall d'entrée.

— Vous savez, trouver un chirurgien quand on gère une société pharmaceutique, ce n'est pas compliqué. Certains sont même de généreux donateurs qui soutiennent la lutte armée de leurs frères !

Ses doigts longent la cicatrice au niveau du cou jusqu'à l'endroit où se situe la carotide.

— Incisez en profondeur, mais de manière superficielle au niveau de l'artère et le résultat sera garanti ! Néanmoins, il est vrai que cela nécessite une intervention hors caméra et que cela laisse quelques stigmates.

Ma rage s'extirpe de mes entrailles.

— Putain, qu'est-ce que vous nous voulez ?! J'vais vous tuer, je le jure !

Sa main tapote le vide pour m'inviter à me calmer tandis qu'il s'esclaffe.

— Me tuer ? Mais je viens de vous rendre l'amour de votre vie.

Ses gloussements me sont insupportables.

— Blague à part, peu importe qui vous soutient, vous avez manifestement besoin de moi vivant puisque si vous aviez des preuves, vous seriez le cadet de mes soucis.

Al Souali poursuit avec fierté sa démonstration.

— Jusqu'à preuve du contraire, rien ne lie Pharmalib aux événements qui se sont déroulés dans votre ville, il y a trois ans. Idem pour les récents attentats. Quant à moi, je ne suis qu'un nom, un fantôme perdu dans les méandres d'un montage de sociétés internationales dont seuls quelques fous ont entendu parler.

Cet enfoiré voit clair. L'étau commence à se resserrer.

— Mais je n'ai pas fini mon œuvre, j'ai encore besoin de temps et vous allez être ma garantie ! Votre vie contre celle d'Aaron !

Ses paroles m'électrocutent comme si la foudre avait frappé l'endroit.

— Vous croyez que ma vie va suffire à les tenir éloignés ?

— Si jamais vos amis ont envie de venir me titiller, vos aveux circonstanciés sur le meurtre sauvage d'un ambassadeur libanais actionnaire de Pharmalib vaudront leur pesant de cacahuètes pour l'opinion publique. Vous le savez comme moi, elle est seule juge de nos jours !

Ses mains se joignent en signe de triomphe.

— Sans compter qu'on arrivera sûrement à vous faire cracher que ce sont les Israéliens qui vous soutiennent puisque, sincèrement, qui d'autres que ces paranoïaques pourraient s'intéresser à votre croisade contre un bienfaiteur arabe ! Bref, c'est ce qui s'appelle être échec et mat, Claire !

Le coup de grâce tombe comme le couperet d'une guillotine. Mes doigts relâchent la crosse de mon fusil d'assaut. Ma quête de vengeance s'arrête là. Ma captivité contre la liberté d'Aaron est un prix que j'accepte volontiers de payer.

— C'est d'accord, vous avez gagné. Mais qu'est-ce qui me garantit que vous les laisserez partir ?

— Un hélicoptère va arriver. Dès l'échange effectué, nous quitterons les lieux. Ne tentez rien de stupide, car s'il ne me voit pas dehors, il réduira cette villa en cendres !

La fraîcheur de la nuit a beau envahir l'intérieur du hall, j'étouffe, je suffoque. D'une main, je dégrafe mon kevlar et le passe par-dessus ma tête. Lorsque celle-ci est couverte, je transmets dans un murmure un message à mes équipiers.

À mon signal, vous saurez quoi faire. Protégez Aaron et chopez ce salopard vivant.

Je me déséquipe de mon matériel de communication. Mes doigts se faufilent hors des gants. Mon t-shirt à longues manches vole au-dessus de mon pantalon pour créer un courant d'air et atténuer cette chaleur qui me ronge.

— Je ne demande qu'une chose, laissez-moi serrer Aaron dans mes bras.

Sa voix sent la victoire à plein nez mais Al Souali ne peut s'empêcher d'y glisser une note mielleuse.

— Certainement, mais à mi-parcours, bien entendu !

D'un geste, les liens qui attachaient et bâillonnaient Aaron sont tranchés. Nous entamons chacun notre marche de retrouvailles au goût amer. Nos pas sont lents pour faire durer le moment. Ses prunelles caraïbes se dévoilent petit à petit. J'ai peur d'y déceler de la haine ou pire, de l'indifférence après ce qu'il a dû endurer par ma faute. Son regard est froid, glacial comme le marbre peut l'être. Je m'arrête net face à lui. Ses yeux se troublent. Sa main vient tâtonner la mienne.

— Claire, c'est bien toi ?

En seule réponse, je fonds en larmes contre lui. Le monde n'existe plus. L'univers autour de nous se dissout. Les bras qui autrefois me réconfortaient me réchauffent à nouveau. Mes mains coulissent dans son dos pour le serrer contre moi de toutes mes forces. À mes yeux, il n'a pas changé. Je tente de maîtriser mes sanglots pour briser le silence de ces retrouvailles impromptues.

— Je suis tellement désolée. J'espère qu'un jour tu me pardonneras.

D'une voix fatiguée par les séquelles de la mise en scène macabre de son exécution, sa réponse rassure mes sentiments.

— C'est le fait de t'aimer qui m'a aidé à supporter ces années.

Notre étreinte violente fusionne nos corps. La voix de cette ordure d'Ahmed Hamza Al Souali nous ramène à la réalité.

— Le moment est venu de vous séparer. Mais voyez le côté positif, au moins vous aurez pu vous dire au revoir cette fois.

Mes doigts passent sur le visage d'Aaron pour le balayer du front au menton. Une ultime fois, mes lèvres se nourrissent du goût des siennes pour nous plonger dans un océan de tendresse. Avant de nous séparer, mon index se pose sur sa bouche.

— Je t'aime, mon amour. Prends bien soin de nos enfants.

La gestuelle d'Aaron ne trahit pas la surprise de mes dires. Trois mots de sa bouche et des larmes sur ses joues concluent nos retrouvailles éphémères.

Nous reprenons nos chemins opposés. Chaque marche franchie me rapproche du mal absolu. Pas à pas, dans un rythme lent afin de permettre à Aaron de rejoindre Jérôme et l'équipe, je rejoins l'enfer. Chaque centimètre parcouru m'éloigne du bonheur. La fin est inéluctable. Je suis à peine arrivée à sa hauteur qu'Al Souali me prend en bouclier. Il est un tout petit peu plus grand que moi, ma tête protège donc la sienne. Son bras autour de mon cou me strangule. Son geste témoigne du point faible de cet anarchiste aux belles envolées lyriques. La peur de mourir est ancrée en chacun de nous.

En contrebas, la silhouette imposante de Babang fait écran devant Aaron. Au loin, le bruit des pales d'un hélicoptère se fait entendre.

Mon esprit se vide. À ce moment précis, quelques paroles me bercent. Les riffs de guitare de cette reprise de Johnny Cash vibrent et confirment mes choix.

Well I won't back down, no I won't back down
You can stand me up at the gates of hell
But I won't back down

Gonna stand my ground, won't be turned around
And I'll keep this world from draggin' me down
Gonna stand my ground and I won't back down[*]

Je sens la crosse froide du PSS planqué à hauteur de ma ceinture. Je saisis l'arme russe de petite taille et la porte sous mon menton. Mes yeux se ferment. Lisa et Clément m'envahissent l'esprit. Mon index est à une pression d'un adieu salvateur. Mon cœur se tord sous cette vision de mes deux amours. Un bref instant mon doigt relâche la gâchette.

* Eh bien, je ne reculerai pas, non je ne reculerai pas. Tu pourrais me tenir aux portes de l'enfer. Mais je ne reculerai pas. Je vais tenir ma position, sans faire demi-tour, Et j'empêcherai ce monde de m'entraîner vers le bas. Je vais tenir ma position et je ne reculerai pas. « I won't back down » (Interprète : Johnny Cash. Auteur/Compositeur : Tom Petty).

Mes paupières se soulèvent. Voir Aaron en vie et en sécurité conforte ma décision. Mes lèvres remuent pour lui délivrer un dernier « je t'aime » muet. Avec détermination, je prononce mes derniers mots :

— Qui est échec et mat maintenant ?

34 - PSYCHANALYSE DE COMPTOIR

Tout homme a son quota de cadavres.

Par crainte que je commette l'irréparable, Renaud est resté avec moi à la villa. Alors que le soleil s'est couché depuis un long moment, nous discutons de la pluie et du beau temps. De façon indirecte, j'amène un sujet sensible sur le tapis.

— Claire a-t-elle prévu quelque chose au cas où ?

— Que voulez-vous dire, William ?

— Si ça se passe mal, personne ne sait où sont Lisa et Clément…

Renaud sourit.

— C'est donc un petit Clément ! Pour répondre à votre question, elle m'a remis une clé USB.

— Que contient-elle ?

Son regard témoigne de la confiance qu'il porte à l'égard de Claire.

— Elle reviendra ! Mais puisque vous en parlez, que vous arrive-t-il, William ?

— Que voulez-vous dire ?

D'un simple geste de la tranche de la main, Renaud fait sauter le bouchon de la bouteille de whisky, qui virevolte dans les airs.

— Depuis le début, vous suivez Claire comme son ombre et au moment où elle a le plus besoin de vous, vous déposez les armes.

Je fais glisser mon verre vers lui sur la table de jardin.

— Vous avez déjà tué quelqu'un, Renaud ? Ou vu quelqu'un se faire abattre sous vos yeux ?

Le malt se déverse. Un sourire ironique accompagne sa réponse.

— Non, jamais, je suis un bureaucrate.

— J'ai côtoyé la mort plus que nécessaire. J'ai été un fournisseur très actif au service de la grande faucheuse…

D'un trait, je vide mon verre et sens le liquide me brûler la gorge.

— Je pense que tout homme a son quota de cadavres et qu'au bout d'un nombre qui est propre à chacun, le fardeau devient trop lourd à porter.

La bouteille n'a pas le temps de se refermer que mon godet glisse à nouveau vers lui.

— Original comme théorie, je ne vous connaissais pas philosophe.

Avachi dans un fauteuil, les pieds sur la table, je me redresse pour lui faire face.

— Vous savez que j'ai vécu l'attentat de Rive Gauche de l'intérieur ?

D'un hochement de tête, le col blanc confirme.

— Vous avez une idée du pourquoi je suis encore en vie ?

— Non…

Je vide à nouveau mon verre d'un seul trait.

— Parce qu'une jeune demoiselle de vingt ans à peine m'a servi de bouclier humain. Et pour la remercier, j'ai tourné les talons alors que son pouls battait encore faiblement. Quelques instants plus tard, à l'extérieur, dans ce décor de guerre urbaine, une adolescente est apparue comme une fleur au bout d'un fusil. Moi qui avais fui les lieux comme un lâche, au milieu de ce chaos, j'ai reçu des soins d'une gamine qui aidait son prochain.

Renaud tend la bouteille dans ma direction, mais cette fois, je fais l'impasse sur une repasse.

— Mais ce n'est que plus tard, quand on a braqué le fourgon et que j'ai vu Jérôme exécuter le complice de Jawad Maaloul ainsi que les deux convoyeurs que j'ai compris…

— Compris quoi ?

— Que si je voulais garder le peu d'humanité qu'il me reste, je devais cesser de côtoyer la mort.

Je m'empare de la bouteille et remplis nos verres.

— Vous savez que l'un des gardes était proche de la retraite et que l'autre venait d'avoir des jumeaux ? J'ai beau avoir fait des saloperies dans ma vie, il y a un pas que je ne souhaite pas franchir. À ce sujet, comment avez-vous pu accepter cela sur votre territoire ?

Son verre tournoie entre ses mains.

— Simplement parce que je n'étais pas informé, sinon je l'aurais empêché ! D'ailleurs, vous aurez compris que remettre un pied en Belgique est inenvisageable.

Ari arrive comme une furie et interrompt notre psychanalyse de comptoir.

— On part pour Ramat David. Jérôme a brisé le silence radio.

Renaud et moi nous levons en même temps. L'homme de la Sûreté de l'État me devance.

— Une base aérienne, mais pourquoi ?

— Ils ont détourné un hélicoptère !

Nous avançons au pas de course vers la voiture qui nous attend.

— Pourquoi un hélicoptère ? Ils sont tous en vie, Ari ?

— Pourquoi un hélicoptère ? Vous en avez de bonnes. Je demanderais plutôt comment !

Les portes du véhicule officiel s'ouvrent et nous grimpons dans l'habitacle.

— Dites-moi, Ari ! Est-ce qu'ils sont tous en vie ?

Énervé, Ari me répond d'un ton sec.

— Je n'en sais rien ! On a fait au plus bref. Ce qui m'importe le plus, c'est qu'un de nos missiles n'aille pas abattre un hélico libanais qui viole l'espace aérien israélien !

35 - PLAN B

Son sacrifice démontrait un sursaut d'humanité venu, in fine, étouffer les brasiers de sa colère intime.

Je franchis les portes du hangar tandis qu'Ari et Renaud restent en retrait à l'entrée. Mon esprit refuse toujours d'assimiler l'information tombée pendant le trajet qui nous amenait à la base de Ramat David. Mes pas me guident à l'intérieur et je vois apparaître le brancard, couvert d'un drap mortuaire blanc. Au plus la distance qui me sépare du cercueil de toile diminue, au plus mes jambes deviennent flasques. Une fois à sa hauteur, j'aperçois son bras sans vie qui pend dans le vide. Mes guiboles me lâchent pour me faire tomber à genoux. Mes paluches tournent autour de la sienne sans pour autant la toucher. Puis, d'un geste, je transgresse cette pudeur. Mes doigts entourent sa chair froide et la portent à mon front. Mes poumons me brûlent, mon palpitant s'emballe. Une rage sonore me déchire les cordes vocales. Ma vision se brouille sous les larmes. Mes hurlements frénétiques s'amplifient. Je sens des mains se poser sur mes épaules. Pas besoin de relever la tête, je reconnais le soutien de mes frères d'armes.

Ma voix déraille lorsque je leur demande :

— Que s'est-il passé ?

Mes frères d'armes déposent un genou au sol sans perdre le contact physique. Ils sont tous là, à l'exception de Jérôme.

Babang, le plus solide d'entre nous, prend le temps de tout m'expliquer en détail : la description des lieux, leur tactique, la joute verbale entre Claire et Al Souali, la survie d'Aaron, et enfin, le moment fatidique. Tout y passe afin que je puisse revivre l'instant et comprendre.

— Mais pourquoi a-t-elle fait ça plutôt que de le buter ?

Un soupir accompagne sa réponse.

— Parce qu'elle savait que mort, il ne nous servait à rien et que la capture d'Al Souali dépassait le cadre de sa vengeance, qui n'avait plus raison d'être. Elle a probablement aussi refusé de devenir sa monnaie d'échange.

Les paroles de Gaëtan me procurent une douce sensation. Claire s'était sacrifiée pour quelque chose de plus grand, de plus fort qu'une vendetta personnelle. Son sacrifice démontrait un sursaut d'humanité venu, *in fine*, étouffer les brasiers de sa colère intime.

— Comment vous êtes-vous sortis de ce merdier ?

Bouille prend le relais.

— Claire nous avait fait, indirectement, passer le message. Dès son signal, nous avons profité de la surprise d'Al Souali et de ses hommes pour passer à l'action. Parce que, crois-moi, vieux frère, tout joueur d'échecs qu'il est, ce coup de maître, si je puis dire, il ne l'avait pas vu venir !

Avec un calme inhabituel, Stéphane continue ses explications : les snipers postés à l'extérieur qui sonnent le début des hostilités ; Miguel et Jean-Jacques qui prennent nos cibles en tenaille ; Gaëtan qui sort Aaron de la villa ; Jérôme qui neutralise Al Souali d'une balle dans la jambe, et qui arrose ensuite les gardes.

— Avec son geste, Claire nous a ouvert une voie royale.

Des trémolos naissent dans sa voix. Jean-Jacques poursuit.

— C'est Jérôme qui a eu l'idée de détourner l'hélicoptère afin de pouvoir ramener le corps de Claire. En effet, se balader dans les rues libanaises et s'exfiltrer en bateau avec un cadavre aurait été impossible.

Mok continue son explication. L'uniforme tout noir des gardes d'Al Souali était quasi similaire au leur, ce qui leur avait permis de se substituer à eux. Al Souali avait été assommé avant de sortir afin d'éviter qu'il n'alerte l'équipage de l'hélico. Une fois les pilotes liquidés, Miguel avait pris les commandes.

— Jérôme a ensuite brisé le silence radio pour nous assurer un sauf-conduit aérien jusqu'Israël. Après ça, on a serré les fesses pendant quinze minutes, le temps de franchir la frontière située à quarante kilomètres.

— Où sont Jérôme et Aaron ?

— Avec les toubibs, Aaron se fait ausculter et le gamin a été dépucelé.

Son ton léger me rassure : la blessure par balle de Jérôme est superficielle. Avec son sens de l'humour, Mok ne peut s'empêcher d'égratigner Bouille.

— Un play-boy avec le bras en bandoulière, t'es définitivement grillé, Bouille.

Mes jambes poussent pour me redresser mais l'aide de mes amis m'est indispensable.

— Je peux les voir ?

Miguel conclut.

— Bien sûr. Viens, on t'emmène.

*

Sa grande silhouette longiligne n'a pas changé. Aaron, bien qu'un peu amaigri, semble toujours aussi élancé. Sa chevelure poivre et sel d'autrefois tend maintenant vers l'argenté. Seules ses prunelles bleu azur se sont assombries, noyées par la tristesse de ce qu'il vient d'endurer. Je perçois le même chagrin que celui de Claire après avoir vu Aaron se faire trancher la gorge sous ses yeux, l'étincelle de haine en moins.

Aucun mot ne salue nos retrouvailles. Seule une accolade franche et sincère vient sceller son retour. Nos regards embués parlent pour nous. Je brise le silence.

— Qu'a dit le toubib ?

L'air dépité, le chirurgien me répond.

— Tout ce qui est mesurable va bien mais les apparences sont trompeuses. William, quelque chose me turlupine. Avant de…

Je l'invite à s'asseoir sur son lit. Une grande inspiration l'aide à finir sa phrase.

— Avant de mourir, Claire m'a demandé de prendre soin de *nos* enfants… Tu peux m'expliquer ?

À mon tour, je remplis mes poumons d'une grande bouffée d'air avant de m'exprimer.

— Claire était enceinte au moment de ta disparition. Tu es le papa d'un petit Clément.

Ses prunelles deviennent un torrent de larmes.

— Où est-il ? Et où est Lisa ?

— Claire a remis une clé USB à Renaud avec toutes les informations nécessaires.

Ma main se pose sur son épaule. Difficile de se réjouir quand la mort brutale et sauvage côtoie la célébration de la vie en si peu de temps.

— Mais comment as-tu survécu ?

Ses doigts caressent sa cicatrice dans son cou.

— Mis à part ça et les trajets dans une caisse au milieu de transport de médicaments, j'ai été bien traité. Ils me bougeaient de villa en villa sans que je connaisse les lieux où je me trouvais. Je n'avais accès à aucune actualité ni autre source d'informations. Ils me filaient des bouquins pour tuer le temps et mes seules discussions étaient avec Al Souali.

— Avec Al Souali ?

Un mélange de dégoût et de respect imprègne ses cordes vocales.

— C'est sans aucun doute un mégalomane narcissique paranoïaque, mais il est d'une intelligence redoutable et je pense que son isolement complet lui pesait. Il ne m'a jamais rien dévoilé, mais il appréciait nos discussions, car, selon ses dires, cela cultivait et entretenait son intellect. Néanmoins, il avait été très clair : je ne devais poser aucune question sur ses activités, sur le pourquoi j'étais là, ou tout autre truc du genre sous peine de me retrouver indéfiniment seul entre quatre murs…

Aaron réclame un peu d'eau que Bouille lui sert. Désaltéré, il poursuit avec une certaine culpabilité.

— Penser à Claire et à Lisa ne me suffisait pas pour ne pas sombrer dans la folie. Je me suis donc plié à ses exigences…

Ari et Renaud entrent de manière impromptue. Alors que Renaud s'inquiète au sujet d'Aaron et lui remet le testament informatique de Claire, Ari me prend en aparté.

— Al Souali s'est mis à table !

36 - UN METS FROID

En de bonnes ou mauvaises mains, le No Fear fera tôt ou tard brûler le monde.

L'agent de l'Aman, accompagné de Renaud, n'y va pas par quatre chemins pour s'adresser à nous, dans cet endroit à l'abri des regards.

— Al Souali s'est mis à table. Pour le moment, je suis le seul à l'avoir interrogé mais je dois vous avouer que notre victoire n'en est pas une.

Les mines se ferment sur ses paroles rabat-joie.

— Al Souali nous a tout balancé contre son immunité.

La grogne se manifeste comme dans une réunion syndicale en conflit avec la direction. Avec fermeté, Ari met fin à la cohue.

— Vous me faites rire. Vous vous révoltez contre ce deal, mais aucun d'entre vous ne se pose la bonne question.

Le brouhaha recommence mais cette fois, c'est Renaud qui clôture le débat. D'une voix calme et monocorde, il cloue le bec à chacun.

— Personne ne se demande comment un homme comme Al Souali, qui a voué ces dernières années à faire brûler le monde, se met aussi vite à table ?

Maintenant que seul le bruit des mouches envahit la salle de réunion improvisée, l'ancien commissaire divisionnaire poursuit.

— Ce qu'Ari a voulu dire de manière maladroite, c'est que d'une certaine manière, Al Souali aura quand même réussi à semer l'anarchie. Avec les informations qu'il nous a livrées, l'islamophobie galopante va se transformer en arabophobie sur le vieux continent et chez nos alliés américains.

Avec le listing des sociétés gravitant autour de Pharmalib et les liens qu'Al Souali s'apprêtait à établir avec ses activités terroristes, beaucoup de noms seraient salis. À tort ou à raison, seul le côté sombre de Pharmalib resterait ancré dans les mémoires et ce, peu importe si ses investisseurs en avaient connaissance ou non. Le monde arabe avait été grugé. La majorité de bien-pensants allait sombrer sous le coup d'une minorité de radicaux dont les financements soutenaient les activités illicites et prohibées du géant pharmaceutique.

— Vous savez comme moi que l'opinion publique et la presse ne retiendront que les éléments forts de ce séisme.

Ses doigts en forme de cadre balaient l'espace pour dessiner les unes hypothétiques des journaux.

— « Pharmalib, le bienfaiteur de la cause arabe sous le contrôle des djihadistes ». Ou encore « Pharmalib, le monstre arabe qui finance les attentats ». Avec ce qui vient d'arriver en Europe, les élections qui approchent un peu partout, et les révélations d'Al Souali, je ne vous cache pas que l'ancien président américain passera pour un enfant de chœur. Alors que les abominations d'il y a quelques jours en Europe ont été perpétrées par quelques réfugiés qui représentent quoi ? Une poignée sur des millions…

Ari reprend le flambeau.

— Les amalgames ont déjà la vie dure alors si vous y ajoutez cela, Al Souali aura gagné. Les partis extrêmes prendront le pouvoir et diviseront encore plus afin de mieux régner, et sous la stigmatisation, la radicalisation se développera davantage. Et puis Dieu seul sait où ça s'arrêtera.

Bouille embraie avec une question provocante, synonyme de son ras-le-bol.

— Vous dites ça parce que vous êtes arabe, Arifffff ?

Gaëtan le reprend à la volée.

— Non, il dit ça parce qu'il est Israélien. Il est gouverné par des personnes dont les ancêtres ont été persécutés et qui, maintenant, possèdent l'arme nucléaire et construisent des murs à chacune de leur frontière sans se rendre compte de la haine qu'ils engendrent.

Ari le remercie d'un geste de la tête et poursuit.

— Si nous laissons faire, cela reviendra à ouvrir la porte des enfers. Mais nous n'allons pas rester les bras croisés !

Le stratège de l'Aman évoque un plan afin de limiter les dommages collatéraux. Il leur faudra intervenir au Tchad, Niger, Soudan et dans les autres pays où cela sera nécessaire pour rétablir la paix, et non pour lancer une chasse aux sorcières. Traquer les noms fournis par Al Souali fait également partie de la stratégie, comme les Israéliens l'avaient fait après Munich.

— L'accès au réseau IAM étoffera, sans aucun doute, notre base de données.

De façon un peu brutale, Jérôme intervient.

— Et la société en elle-même, qu'allez-vous en faire ?

Ari éponge son front avec sa main.

— C'est là tout le problème. Si nous vous avons soutenus, ce n'est pas tant pour nous protéger d'une possible invasion, puisque comme Gaëtan l'a souligné, nous disposons de la dissuasion nucléaire. Ce qui intéresse mes dirigeants, comme tous les autres, c'est le *No Fear*.

Malgré sa blessure, Jérôme, égal à lui-même, se rue sur Ari. Mon bras le stoppe dans son élan.

— Laisse-le finir, gamin.

— Mon gouvernement, en s'alliant à quelques pays, veut reprendre le contrôle de Pharmalib. Officiellement, parce que soutenir le monde arabe apporterait un peu de paix. Officieusement…

Je décide de tendre une perche à Ari.

— Continuez, vous savez que nous sommes fidèles.

— Officieusement, pour mettre la main sur le *No Fear*. Il s'agit d'une arme d'un nouveau type qui permet de créer un super soldat, quoi de mieux pour étaler sa suprématie ?

Un peu calmé, Jérôme prend du recul.

— Et que proposez-vous ?

— Al Souali est le seul à détenir la formule de cette drogue. Il a lui-même supervisé sa production dans des labos clandestins et assassiné les scientifiques qui connaissaient ses composants.

— Et il va livrer un secret qu'il gardait jalousement comme ça ?

Ari reprend le dessus sur Jérôme.

— Bien sûr ! Le *No Fear*, c'est la boîte de Pandore. En livrant sa composition, il sait que les grands de cette planète, assoiffés par le pouvoir, ne résisteront pas à la tentation de l'ouvrir. En de bonnes ou mauvaises mains, le *No Fear* fera tôt ou tard brûler le monde. Cette drogue, c'est son plan B depuis le début.

— Mais pourquoi ne s'en est-il pas plus servi comme pour l'A-Reine, en le déversant dans des conduites d'eau potable ou que sais-je d'autre ?

— Parce qu'il ne cherche pas à détruire le monde, mais à le voir brûler.

D'un sérieux qui défie toute épreuve, Bouille intervient.

— Ce mec, c'est comme le méchant dans *Captain America Civil War*, en fait !

Gaëtan le regarde façon « *What the fuck ?* ».

— Ouais, souviens-toi, le méchant sans super-pouvoir mais méga intelligent, qui amène Iron Man à se retourner contre Captain America…

— Oui, ça, j'avais compris, mais c'est quoi cette comparaison à la con ?

Bouille le regarde avec un air étonné.

— Je simplifie juste le baratin de psy, mon frère !

Ari reste ébahi devant cette attitude clownesque.

Plus sérieusement, je pose à Ari la question ultime, tout en redoutant sa réponse. Celle qui rendra vain, en quelque sorte, le sacrifice de Claire.

— Que suggérez-vous, Ari ?

Son regard sombre confirme mes suspicions.

— L'éliminer est la seule solution ! Mais grâce à son immunité, il est maintenant sous la protection d'Israël. De plus, le temps presse !

37 - CLAIRE ET SANS BAVURE

C'est la course au nucléaire qui a amené l'horloge de l'apocalypse quelques minutes avant minuit.

Maintenant qu'Al Souali est un citoyen sous protection israélienne, la fouille avant notre face à face est poussée à l'extrême. Les gardes ordonnent même à Jérôme d'enlever la bandoulière supportant son bras meurtri. Enfin, mon fidèle acolyte et moi pénétrons dans une pièce sombre et sans fenêtre équipée d'une caméra de surveillance.

Assis sur une chaise, dos à l'œil de Moscou fixé au mur, Al Souali se délecte d'un thé servi par ses nouveaux alliés. Jérôme et moi venons nous installer face à lui, de l'autre côté de la table en plastique. Ari referme la porte derrière nous. Sans même lever les yeux, Al Souali lance le début des hostilités.

— Jérôme Colseone et… un revenant !

La bouche en cul de poule, il souffle sur son breuvage fumant.

— Dites-moi, William, est-ce que l'immortalité est un don familial ? Dois-je m'attendre à voir Claire débarquer ?

Notre duo encaisse la provocation. Sur un ton sarcastique, Jérôme rétorque :

— Croyez-moi, il est préférable pour vous que non. Elle aurait été capable d'avaler du *No Fear* avant de rentrer dans la pièce pour vous faire subir les pires châtiments.

Les deux mains du futur ancien dirigeant de Pharmalib caressent sa tasse.

— Vous savez, j'ai particulièrement aimé cette partie d'échecs avec vous. C'est vrai, au début, votre naïveté me conférait un avantage certain, mais vous avez progressé au fil de ce duel et quoi de plus grisant que de devoir élever son niveau de jeu pour battre son adversaire !

— Battre ? Parce que vous pensez que votre immunité est une victoire ?

D'un mouvement de tête en arrière, son regard sombre balaie la caméra de surveillance dont le témoin lumineux d'enregistrement vient de se couper.

— Enfin un peu d'intimité ! Vous avez su trouver les mots avec notre ami commun.

Nous reprenons le fil de la discussion.

— De quoi parlez-vous quand vous abordez notre naïveté ?

Ses doigts taquinent sa barbe grisonnante et naissante, témoin d'un confort sommaire.

— Vous pensez vraiment que ce sont vos talents qui vous ont amené à Fatih Ben Sallah, Bassem Tahar, Mehdi Mirza ou encore ma sœur ?

D'une main, cette ordure charismatique se recoiffe et plaque ses cheveux en arrière.

— Vous les avez trouvés car je vous ai mis sur leur piste. En quelque sorte, vous avez travaillé pour moi : d'une part, vous liquidiez les personnes qui me gênaient et d'autre part, Latifa et son mari se voyaient offrir une voie royale vers un asile sécurisé. À ce sujet, Mehdi n'est-il pas quelqu'un de brillant ?

Son allusion fait tilt. La porte de sortie exposée par l'avocat lors de notre discussion était le résultat du scénario établi à l'avance par son beau-frère. Un plaidoyer remarquable, quelques informations vérifiables et marchandables et tout était réglé. Avec ce tour de passe-passe, Al Souali offrait à sa sœur l'opportunité de vivre son amour à l'abri de ce jeu vicieux. Le ricanement hautain de notre interlocuteur m'agace au plus haut point.

— Et en bonus, vous m'avez même amené sur un plateau d'argent cette garce de journaliste qui mettait son nez là où ça ne la regardait pas !

Jérôme perd un peu de son sang-froid.

— Mais pourquoi Aaron ? Vous ne saviez pas encore pour Bassem !

Ses railleries arrogantes s'accentuent.

— Le docteur Eyck était ma réponse pour Fatih. Quant à Bassem, j'avais chargé Jawad Maaloul de le liquider. Il était un des rares à me connaître et à m'avoir manipulé ! Un faux radicalisé qui convainc un usurpateur d'Allah comme moi, c'est remarquable, n'est-ce pas ?

Le narcissique reprend son discours après avoir avalé une gorgée de thé.

— Bref, vous m'avez devancé et c'est là que la partie est devenue amusante ! Vu votre audace, j'ai demandé à Jawad de vous surveiller ainsi que de…

Mon acolyte le coupe dans son élan pour tenter de sauver la face.

— De tout coordonner pour les attentats, on avait compris !

Son sarcasme creuse ses fossettes.

— Remarquable, monsieur Colseone ! Tout aussi brillant que le suicide de Claire pour me capturer ! Mais malheureusement, ça ne suffira pas…

Al Souali se lève et entame une ronde. Son discours narcissique se poursuit sans rien nous révéler de neuf. Les deux scénarios imaginés par ce névrosé font froid dans le dos. Avec Claire en captivité, il blanchissait davantage le côté propre de Pharmalib dans le monde arabe et pouvait même se permettre d'accuser les Occidentaux de sabotage, et d'ainsi susciter la révolte tout en soutenant la lutte armée des radicaux. Sans Claire, il noircissait Pharmalib aux yeux des Occidentaux et les obligeait à intervenir pour stopper la face sombre du géant. Une telle action entraînerait dans la tourmente les soutiens nobles de l'amphisbène en y ajoutant un rejet complet des musulmans, pour ne pas dire Arabes. Al Souali poursuit son explication avec un exemple frappant.

— C'est comme si en pleine guerre froide, vous aviez provoqué la petite étincelle qui met le feu aux poudres, que ce soit d'un côté ou de l'autre, simplement parce que vous aimez jouer avec les flammes !

Ces explications confortent le plan émis au préalable avec Ari. D'une voix faussement défaite, j'embraie.

— Et grâce au *No Fear*, vous évitez la chambre à gaz !

Al Souali jubile.

— Tout à fait ! L'arme secrète change de main et je ne doute pas qu'en divulguant sa composition, les puissants ne sauront s'empêcher de faire mumuse avec !

Il nous adresse un clin d'œil pour nous narguer davantage.

— Surtout si vous filez ça à des juifs et leurs copains américains ! C'est comme si Hitler, Hirohito, Ben Laden ou Saddam Hussein avaient eu une bombe sale !

Je tente de casser son enthousiasme malsain.

— Et qui vous dit qu'ils n'obtiendront pas la formule sans vous ?

Son ironie me tape sur le système.

— Qu'est-ce qui rend le Coca-Cola unique ? Sa formule secrète depuis plus d'un siècle. Souvent copiée, jamais égalée. Pour le *No Fear*, c'est pareil, si ce n'est qu'en outre, tous ceux susceptibles de trahir le secret sont entre quatre planches ! Et que vous pensez bien qu'aucune des usines connues de Pharmalib ne le produit !

— Mais pourquoi ne pas avoir lâché le *No Fear* à tout le monde dès le départ ?

Son côté psychopathe éclate.

— Quand Oppenheimer a créé la première bombe atomique, il n'a pas filé la recette à ses petits camarades, or c'est la course au nucléaire qui a amené l'horloge de l'apocalypse quelques minutes avant minuit !

La porte s'ouvre et Ari pénètre dans les lieux. Aussitôt, Al Souali se rassoit et conclut.

— Messieurs, les jeux sont faits. Merci pour cette partie des plus distrayantes, mais malheureusement, notre ami commun vient de couper les ficelles des marionnettes que vous êtes.

Notre interlocuteur se délecte de son thé pendant que Jérôme et moi nous relevons et nous dirigeons vers la sortie.

— J'ai une dernière question pour vous, Ahmed Hamza Al Souali…

Sa tête gigote pour nous inviter à lui poser.

— Vous auriez prédit le fait que notre agent de liaison était un A-R-A-B-E israélien ?

Déterminé, Ari sort la seringue d'insuline. La dose contenue est mortelle pour un non-diabétique. Avec son bras libre, il immobilise Al Souali dont le regard se décompose aussi rapidement qu'il comprend que son plan vient de capoter. Le joueur d'échecs n'a pas anticipé ce sacrifice ultime : Ari trahit les siens au profit d'une cause plus noble en commettant un meurtre déguisé dont il assumerait les conséquences au cas où la supercherie échouerait. Avant d'ouvrir la porte, alors que le poison s'injecte petit à petit, je salue Ari de la tête. Jérôme, dans un style qui lui est propre, dresse son index et son pouce puis les tend comme une arme pointée sur la tempe.

— Ça s'appelle être vengeances et mat !

FIN

REMERCIEMENTS

Au-delà de l'histoire, *Vengeances et Mat* est une aventure humaine incroyable, riche de nombreuses rencontres. Qu'ils soient policiers, juristes, médecins, relecteurs ou photographe, leurs contributions ont rendu ce récit plus juste. Merci aussi à Thomas pour sa plume, je lui souhaite beaucoup de succès dans ses projets.

Une pensée pour mes potes m'anime également. Au-delà de leur soutien, ils ont été une de mes sources d'inspiration, même si, pour des questions de récit, j'ai dû les maltraiter, voire les tuer.

Mes collègues au sein d'IGRETEC méritent également toute mon attention. Que ce soit via leur soutien, leur temps, leur talent, voire l'inspiration, ils ont apporté une touche magique à cette aventure.

Comment ne pas écrire un mot pour ceux qui sont la source de mon bonheur et qui supportent mon caractère parfois difficile. Ils se prénomment Alexis, Natacha, Robert, Monique, Sophie, Jérôme, Gaëtan, Clément et Louis. Sans oublier les deux femmes de ma vie, Myriam, sans qui mon équilibre serait imparfait, et Eve, avec qui il aurait atteint la perfection.

Enfin, je m'en voudrais de ne pas remercier Cassandre, pour la finesse de ses remarques et Dimitri, de croire en ma folie meurtrière littéraire.

PHOTOS DE CHARLEROI

Éric Van Veerdegem

Place Verte

Boulevard Tirou

Monument aux Martyrs

Tour Bleue

Quais de Sambre

Placerelle

Place Charles II - Hôtel de Ville - Beffroi

Gare de Charleroi-Sud

Hôtel de Ville

Place de la Digue

SOLEO

Université du Travail

Posty Bury (Thuin)

Lacs de L'Eau d'Heure (Boussu-lez-Walcourt)

Palais de Justice